疯子三三 著

·深圳·

图书在版编目（CIP）数据

月色失格 / 疯子三三著. -- 深圳 : 海天出版社, 2022.10
ISBN 978-7-5507-3583-5

Ⅰ. ①月… Ⅱ. ①疯… Ⅲ. ①长篇小说－中国－当代 Ⅳ. ①I247.5

中国版本图书馆CIP数据核字(2022)第127215号

# 月色失格

YUESE SHIGE

出 品 人　聂雄前
责任编辑　简　洁
责任校对　叶　果
责任技编　郑　欢

选题策划　他系力二工作室
装帧设计　他系力二工作室
封面绘制　我的宗介
插图绘制　阿　满

出版发行　海天出版社
地　　址　深圳市彩田南路海天综合大厦（518033）
网　　址　www.htph.com.cn
订购电话　0755-83460239（邮购、团购）
印　　刷　北京盛通印刷股份有限公司　010-52249888
开　　本　880mm×1230mm　1/32
印　　张　9
字　　数　294 千
版　　次　2022 年 10 月第 1 版
印　　次　2022 年 10 月第 1 次
定　　价　45.00 元

# 目录 Contents

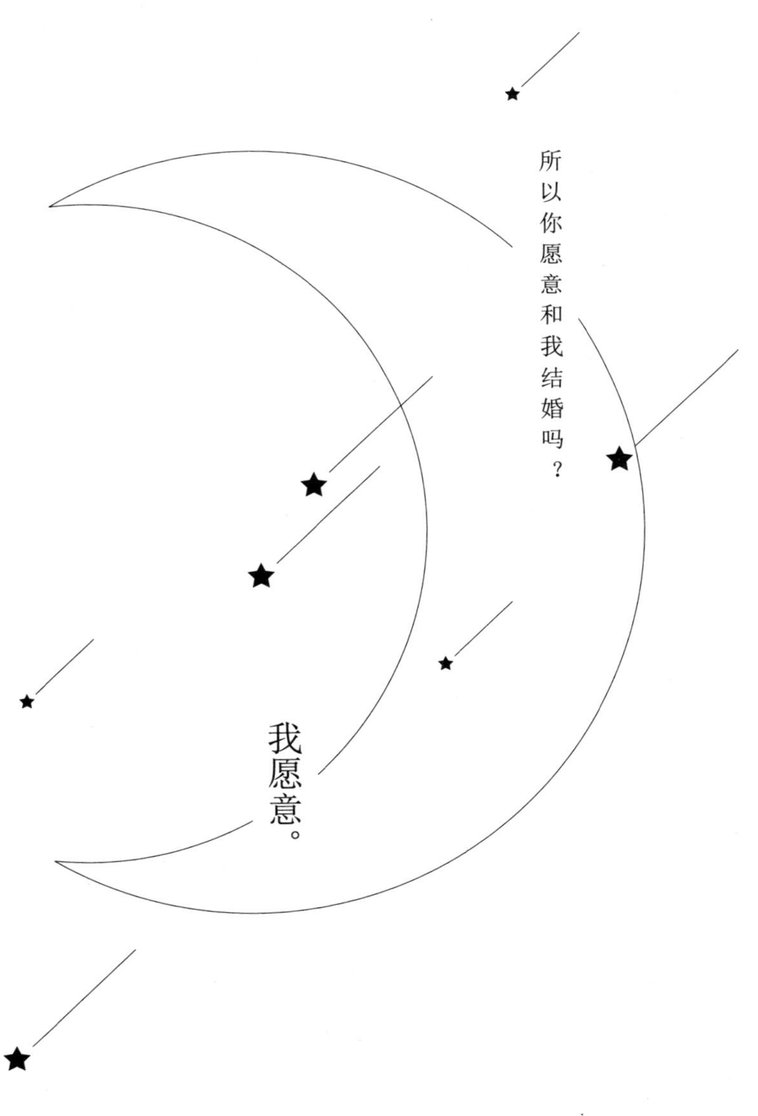
所以你愿意和我结婚吗？
我愿意。

第一章

# 被相亲对象甩了

五月的青州，终于迎来入夏的第一场雨，豆大的雨珠“噼里啪啦”地落在窗檐上，势头又凶又猛。

对面的男人终于喝了口茶，放下杯子，礼貌而绅士地询问：“要我送你吗？”

乔荞收回放在桌面上的手，摇头道：“不麻烦了。”

男人便没再坚持，修长的手指轻叩桌面，似是在思忖什么。片刻后，他点点头：“那我先走了。”

他惯性地想说声“再见”，但很快感觉这场景不太合适，于是微微颔首，拿起桌上的车钥匙，起身离去。

直到那道身影彻底消失在视野里，乔荞才松了口气。

这一口气提了好一会儿，让她手心都浸满了汗。

分手是个技术活，更别提她是“母胎单身”，二十多年来她第一次学着拒绝人。她刚才说出“我们不太合适”这几个字，简直损耗了全部的体力。

乔荞和对方是相亲认识的，母亲的朋友介绍的。

这之前她已经见过不少相亲对象，自然也有了各种“奇葩”的体验。

刚才那一位，老实说，无论硬件还是软件，都是男人中的上上品。

不，用闺密周小娅的话来说，应该已经算是男神级别。

可惜，她不太满意对方的工作。

他是刑警。

乔荞对任何行业都没有偏见，所以也很认真地和对方来往。但两人仅有的几次约会都因为对方的工作原因仓促结束，话题也非常有限。

加上乔荞自身的问题，当真是“相亲两小时，尬聊十分钟”的节奏。

乔荞已经到了适婚年龄，思想传统，只想要一份安定的情感。于是她慎重考虑之下，还是向对方提出了分手，虽然她并不觉得两人已经算是在“交往”。

应该还在相互了解阶段吧。

不知想到了什么，她白净的脸颊边泛起一抹可疑的红，但她来不及深想，放在一旁的手机进来了一条微信。

周小娅同志充分发挥八卦精神，字里行间都透着股打探的意味：好不容易遇到个这么正点的，真就这样放过啦?

这话怎么听着有点怪?

乔荞：注意你的用词。

她回复完，收拾了东西打算离开这家咖啡馆，又觉得周小娅的话不合适，又发了一句过去：好像我很饥渴一样。

周小娅：咦，为什么要用“好像”？

这就是传说中的“塑料姐妹情”吧。

乔荞不再理她，招来服务员准备结账。服务员却说：“刚才那位先生已经结过了。”

好吧，虽然两人出来的次数有限，但是他在这方面向来坚持，从不主张让女士花钱。

哪怕这是最后一次见面。

乔荞叹了口气，刚打算收起手机。周小娅的微信再次发了过来：说真的，我还以为你这次终于遇到良人，毕竟你有交流障碍这么多年，只有这一位对你细心、有耐心，还有爱心。不过算了，咱们打起精神，再接再厉哟！

乔荞对着最后几个字眉心直跳，真的很不想再接再厉了好吗！

几个月来，她其实有些烦相亲这件事了。

就像周小娅说的，她有轻度的交流障碍，虽然不至于影响社交，但是看到陌生人就会嘴巴笨拙，反应慢半拍。那些来相亲的男士看到她这副样子就极少愿意听她多说话了，只顾着发表自己的观点。

婚后要她怎样怎样，对待公婆该如何如何……偏偏大多都是无理又不平等的要求。

她好几次都想掀桌子走人。

直到遇到刚才那个男人——其实，还是有点小遗憾的吧。

乔荞斟酌着打字：我暂时不想考虑相亲的事了，单身挺好的。

周小娅那边安静了会儿，直接发来语音："你不会被打击到就此对爱情失去信心吧？"

"怎么会，你知道来相亲只是为了安慰我妈。"

乔荞并不相信相亲就能遇见真爱，她每天泡在网络上，看了太多渣男怨女的故事，所以对爱情早就看淡了。且不说相亲这种将完全陌生的两个人凑在一起，试图让一对男女搭伙过日子的方式，就是那些认识十年的情侣、夫妻，也未必见过爱情真正的模样。

周小娅大概也觉得相亲这事儿不靠谱，于是没怎么再提这茬儿，只提醒道："你别忘了周一交稿啊，老陶的更年期好像又严重了，最近看谁都不顺眼。"

说起画稿，乔荞又是一阵头疼。

她除了是小学美术老师，在网络上还算是一个小有名气的漫画家。

老陶是她合作的出版社的总编，最近对她的画稿意见很大，每次将稿子打回来，都是同一番说辞："无聊！少女心啊少女心！恋爱怎么谈的，你不知道吗？"

还真是抱歉，她的确不知道恋爱要怎么谈呢。

周小娅很快又提醒她另一个残酷的事实："当然啦，在被老陶怼死之前，你可能会先被你家太后掐死哦。"

乔荞："……"

乔荞的妈妈是很传统的中国式母亲。

在她学生时代，就始终在她边上耳提面命，要专注学业不许早恋。于是乔荞做了二十多年的好孩子、好学生，并且日渐沉迷学业无法自拔。

可是，现在周边同龄的孩子早已开始谈婚论嫁，就连比自己小几岁的堂妹也递上了“红色炸弹”。

于是，乔妈开始不淡定了。

在偶然发现自己女儿和陌生人无法正常交流后，这种不淡定就被推向了极致。

乔荞就在这样的情况下，开始了自己的相亲之旅。

她并不害怕乔妈唠叨，反而是害怕看到她眼中那份担忧，这个年纪，她不希望妈妈再为自己操心。

她是单亲家庭长大的孩子，乔妈已经为她付出了太多。

所以相亲这事儿，乔荞也就听之任之了。

先前几次相亲失败，乔妈都没表现出什么，但刚才那位刑警先生对她来说是稍微有些不一样的。

乔荞做了不少心理建设，推开家门时，表情甚至有些悲壮。

可当她把一切向妈妈说清楚时，乔妈的反应却挺平静：“其实小林的工作我也有点犹豫，忙，又实在危险得很，要是再遇到罪犯打击报复什么的，但他人真的不错，所以我也矛盾。想来想去，还是觉得把决定权交给你自己为好。”

乔荞愣怔地看着妈妈。

她怎么觉得她妈对林远舟的职业的意见比她还大呢。

没错，那个男人叫林远舟，连名字都很缥缈不是吗？又是远又是舟的，总觉得很虚幻遥远——事实上她也觉得那人疏离感太强，难以亲近。

“其实我对相亲这事儿也不抱太大期待，只是想你多融入人群。看，你现在不是比之前好多了吗？”

乔荞一脸蒙。

乔妈说：“都学会甩人了。”

何来甩人一说，她只是把话说清楚而已啊！

但不管怎么说，乔妈都没因此而生气，反而有些内疚，进厨房时还嘀咕着：“以小林那个条件，恐怕还是第一次被甩呢，可千万别影响人心情，万一出任务时有啥危险……”

乔荞觉得她妈对“甩”这个字的认知有严重偏差，在门口提醒道：“我们说得挺好的，你别瞎猜了。”

“哦。”乔妈拿着一棵芹菜回过头，恍然大悟的样子，“原来是和平分手啊，那还好一点。”

乔荞说不过她妈，在口才上也向来占不了上风，干脆闭嘴结束这个话题。

乔荞回房打算继续画画，虽然她妈没把她掐死，可不代表周一老陶会放过她。

然而，一个小时以后——

乔荞看着空白的屏幕欲哭无泪，自从被老陶贴上了“缺乏少女心”的标签以后，这个标签就在她脑海中挥之不去，每画下一笔，脑子里都会反复想着要避免这个问题，可越是在意就越无法避免。

然后……然后她就什么都画不出来了。

乔荞觉得自己完了，周一一定会死无葬身之地！

她摸索着打开微信，打算研究下老陶最近的朋友圈。根据老陶朋友圈的话风，再分析下自己可能被撕裂的程度。

乔荞的生活圈不大，通讯录总共也没几个人，往下稍稍一划，就划过了某个名字。L 排在 T 前面，所以乔荞不出意外地划过了林远舟的名字。

他的微信名很简单，就是本名林远舟三个字，头像就更简单了，直接啥也没有，空白的。

乔荞的手指在微信界面摩挲着，点开右上角的三个小白点，删除的两个红色的大字非常显眼。

以后应该不会和对方再有什么联系了吧？这样的关系留着微信似乎也很尴尬，于是她犹豫了下，还是点了删除。

相亲的事儿很快就被她抛在了脑后，不知为什么，乔妈也没再逼着她和人见面，乔荞的生活总算安静了一段时间。

除了画画依旧不顺利，依旧会被老陶打击自信心以外，生活还是很美好的。

只是，没想到过了半个月，乔荞居然又见到了林远舟。

那天是周三，乔荞下班回家时就见隔壁楼的楼道口挤了一堆人，还停了几辆警车。

“太可怕了，两口子吵架至于这样吗？”

“现在的人压力大，一点小事都能大动肝火，就是可怜了孩子。”

乔荞经过时只听到这么几句，围观群众很多，都在叽叽喳喳争先发表意见，看样子是发生了什么案件。

乔荞不爱凑热闹，也害怕去了解这些，她每天都要从这里经过，知道得越多才会越害怕。

她想迅速溜掉，可目光穿过人群时，看到了自己老妈在严肃地和一位警察同志说着什么。

而那个穿着制服、一脸正气的男人就是林远舟。

乔荞还是第一次见林远舟穿警服，不免有点愣怔。林远舟是标准的北方男人长相，个子高腿长，身材十分挺拔，模样也生得漂亮，穿上制服整个人又透着股难以言喻的威严。

等乔荞回过神的时候，惊觉自己居然在望着他发呆，随后脸颊红了红。

乔妈是居委会主任，被喊来了解情况也是情理之中，乔荞只想降低自己的存在感，装作透明人迅速走人。

可天不遂人愿，那人就像是有什么感应似的，本来正在和乔妈说着话，目光居然直直地扫过来。

本来锐利冷冽的眸子，在看到她猫着腰、贴着墙根，想要闪人的动作时，微微眯了起来。

乔妈也发现了乔荞，立刻朝她招了招手。这下乔荞没办法，只能硬着头皮走过去。

今天天热，天气预报显示最高气温有三十八摄氏度，乔荞穿了条及膝的裙子，配的是双裸色细跟凉鞋。高跟鞋果然是女人气质提升的利器，走路时裙摆在膝盖上方一厘米的地方轻轻摆动，衬得她一双腿越发笔直修长了。

本来因为职业关系，乔荞一直都是穿休闲装居多，很少穿裙子，连鞋也大多是平底鞋。可今天是学校校庆，作为老师代表的她要上台发言，所以为了好看，特意穿成这样。

这会儿鞋跟踩在地面上"嗒嗒"直响，乔荞能感觉到周围有人在看自己，这种被注视的感觉让她不太舒服。

林远舟也在看这姑娘。

呵，和自己相亲时倒没见她这么打扮过。

林远舟今年二十八岁，会去相亲当然还是迫于家里的压力。

其实从青春期开始，他就不缺少女孩们的喜欢，过分优越的皮相让他的课桌里总会不时地出现一些粉红色的小信封，这种事情一直持续到他上警校。警校管得严了，情况才稍微好了些，但也没少有女孩子向他告白。

但不知为什么，林远舟在这方面始终很冷淡。

毕业后他就顺利地被市刑警队要走了，去了以后直接分到了田海明手下。

田海明在公安系统里是响当当的老刑警，业务能力自不必说，林远舟或许也知道这是上级在给他机会，于是心思全花在了工作上。

等他有了点成绩，家里人却开始操心他的个人问题了，尤其是他爷爷。

林家在青州生意做得很大，这个大孙子又向来有主意，平时惯着也就算了，然而这次老爷子月初刚做了心脏搭桥手术，在鬼门关走了一遭，就更加操心他的对象问题。一见他就吹胡子瞪眼，在病房里也没少折腾。

林远舟大抵也烦了，只好顺着老人家，松了口。当时在大学当教授的姑姑刚好也在，生怕他反悔似的，立刻毫不迟疑地拍板为他介绍了一个不错的姑娘！

那姑娘就是乔荞。

然后，他就遭遇了人生的滑铁卢。

和乔荞约会过几次，他自我感觉表现还不错，可后来人家姑娘就说不合适了。不合适的原因还是觉得他太忙，了解不够。

的确，两人见面几次都没能好好说上几句话，人家怎么了解他？

怎么对他托付终身？

于是，他第一次被人拒绝了，前二十八年都是他拒绝别人，现在风水是要轮流转了？

但拒绝也就拒绝吧，这事儿在他这儿很快就翻篇了。直到前几天，他们队里做文职工作的张姐说想给孩子找个补习班。

孩子成绩太差，张姐已经被班主任叫去学校好几次进行单独谈话了。没法子，加起班来她也顾不上孩子的功课，只能给孩子报个补习班。可眼下的补习班参差不齐，教得怎么样不说，老师的师德也未必好。

林远舟当时正在办公室补觉，他前一天晚上盯嫌疑人盯了一宿，本来困得要命，听到这儿，一把扯下脸上盖着的衣服。

动作太突然，吓了在场的人一大跳。

“认识个人，帮你问问。”他想到了乔荞，乔荞不就在小学当老师？对这方面多少会有些了解吧。

难得他如此主动，在场人的都颇为惊讶，要知道林队可是出了名的不好管闲事。于是，林远舟就在张姐及一众同事满怀希望的目光里给乔荞发了条微信。

然后，他发现人家姑娘把他给删了。

再后来，林队被个姑娘甩了的事很快就在队里传开了。

他弟林逸笙是唯一知道他相亲失败的人，对此居然表现得十分兴奋，言之凿凿地告诉他：“这个女人绝对是当初被你伤害过的广大女性同胞派来收服你的！”

林远舟直接让他滚蛋。

收服？收服个屁，人家把他微信都给删了，拿什么收服？

乔荞走到了林远舟跟前，发现男人目光极淡地瞥了自己一眼，檐帽下的清俊五官没什么情绪似的，转过头就继续和她妈说话了：“您说他们夫妻感情一直都不好？”

乔荞就这么被晾那儿了。

“也是近两年吧。”乔妈这个居委会主任也十分尽职，反映起情况丝毫不懈怠，“以前还是很好的，两人一毕业就结的婚。当时男方什么都没有，女方家出钱出力给办的婚事，男方工作也是丈人给解决的。这两年听说升职了，心也就野了，家都很少回。都说他在外面有人，这个咱不确定，可外面有人也不能对媳妇下狠手对吧？何况还有孩子呢。”

林远舟没发表看法，但乔妈说的话他都很认真在听，偶尔再提几个问题。

乔荞在边上听着，也大致知道是出了什么事儿，这种新闻她在网上看过无数遍了，可还是会气愤。其实早些年这种事也很多，只是网络普及率不高，所以很多人都不知道，这几年网络发达了，很多恶人恶事儿都被曝光出来，反而让现在的年轻人对爱情和婚姻都产生了怀疑。

所以晚婚恐婚的现象，真不能怪他们。

乔荞不知道自己的表情有多严肃，拧着眉，嘴角绷得紧紧的，脸上写满了义愤填膺，一张小脸微微泛着红，不知是热的还是气的。

林远舟忍不住看了她一眼。

"谢谢您，乔阿姨，今天就先这样。"

过了会儿，林远舟这边似乎是结束了。乔荞听见她妈也是一副官方口吻："唉，没事，这是应该的。"

然后乔荞就见林远舟将视线转到自己身上，他一手拿着本黑皮笔记本，一手抄在口袋里，也不说话。

乔妈也是。

两人莫名其妙都在看着她。

乔荞明白了，这是两人都在等她说话呢。

她略沉吟了下，开口对林远舟道："我和他们家不熟，不能提供什么情况。"

林远舟："……"

乔妈的表情扭曲了下："谁问你这个了。"

乔荞狐疑地看看她妈。

乔妈一副恨铁不成钢的样子，对女儿的社交能力彻底绝望，只能亲自出马缓和下气氛："小林啊，阿姨家就在隔壁楼，要不上去坐会儿？"

"不了，不方便。"林远舟说完这话，发现一旁的姑娘明显松了口气，他的唇角不自觉勾了勾。

乔妈其实也只是礼貌性问问，她当然知道眼下的情况不合适，人家在办案，但什么都不说又不合适，好歹是女儿的"前男友"呢，于是又说："那你要有什么事再随时找我，你不是有乔荞的微信？"

乔荞和林远舟："……"

不知道是不是心虚的缘故，乔荞觉得周围的空气都好像凝固了。

她在心中默默祈祷，林远舟千万别有什么事要联系她。

但林远舟这人好像故意和她作对似的，很快就转过身来正对着她，一字一顿地说："有件事可能真要麻烦到你。"

晚上七点半，乔荞刚洗完澡就接到了林远舟的电话。他的语气听起来很疲倦的样子，简洁地丢下一句："我在你家楼下。"

"我马上下来。"

乔荞简单收拾了下，头发都没来得及吹干，拿了包就往楼下跑。

她经过客厅时，乔妈正抱着 iPad 追剧，看到她不由露出一个高深莫测的笑容："这约会啊，果然有了第一次，就会有二三四五次的。"

"我和他没在约会。"

乔妈不理她，只对着她挥了挥手："不许夜不归宿啊。"

乔荞已经不想再和她妈解释了。

林远舟开的 SUV，车就停在乔荞家门前不远处，所以乔荞一下楼就看到他靠着车门在抽烟。

男人身上的制服已经换下了，这会儿穿了件简单的白色半袖、灰色运动裤，比起白日里的模样，整个人倒是增添了几分少年感。

她刚走近，他就将烟给掐灭了。乔荞想起第一次见面时，自己是说过不喜欢烟味来着……

"抱歉，刚忙完。"

夜风挟着几缕凉意，带着林远舟身上淡淡的烟草气吹拂过来，他倾身替她开了副驾驶一侧的车门。

乔荞道了声"谢谢"，目光一转，这才发现后座还有人——是个孩子。

想来正是那位张姐的儿子。

"张姐有事，我先带他去看看。"林远舟解释。

下午收队以后，林远舟提了补习班的事儿，这对乔荞来说只是举手之劳，她自然不会拒绝。后座的男孩看起来大约八九岁，穿着隔壁小学蓝白相间的校服，此刻正睁圆了漆黑的眼，专注地盯着她打量。

虽说乔荞在学校和孩子们交流惯了，但是眼前的小男孩还是让乔荞紧张了下："……嗨。"

"嗨。"小男孩倒是一点不怯场，甚至有点自来熟，扒着副驾椅背，好奇地问，"你就是林队的那位朋友？"

那位朋友？

乔荞不知道林远舟是怎样介绍自己的，但想来总不会是前女友这类让彼此尴尬的身份，含笑点头道："对。"

不知为何，乔荞觉得自己说完"对"之后，小家伙的眼神竟像是多了几分钦佩，甚至十分郑重地伸出手来，他说："我叫农子昂，我们以后就是朋友了！"

虽不明就里，乔荞还是认真同他握了握手，小肉手有着孩童该有的柔软和温度，这让她紧绷的神经放松不少，莞尔道："我叫乔荞。"

瞧瞧？农子昂有点惊讶："你名字真有意思。"

有意思?

乔荞再度迷糊了，实在不知道这个有意思的点在哪里……

"你妈妈给你取的吗？"

"是啊。"

农子昂深以为然："你妈妈肯定是个非常有趣的人。"

"嗯，谢谢。"虽然乔荞也觉得乔妈是这个世界上最可爱有趣的小老太太，但是她真的没搞清这段对话背后的意思。

车子驶离小区，林远舟除了询问乔荞补习班的地址外便不再多言。乔荞倒是乐意享受这份宁静，对她而言，少说话总是更惬意些。只是后座的农子昂经过刚才的兴奋之后也表现出了罕有的沉默，和乔荞班上那些顽皮的小男孩截然不同。

她瞧着后视镜，正巧看见孩子拧着两条小眉毛，一脸忧郁。

乔荞只当他是不乐意报补习班，所以心情不好。可那孩子频频看电话手表，每看一次眉头就皱得更深一些。

出于职业素养，乔荞想问问孩子是不是不开心，但又觉得自己此刻还算是陌生人。虽说孩子刚才已经向她热情地发来了交友申请，可如果真的问到他的伤心事，终归还是不合时宜。

幸好身边那位一言不发的男人终于开了尊口："要报补习班，不开心？"

农子昂严肃地摇了摇头。

"考试又没考好？"

"为什么要说又！"小小男子汉的自尊心受到了冒犯，他瞥了一眼乔荞，气鼓鼓否认，"不是。"

林远舟似乎耐性告罄，又或者认定农子昂会自己开口，便专注地开车没再理他。

片刻之后，农子昂果然无法忍受被忽略的滋味，气道："我'失恋'了！"

车厢里瞬间变得安静无比，半个月前才经历了人生中第一次"分手"的两个人，同时陷入了沉默。

相比起来，林远舟还算淡定，很快调整情绪："你经常'失恋'，很正常。"

乔荞沉默……好吧，她算是彻底没什么发言权了。

"这次不一样！"农子昂看起来是真的伤心，握着拳头控诉道，"秦岁岁明明和我一个大院长大，一个幼儿园毕业，一直和我最要好，现在却总和一个小胖子混在一起。两人天天在群里聊得可开心了！"

林远舟毫无波澜："退群就好了。"

这简单粗暴的解决方式还真"林远舟"啊。

乔荞暗暗撇了下嘴巴，脑海里不禁回想起两人相亲以来的聊天记录，的确是简明扼要、从不迂回。她的目光往后移，果然看到农子昂也被噎到了。

小家伙嘴巴张张合合，最后倔强地咬着牙："我不！"

"那就加入他们。"

农子昂脑补了下三人一起的画面觉得不能接受，他终于意识到自己找错了倾诉对象，重重地哼了一声，扭头看向车窗外："我不想和你说话了！"

乔荞倒是很能理解农子昂的心情，所谓的"失恋"，其实只是被好朋友忽视带来的不安感吧。她忍不住低声提醒林远舟："你该哄哄他的。"

林远舟蹙了蹙眉，像是对"哄"这个字完全没概念。

想到相亲那阵子他的表现，乔荞决定好人做到底："比如，说点让他开心的话。"

林远舟沉默了一下，道："刚才不算？"

乔荞也沉默几秒："嗯，其实让他安静待会儿也不错。"

林远舟这个情商本来还以为可以拯救下的……

不管农子昂小朋友经历了怎样的爱恨情仇，他最后还是被林远舟给提溜进了补习机构的大门。

补习机构有个响亮的名字，叫作雏鹰教育，合伙人之一是乔荞的前同事杜鸣宇，他是乔荞刚进小学就职时认识的第一个朋友。杜鸣宇脾气温和，又比乔荞大不了几岁，所以相比其他人来说，乔荞和杜鸣宇熟识得快。

后来杜鸣宇辞职了，两人也偶有联系，当然这个联系仅限于在朋友圈点个赞什么的。但看他朋友圈的内容，雏鹰做得很有规模，在业内也很受推崇，荣获了不少奖项。

杜鸣宇亲自到门口来接人。许久未见，他整个人的气质和外形都发生了很大改变。

他很有礼貌地同林远舟握手，简单进行自我介绍后便直奔主题："情况我都听乔荞说过了，还有半小时提高班就下课了，要不你们先去听听，感受一下？"

林远舟低头看一旁的农子昂，熊孩子正扯着书包带怏怏地用脚踢地板。

看来还真是委屈坏了——

林远舟伸手拨了拨小东西头顶的发。

农子昂抬起头，怒目而视："干吗？"

"好好听课，周末带你去老秦家。"

"真的？"农子昂顿时双眼放光，要知道秦岁岁已经明令禁止他再去她家玩儿，可是有林队带头就不一样了！

见林远舟点头答应，农子昂欢呼一声，立刻蹦蹦跳跳听课去了。

乔荞也在看林远舟，所以……他这算是听了她的建议，在哄农子昂？也不知道是不是自己想多了，林远舟只冲她点点头，就随农子昂一起进了教室，安静地坐在最后一排听课。

乔荞没跟进去，站在走廊处看了看。透过教室玻璃，她能看到男人清俊的侧脸，即使掩饰得很好，他眉宇间还是露出几分疲惫，但仍专心听老师讲课。

他都这样累了，还是尽责完成同事托付的事儿……倒是很有责任感。

如果不是做男朋友，他真的无可挑剔。

乔荞又想，或许作为男朋友他也能很完美，只是两人相遇的时机不对，性格无法磨合。

其实，她倒是好奇他会喜欢什么样的人。

乔荞意识到自己的思绪正在往奇怪的地方跑偏，她连忙回了回神，目光渐渐聚拢，骤然撞进一双黢黑的眼眸里。

林远舟不知什么时候也看了过来，他坐姿笔挺端正，双臂环抱在胸口，眼神充满了探究与思索，那是一种来自职业的敏锐感知。乔荞瞬间觉得自己像是个被抓现行的偷窥狂，在接受警察叔叔的庄严审视。

她立刻就㞞了，默默地将头扭了过去。

"喝这个可以吗？"杜鸣宇从自动贩卖机买了喝的回来，见她脸颊有点红，只当是冷气不足的缘故，提议说，"我们去办公室等他们？"

乔荞接过饮品，如蒙大赦，连连点头：“好。”

杜鸣宇被她逗笑了，抬手引路：“这边。”

乔荞赶紧跟上杜鸣宇的步子，藏在长发里的耳朵却在发烫——林远舟不会以为她在偷看他吧？虽然她的确是在偷看，可这种偷看应该不是他以为的那种偷看啊。

杜鸣宇没留意她的心不在焉，许久未见，其实还挺想和她叙叙旧的：“还带的三年级那几个班？”

“嗯。”

乔荞教美术，一个人教五个班，每个班一星期只有两节课，课程任务不算重，之前杜鸣宇带的正是其中一个班。

“挺好的。”杜鸣宇有些怀念，“也不知道那群小鬼现在什么样，应该长高不少。”

“我有照片。”乔荞很快在手机相册里找到几张班级合照，递过去给他看。

杜鸣宇本来只是随口一提，没想到乔荞会这样实诚，但他觉得这样的乔荞很可爱，稍稍倾身过去认真看了会儿照片，抬手指着以往最调皮的小男孩道：“看样子不只高了，还胖了不少。”

想起班上孩子们的样子，乔荞的眼神也变得柔和，甚至懂得开玩笑：“我会转告他。”

“这样会打击到孩子的自尊心，我劝你放弃这个可怕的念头。”

“其实，他们还经常提起你。”乔荞说的是实话，杜鸣宇以前在学生中人气还蛮高，尤其是男孩子们，他私下经常陪那群调皮鬼踢球来着。

杜鸣宇点点头：“有空回去看看他们。”

因为以前带了同一个班，所以给两人提供了不少话题。

到了办公室，乔荞就被展示架上满满当当的奖状和证书给震撼住了。她一个个参观欣赏，由衷感叹：“你好厉害。”

“不是我厉害。”杜鸣宇纠正，“这些荣誉都是孩子们赢来的。”

这点乔荞很赞同，虽然殊荣都属于雏鹰，但背后也少不了孩子们的辛苦，不过鲜少有人会留意这一点。

杜鸣宇招呼她坐下，大概真的以为她很怕热，特意将空调调低了温度。他依然很健谈，以前在办公室就一直是气氛担当，完全不用担心会冷场，他说了许多离开学校以后创业的趣事。

两人聊了一会儿，他忽然问："这位林先生是你朋友？"

话题跳得太快，乔荞一时没转过弯来，以至于她微微愣了下："对，是。"

她和林远舟的情况，四舍五入，应该能算是朋友吧？

杜鸣宇点点头，没再说什么，只是低头时，嘴角微微翘了翘。

乔荞也不知道他为什么突然问起这个，只当是对方好奇而已。

因为来得晚，提高班那边的课程很快结束了，两人刚聊得差不多，林远舟就带着农子昂走了过来。林远舟表示会回去和张姐如实反馈，最后做决定的还是孩子家长。

"当然。"杜鸣宇推了推眼镜，"如果你那位同事不放心，也可以抽空亲自来听一下。"

他又看向乔荞，语气温软许多："乔荞的朋友就是我的朋友了。"

林远舟闻言安静了一瞬，随后伸手和他交握："那告辞了。"

农子昂机警地左右看了看，小眉头不自觉地皱了起来。

回去时，林远舟先将乔荞送回了家。乔荞下车后发现林远舟也紧随其后跟了下来，她猜测对方是有话对自己说，于是站在原地没动。

林远舟绕过车身，径直走到她跟前。月色正浓，他注视着乔荞白净的脸庞，低声说道："今天谢谢你。"

"小事而已。"想到以后多半是不会再见了，乔荞握着手包带子的指尖紧了紧，"其实……我很高兴能帮上忙。"

林远舟没立刻接话，他似乎一直都知道她容易紧张结巴的毛病，所以很耐心地等她说完。

但他就那样静静地紧盯着她，乔荞又开始局促不安，只谨慎说道："林远舟，其实你很好。"

不知是不是被乔妈洗脑的缘故，她对着林远舟总有点心虚又亏欠的感觉。但今天能帮上忙，她一下就觉得心里舒服了许多。

她也不希望林远舟心里有什么疙瘩。

林远舟也不知懂没懂她的意思，只是低下头，嘴角若有似无地露出一点笑："这是在给我发好人卡？"

乔荞差点咬到自己的舌头："不要欺负我嘴笨，反正就是字面上的意思。"

林远舟看她着急，眼底的笑意终于浓了点，微微偏了下头："上去吧，等你走了我再走。"

"那我走了。"乔荞和他说了再见，又冲扒着车窗朝这边看的农子昂挥了挥手，然后就上楼了。

真奇怪，虽然白天隔壁楼才刚出了事故，可神奇的是，她居然一点也不害怕。

也不知道是不是林远舟还站在身后的缘故。

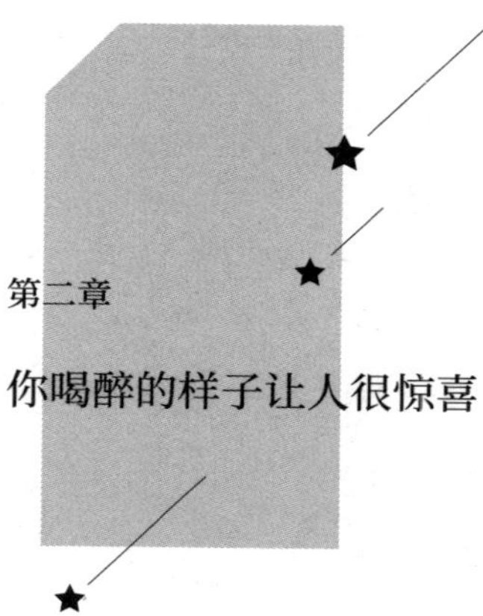

# 第二章

# 你喝醉的样子让人很惊喜

林远舟还得回趟老宅。

林家老宅位于老城区，这几年城市发展迅速，导致老城区越发偏僻陈旧，但老爷子非就念着那点情怀，说什么也不肯搬出来和儿孙同住。

家里的阿姨来开的门，见了他就开始嗔怪：“故意磨蹭到这个点，是想等你爷爷睡下吧？”

心思被点破，林远舟也丝毫没觉得窘迫，只是往客厅方向扫了眼。

“别看了，等着你呢。”

“怎么尽惯着他，还让他熬夜了？”

“你这孩子，”阿姨在林家做了十几年，和林远舟说话也随意惯了，忍不住笑骂一句，“还赖上我了？”

车钥匙在指间转了一圈，林远舟忽然说：“我再出去转会儿——”

话没说完呢，客厅就传来一声怒吼：“给我滚进来！”

得，这下想跑也晚了。

林老爷子在沙发上微合着眼，听到脚步声才坐直了，看到大孙子就面色不善：“去哪儿了？”

“带小农补习去了。”林远舟往老爷子对面一坐，看到电视上依旧在播那部谍战片，忍不住吐槽，“看多少遍了，您倒是不腻。”

老爷子心知他想转移话题，根本没理这茬儿：“带别人孩子去补习，我什么时候才能带我曾孙去补习啊？”

林远舟：“随时都可以。”

林老爷子：“？”

“我认小农做干儿子。”林远舟一本正经地说，“您不就有曾孙了。”

他弟林逸笙正好从楼上下来，听了这话直接“扑哧”一声没形象地笑出声。

林老爷子生气地抬手指了指林远舟，又指向还在笑的林逸笙：“一个两个的，想气死我！”

“唉。”林逸笙从沙发背后直接蹦过来坐好，“爷爷你别迁怒我啊。这说着我哥呢，怎么又扯上我了？”

林老爷子冷笑一声：“怎么，你有对象了？”

林逸笙默默地闭上了嘴巴。

两天前，林老爷子还是从林远舟姑姑那儿知道了林远舟被乔荞拒绝的事儿，连着让林逸笙打了好几通电话催他回来一趟。林远舟找借口拖了两天，到底是混不过去了，林老爷子给发了最后通牒——要是还不回，亲自去刑警队逮人。

林远舟没办法，踩着最后期限，今晚十二点前回的家。

谁承想，老爷子竟然一直没睡。

“说说吧，人姑娘为什么看不上你。”老爷子瞅着他，眉间微皱，显然是因为自家孙子愁得不行。

林远舟很是无奈：“您就别操这份心了，我自己的事有分寸。”

林逸笙也在一旁帮腔：“就是，爷爷，他这毛病一大堆呢，您操不完这心。”

“那操你的心？”

林老爷子攻击力十分强，林逸笙又默默闭上了嘴。

一时之间，满屋子静默，只剩古董钟发出“嗒嗒”的摇摆声。

林老爷子叹口气，撑着沙发扶手站起身：“早些时候我也不爱啰唆，可这几天总想着，我不知道什么时候就走了，到时候下去见了你妈。她要是问起你，我总不好向她交代。”

提了不该提的人，连林逸笙都没话说了。

林远舟脸色也很不好看。

林老爷子起身上楼，似自言自语，又似说给他听："林家欠她太多，我不多替你操点心，恐怕欠得更多。"

没有想象中的训斥，林远舟却觉得心里很不是滋味。

林逸笙在边上察言观色："你和那姑娘真没戏了？"

"怎么？"

"你不会以为这事儿就这么完了吧？"林逸笙一语道破，"爷爷肯定还有后招，你且看吧。"

林远舟捏了捏眉心，这还没开始，他就已经头疼上了，也只能见招拆招了，转头见他弟拿着手机不断翻网页，皱了皱眉："你干什么？"

林逸笙立刻垮下一张俊脸，语气甭提多可怜："我喜欢的漫画断更很久了，作者所有社交软件也停了，就连我给她发的私信都没回。"

那模样活脱脱像一只被抛弃的狗。

林远舟淡漠地听着，一副兴致缺缺的模样。

林逸笙也没指望他能给出什么反应，但忽然说："说起来，你是不是可以帮我找找她？"

林远舟想敲开他的脑袋看看里面到底装的什么。

"我只是想确定她的人身安全而已！"林逸笙替自己辩解，生怕被他哥当成什么奇奇怪怪的人，"我看到很多新闻，这种自由职业者猝死的非常多！"

"所以你在咒你喜欢的作者？"

林逸笙一下噎住。

林远舟完全不想理这个不靠谱的弟弟，也懒得给他进行普法教育，直接扔下一句："洗洗睡吧，梦里什么都有。"

林逸笙："……"

周五午休时，乔荞接到了周小娅的视频电话，因为拖稿严重，乔荞只要看到她的名字内心就警铃大作。果然周小娅开口就是："宝贝，稿子怎么样了？"

乔荞用沉默代替回答。

周小娅无奈："你再想不到接下来的情节，老陶就要追到你家去了。"

“可是……”乔荞更无奈，“我真的一点灵感也没有。”

乔荞的漫画叫《我的小小世界》，目前已经出到第十册，主角是个小男孩。最初的时候她只是在微博上画着玩。那时她还是学生，画的也都是些同龄人喜欢的故事，主调也以温馨励志为主。

《我的小小世界》出版以后，销量非常不错，于是出版社就将这个故事打造成了品牌。

这个关于小男孩的故事得以延续下来。

现在一路看下来的漫画读者们都慢慢长大了，主角也长大了，所以不得不给他加一条感情线。

这也是乔荞近期总是拖稿的主要原因——感情线怎么画都不好看。

但她属于养成系“偶像”，所以很多读者都还在默默等着她，出版社也是看准了她的商业价值，所以催促的同时，还是会考虑她的感受，尊重她的想法。

乔荞就差表演原地抓头发了，这会儿办公室里只有她一个人，她软了音调，试图挣扎一下：“你就不能和老陶再争取下，为什么一定要有感情线？不谈恋爱也很好吧。”

周小娅笑得非常吓人：“亲爱的，你单身所以也要让你的主角一起单身吗？会不会有一点点残忍？纸片人没有感情、没有人权的吗？”

乔荞被她的夺命三连问问得说不出话。

好吧，她家“儿子”在网上人气的确是蛮高的，超话的粉丝数量也有几十万。

“这样吧。”周小娅给她出主意，“我再和老陶商量下，但你自己也要抓紧。不就是恋爱吗？也不一定要谈啊，就是心动，有心动的感觉就够了！”

心动？

乔荞慢慢地将视线移到了某一处。

视频另一端的周小娅立刻捕捉到了重点：“是不是想到了什么？”

“没有。”乔荞有点丧，“我觉得自己好像变成了一条咸鱼。”

周小娅：“……”

“我会不会一直这么废下去，再也没救了？”

乔荞本就长的娃娃脸，这会儿一副无辜的腔调，周小娅顷刻就投降了，安慰说：“不会啦，谁都有遇到瓶颈的时候，调整过去就好啦。”

“是吧。”乔荞点点头，然后叹了口气，“那我去调整一下。”

周小娅还没反应过来呢，乔荞那边就将通话挂断了。

好险！

乔荞拍了拍胸口，呼了口气，冷静下来又不免开始羞愧，不能因为自己的问题影响其他人的工作，得尽快解决眼下的问题才行。

“怎么了？”办公室门被推开，来人是数学组的肖晴，她看乔荞一脸郁闷，好奇地问了句。

乔荞没把画漫画的事儿告诉别人，所以只是摇了摇头：“朋友有点事。”

肖晴没再追问，拉了把椅子坐到她旁边：“晚上我约了杜鸣宇吃饭，你也一起吧？”

乔荞愣了下：“我？”

“对啊，多个人自然一点。”

肖晴这么说，乔荞立刻就明白了。杜鸣宇辞职以前和肖晴同属数学组，有事没事总斗个嘴，好像谁也看不上谁。

尤其是肖晴，老是以损杜鸣宇为乐，没想到私底下竟存了这样的心思。

见乔荞没立刻答应，肖晴揽着她肩膀晃了晃：“去吧，好不好？我一个人多奇怪，他会怀疑的。”

乔荞不是很懂：“既然喜欢，不是应该勇敢一点？”

“这你就不懂了吧。”肖晴自有一套说辞，“目前我还不知道他的想法，如果贸然表现得太明显，以后可能连朋友也做不成。但如果先试探下，至少进可攻退可守，也不会太丢面子。”

乔荞明白了。

“那说好了，放学一起走。”肖晴提醒她，“别忘了。”

乔荞只好答应下来，反正她向来没什么存在感，一起去吃饭也只是去做背景板而已。

到了放学的时间，两人走出校门就看到了杜鸣宇的车。看得出他这几年的确赚了不少，换了新车不说，就那身行头也十分讲究，戴着副超大的太阳眼镜靠在座椅上闭目养神，还是等她们走近后肖晴叫醒的他。

“耍什么帅呢？”

杜鸣宇咳了一声："昨晚没休息好。"他主动和乔荞打招呼，发动车子的时候问两人，"想吃什么？"

肖晴直接回答："城北那家私房菜吧，我上次去感觉还不错。"

杜鸣宇看乔荞："你呢？"

"私房菜也不错。"

杜鸣宇似乎想说什么，后来又闭了嘴，直接将车开去了城北。

一行人到了那家私房菜馆，肖晴和杜鸣宇说笑几句，就拿着菜单点起了菜。

乔荞就是来陪吃的，而且她并不挑食，所以没觉得有什么。

反倒是杜鸣宇，在肖晴问他想吃什么的时候，忽然将菜单推到乔荞前面："看看，想吃什么？"

气氛变得有一丝古怪，肖晴笑得也有点勉强："对，乔荞你看看有什么想吃的？"

乔荞不想喧宾夺主，潜意识里也不想成为被关注的对象，就随意点了两样。

杜鸣宇看着她笑："我记得你不吃辣，那我做主再给你点几个清淡的？"

乔荞点了点头。

其实要搁平时，杜鸣宇这样的行为也可以理解为绅士，朋友间的关照罢了。但乔荞知道肖晴对他有那方面的想法，眼下的情形便隐隐有些尴尬。

果然，肖晴咬了咬唇，似是在思忖什么，过了许久才和杜鸣宇继续聊天。但不知道为什么，话题最后总会很奇怪地绕回乔荞身上。

乔荞也渐渐感觉不太对，杜鸣宇似乎……

她只是嘴笨不善言辞，但不代表她心思不够活络，一时间眼下的饭局让她如坐针毡，就连肖晴看她的眼神也渐渐变得复杂。

天地良心，乔荞对杜鸣宇绝对没什么别的念头，但肖晴并不知道。乔荞觉得当下最明智的选择就是找借口离开。

她正在思索该用个什么合理理由时，手机忽然响了。

电话号码有点眼熟又有点陌生，她接通，那边的声音也是陌生又熟悉的。

隔着电波，林远舟平静而沉稳地问她："和同事们在聚餐，张姐想邀请你一起，当答谢你的帮忙，要来吗？"

乔荞的心在那一刻忽然变得尤为安稳，她低头轻轻吸了口气："要。"

也许是没想到她会答应，那边有短暂的沉默。

乔荞握紧了手机：“林远舟，你来接我好吗？”

林远舟来得很快，他聚餐的地方到乔荞说的地址也就十五分钟车程。他远远地看到那姑娘站在路灯底下，路灯还没开，时近黄昏，夕阳的光从背后私房菜馆的瓦片顶上流泻下来，将她的身形照得很单薄。

不知道为什么，林远舟忽然看出了点孤单的意思。

乔荞本来正低头看面前的地砖，猛然感应到什么一样，抬头，看见的正是林远舟将车缓缓停靠在路边上。

她快步朝他走过去，走得有点急，甚至流了点汗：“你来了？”

林远舟见她身后是家私房菜馆，眼中有短暂的疑惑，但并没有追问。他一直很善于把握人与人之间交际的分寸，只倾身替她开了车门。

乔荞直到坐上副驾驶座才有种如释重负的感觉。

刚才听她说要走，肖晴明显松了口气。只有杜鸣宇露出惊讶的神情：“有事？”

“嗯。”乔荞说，“临时有约。”

一句话，大家心领神会，加上乔荞刚才温柔轻缓的一句“你来接我好吗”，杜鸣宇就是再笨也猜出了一二。

他多少有些失落，但还是克制着说道：“路上小心。”

直到这一刻，乔荞也不知道自己这事办得对不对。她打小就不是个处事圆滑周到之人。乔妈离婚早，一个单身女人要养活年幼的女儿很不容易。乔荞的童年记忆全是在各个亲戚邻里家辗转、寄宿，就是后来大了一点也是自己一人在家独自待着。

她的世界大多时候只有她自己。

她不善于与人相处，更不善于解决矛盾。

但她其实非常渴望友情。

她不是不知道肖晴找她来的目的，因为她没什么存在感，说话又磕磕巴巴，正好可以衬托肖晴。在她的生活中，有肖晴这样想法的人已经不是第一个了。

乔荞有时候不想计较，因为计较不过来，但她觉得难过的是，很多时候她的妥协迁就换来的却是他人的漠视。

她曾经以为真心是可以换来真心的。

林远舟没立刻发动车子，而是从后座拿了瓶水递给她。

乔荞回神，道了声："谢谢。"

这一声也不知道谢的是什么。

"大伙儿在月满楼吃火锅，想去吗？"

乔荞没想到他还会再次征询自己意见，看着他清亮锐利的眸子，她猜想自己的状态已经被他猜到了几分。

的确，向来都不好往陌生人堆里扎的人忽然就答应聚餐，怎么想都很奇怪。

这时候如果她说不，林远舟也不会有什么意见，但乔荞还是系好安全带："嗯，当然。"

林远舟手握方向盘，淡淡地说了一句好似宽慰的话："他们很好相处，不用担心。"

说是很好相处的各位，着实是有些热情过头了。

乔荞刚进包间就被一群年轻男女齐刷刷盯着行注目礼，她下意识就想往林远舟身后藏。

林远舟挑眉瞪那一群皮猴："好好吃你们的。"

一群年轻人笑得更加意味深长："林队也不介绍下？"

"乔荞。"林远舟从善如流，言简意赅，"我朋友。"

"哦——"一群人不知道为什么特别意味深长地应了声，随后就笑得更加开怀了。

乔荞并不知道自己已经成了众人口中"甩了"林队的传奇人物，略微有些窘迫，还是主动打招呼："你们好。"

声音有点小，大伙儿只当她害羞罢了。

"乔荞是吧，你好你好。"还是张姐老到，主动迎上来握住乔荞的手，"总算见到你了，本来应该单独请你吃饭的。前阵子大家都忙，今儿正好赶上这一趟，你别介意。"

张姐看起来四十岁左右，人非常亲和温厚，看人时莫名就有种令人心安的能力。

"你太客气了……"

乔荞话没说几句就被张姐拉过去坐："来来来，大伙儿都认个脸熟。"

乔荞再度被一群人注视着，心跳都不自觉变快了。幸好林远舟在她身侧落座，对众人说：“都自己介绍下吧。”

一个扎着马尾辫特别干练的女孩主动扬扬手：“我叫田树，稻田的田，树木的树。”随后又补充，“可不是填写数字那个填数。”

乔荞被她逗笑：“你好。”

田树旁边有个特别阳光精神的男孩，个儿特别高，吃完嘴里的肥牛才说：“我叫秦亮，又勤奋又漂亮，好记吧？”

田树“扑哧”了一声：“你是不是对漂亮两个字有什么误解？”

“怎么？那漂亮两个字和你有一毛钱关系吗？”

“眼神不好，不跟你一般见识。”

两人你一言我一语，好不热闹，林远舟在她身侧解释：“俩新人，原来是同班同学，但看起来好像有仇。”

乔荞听着，倒觉得两人感情很好的样子。

其他还有几位都纷纷介绍了自己。大热天吹着冷气吃着火锅，气氛就像锅里的汤底一样浓烈。大家短暂的好奇过后，就没再把关注点落在乔荞身上了，平时大伙儿都忙，难得放松，自然是怎么随意怎么来。

乔荞低声问林远舟：“农子昂呢？”

饭桌上有点吵，他说话时得侧身贴近她耳畔：“在他奶奶家。”

“哦。”乔荞不着痕迹地退开。

“想喝什么？”

“清水。”

“嗯？”

她只得也侧身过去，在他耳边很轻地说：“喝水就好。”

他点点头，十分坦荡地递过来一杯温水。

饭局进行到后半段，大伙儿都慢慢消停下来，有人提议玩个游戏。饭桌上的游戏来来回回就那么几个，有人说：“你有我没有，怎么样？”

“你有我没有”是挺老的一个游戏。顾名思义，一个人说出自己没做过的事，如果在座的有人做过，就要接受喝酒惩罚。反之，在场的人接受喝酒处罚。

一时间，大伙儿都跃跃欲试。

游戏从秦亮开始，他摸了摸自己的板寸，十分得意地说：“我从没丑过。”

大伙儿瞬间起哄，田树直接对着他翻白眼：“要点脸成吗，能不能好好玩儿？”

秦亮咳了一声：“好好好，刚才不算，现在才开始。”他眼珠一转，嘴角露出点坏笑，“我追人从没被拒绝过。”

“良心游戏，全凭自觉。”秦亮这话像是冲着田树说的。

乔荞看到田树面无表情地拿起杯子，一个小姑娘喝酒眼都不带眨的。

在场的人要么或多或少都被人拒绝过，要么就没追求过谁，于是就让秦亮捡了个大便宜。

乔荞自觉也得罚一杯，正好田树刚才给她倒了杯啤酒，她端过来喝了一大口。再怎么说，也得有点游戏精神……

林远舟见她喝的啤酒就没往心里去，在他们这群人眼里，啤酒都不能算是酒。

张姐倒是没喝，以水代酒意思了下，她好像待会儿得负责开车。她笑着指指秦亮：“不许夹带私货，光针对田树算怎么回事。”

“没关系。”到田树了，她慢慢说道，“我没和人接过吻。”

秦亮还咧着的嘴角僵住了。

在场的人热烈起哄，甚至左右观察起来，这可是窥探秘密的大好时机！

众人目光一致看向林队，结果发现林队很是镇定地没有反驳，端起面前的酒杯一饮而尽，而一旁的乔荞也默默地端起面前的杯子灌了一小口。只有她自己知道，这压根不是大伙儿脑补的那样啊。

秦亮是觉得这杯酒喝得值了！

记忆里，他们林队可是没谈过恋爱的，那么这个接吻对象就十分微妙了。

几轮游戏下来，一屋子人除了张姐谁也没少喝，时间也差不多了，到了该散场的时候。林远舟起身准备去结账，结果人才刚站起来，就被身侧的人按回了座椅上。

挺用力的一下，动静吸引了所有人。

众人都愣了愣，目光刷一下整整齐齐地望向始作俑者——一直安安静静的乔荞。

乔荞身子晃了晃，双手按在林远舟肩膀上，脸颊红扑扑的。

一屋子人短暂地愣怔之后都看出来了，姑娘喝多了……

随后大伙儿又都兴奋了起来，这这这……这接下来可就有好戏看了！

只见林远舟保持着被乔荞按住双肩的姿势，坐姿却十分端正笔直，丝毫不见狼狈，除却初时的愕然外，他认真沉静地回视着她。

乔荞离得他尤其近，近到气息相闻，然后她一只手往下移，拍了拍他胸口。

“我……我结账，别跟我抢！”

林远舟：“……”

乔荞冲他笑了笑，掌心依然压在他胸口，小声地在他耳边说：“其实，我特别有钱，我请你。”

这架势还颇有点豪气的意思。

林远舟实在无法把记忆里那个胆子小，还有点屃的姑娘和面前这个人联系在一起。

他此刻最大的感受就是这姑娘酒品似乎不太好……

而众人的内心却早已翻江倒海，他们林队被调戏了？还是被甩了他的那姑娘给调戏了！

乔荞第二天是头痛给疼醒的，起床之后胃很不舒服。她趴在床上发了会儿呆，想起今天是周六，但她不记得昨晚发生了些什么，只隐约记得和林远舟的同事聚餐来着。

她去厨房倒水喝，刚喝了一口，乔妈就从后面拍了她的脊背一巴掌。

结结实实一下，给乔荞疼得差点把水给喷出来。

“说过多少次了，在外面少喝酒！”乔妈对她喝酒一事深恶痛绝。

乔荞也自觉有错，昨天本来心情郁闷，后来看他们玩游戏，那些人鲜活又生动，那样的感觉不知怎么就感染了她。她忽然就也想喝一点……

只是没把握好这个“一点”的尺度。

乔妈嘴上数落着，却还是给她熬了粥，正拿了碗给她盛：“要不是和小林一起，我真要好好骂你一顿。”

“昨天他送我回来的？”乔荞实在不记得自己怎么回来的了，但料想应该就是他。

乔妈把粥递过来，眼神却极其复杂：“除了他还能是谁，被他看到你那副样子，啧——”

乔荞："……"

乔妈很是叹息："总之，以后少喝酒。"

乔荞"哦"了一声，然后就见她妈有些郁闷地出门锻炼了。

乔荞一头雾水，喝完粥洗了碗，然后回房间画画。正好周小娅发了微信过来，乔荞干脆把这事和她说了。

周小娅的注意力毫无意外地偏到了太平洋：居然又见面了！

乔荞试图纠正：重点不在这里。

周小娅：你老实说，你是不是背着我和他在交往？

乔荞：没有。

周小娅：那就是在暧昧中？哇，没想到你是这样的乔荞。

乔荞抱着手机，想了想又打字：停止你无意义的脑补吧！昨天我喝醉了，他送我回来的，我是不是得打个电话感谢下他？

周小娅那边安静了有一会儿，然后乔荞就被她的感叹号攻击了：你居然在他面前喝醉了！

那感叹号看得乔荞眉心直跳。

想起乔妈出门前那番话，乔荞不知怎么的就觉得有点心虚，她抠了抠手指，慢慢地发过去一句：我喝醉有那么可怕吗？不就是乖乖睡觉……

周小娅又是过了好一会儿才回微信，这次回答得相当简练，乔荞打开微信界面只看见两个字：呵呵。

一个周末过得可谓惊心动魄。

周一早上，乔荞在大课间的时候遇到了肖晴。她没事人似的主动走过来和她聊天："那天来接你的是上次你说的那位相亲对象吧？"

乔荞不意外她会看到，"嗯"了一声。

肖晴用胳膊撞了撞她："你们其实在谈了吧？"

乔荞不想和她说那么多，含糊道："算是吧。"

肖晴脸色瞬间就好了许多："那天你别误会啊，我这人有时候就是神经粗了点，所以点菜的时候也没想那么多，就忽略你了——"

她话没说完，乔荞就将她挽上来的胳膊拂开了。

肖晴微微有些惊讶，乔荞看着她说："我没放心上。我还有事，先这样。"

肖晴看着她走开的背影皱了皱眉，随后不以为意地去找别的老师说话了。

乔荞也很快忘了这事，对她不重要的人，她已经学会不放在心上，不看在眼里了。只是……想起周小娅和乔妈的话，乔荞心里莫名有些不安，难道她的酒品真的很差?

也不知道林远舟有没有因为她而受到困扰。如果真的给人家带去什么麻烦，似乎该好好道个歉才是。

打定主意，乔荞就给林远舟发了条短信过去。自从删了他的微信之后，他们都默契得不再提加对方微信的事，都是电话联系。

但眼下这事儿在电话里说似乎有点尴尬。

乔荞斟酌了很久，用词十分谨慎：那天我喝醉了，有没有给你添麻烦?

这年头，其实很少人会及时看短信，所以乔荞也不确定自己这条信息会不会石沉大海。

她周一的课不多，闲下来的时候就会不自觉瞄一眼收件箱。幸好林远舟回了，只是回复的内容……

乔荞皱眉看了好几遍，什么叫“你喝醉的样子让人很惊喜”？

思索片刻，乔荞终于还是没忍住又发短信过去问他：什么意思?

这条信息，直到下午开会时都没再收到回复。

以前两人相亲时也这样，林远舟一忙起来，两天后回一条微信都有可能，许是这两天和他稍稍亲近了些，险些都忘了他的职业本身就是极忙的。乔荞收好手机，将注意力全都集中在会议内容上。

今天的会议内容很简单，市里举办了个关于“英雄”主题的绘画比赛，学校积极响应。

乔荞作为美术老师也交代各班孩子想参加的都可以报名。她一直很鼓励孩子们参加这类比赛，每参加一个比赛带来的体验对孩子们来说都弥足珍贵。

可是这天课上，三班的孩子们有人问她：“老师，真正的英雄是不是也像钢铁侠一样，特别结实耐打？”

“那怎么可能？”有小男孩反驳，“他们就像蜘蛛侠一样，遇到坏人就变身。”

“我觉得像奥特曼，有神奇技能。”

孩子们你一言我一语，讨论得很热闹，但乔荞忽然想，孩子们对英雄的认知原来全都局限于影视作品。他们甚至不知道那些为我们的和平生活默默付出的人该是什么样子的。

她和孩子们讨论关于军人、警察、医生、消防员……可他们在孩子们心目中的形象都很抽象，重点只在于那一身着装。

乔荞忽然生出个念头，想请个人来给孩子们讲讲这方面的事情，比赛是其次，她也希望孩子们能更真切地感受“英雄”这两个字的含义，树立更好的价值观。

她几乎是第一时间就想到了林远舟。

但林远舟自上次发完短信后就不再理她了，乔荞猜测他或许非常忙。

又或许，真的被她的醉态吓到了。

乔荞想起上次张姐给过她一个联系方式，说以后万一补习班有什么事，方便联系。

乔荞就给张姐打了个电话，张姐一听，很爽快地答应了：“这是小事，耽误不了多少工夫，包在我身上了。”

乔荞万分感谢，还说了要请对方吃饭的话，张姐笑道：“咱就别互相客套了，你的事就是林队的事，我一定办得妥妥帖帖。”

乔荞：“我和林——”

话没说完，张姐就急着挂了电话：“林队来了，先不说了。”

乔荞有点窘迫，林远舟看到她给张姐打电话，也不知道会不会有什么想法……

而林远舟这边，他刚和叶寻之谈完公事，短期内又要出趟差，这已经是他的生活常态。

叶寻之老早就见他放在桌面上的手机响了，挑眉提醒他：“不看看？”

“一会儿看。”

叶寻之便没再过问，正好田树进来给他们送买好的咖啡，林远舟看好戏似的枕着胳膊。可惜这两人也太没劲儿，尤其是叶寻之，几乎没怎么看田树，目光专注于窗外新建的那栋楼。

田树有点失落，到底是小姑娘，心思全写在脸上，给叶寻之买的拿铁被她重重搁在桌面上。

叶寻之背对她，嘴角似是无奈地翘了翘。

等人走了，林远舟喝着冰美式感叹：“平时连杯速溶咖啡都喝不上，还是舅舅面子大。”

叶寻之复又坐回他对面的沙发上，目光淡淡地扫向办公室外，绑着马尾辫的女孩背对他，正在和一个年轻男孩说着什么，气急时，拿了个文件扔过去。

他收回视线，看向自己的外甥：“公事谈完了，说说私事吧。”

“我能有什么私事。”林远舟微扬下巴指指窗外，“不如说说你。”

叶寻之没什么兴趣似的，也没顺着他的思路跑：“你爷爷给你介绍对象了。”

“你这情报也太落后了。”

“没看上人姑娘？”

林远舟沉默了一下，然后说：“人家没看上我。”

叶寻之倒是没想到，有点意外，但又觉得是情理之中。他淡笑着摇了摇头：“你也不小了，要遇着合适的早点定下，每次出差没个人可以交代，回家没人等，不寂寞？”

林远舟想都没想就摇摇头：“不寂寞。”

叶寻之：“……”

“倒是你。”林远舟反问，“听起来像是有感而发。”完了又点点头，“果然人年纪大了就会怕孤独。”

叶寻之忍了忍，没忍住，手边的烟直接往他脸上招呼。

林远舟笑着接住。

舅甥俩又聊了会儿，林远舟送叶寻之出门。叶寻之在门口点了支烟，天太热，也懒得和他多废话：“你爸前阵子又找我，提了让你辞职的事，我知道你不愿意，有空回去和他聊聊，别太自我。人活着不可能一点感情都不念。”

林远舟捏了捏眉心：“您快回吧。”

叶寻之无奈，吐了个烟圈，想起他出差的事儿，到嘴边只有一句：“万事小心。”

林远舟看着叶寻之朝车边走去，走了走神。他的家庭很复杂，的确像叶寻之说的那样，他没人可以交代，也没人会等他，这么多年来，他其实并不觉得有什么。

可刚才叶寻之和他说“万事小心”的时候，他还是有那么一丝动容。

有人撞着他肩膀跑出两步，还是没赶上，叶寻之的车绝尘而去。

田树站在原地，手里是叶寻之碰也没碰过的拿铁。

林远舟想了想，走过去拍拍她的肩膀。

田树没说话，也不过两三秒钟，回头就一副云淡风轻的样子："跑得比兔子还快，跟我会吃了他一样。"

这丫头那点心思，整个队甚至但凡认识田树和叶寻之的人都知道了。林远舟也不拆穿，交代她说："我要去漠县一趟，有事打电话。"

"哦。"田树点点头，低头看手里那杯拿铁，恨恨地往自己嘴里灌了一大口。

不知道为什么，林远舟就想起乔荞那天喝酒的样子，这么一大口，带着点郁闷的意思。

想到这儿，他终于想起短信的事儿，拿出手机一边看一边往办公室走，然后就听到了张姐在问秦亮："你明天上午有没有时间？"

乔荞和张姐约好了上午九点钟第二节课。她自己也准备了笔记本，手机也充好了电，到时候做好记录，剩下其他几个班就自己给同学们讲一讲。

第一节课下课，乔荞的手机就响了，号码却是……林远舟的？

乔荞有点蒙，接通，然后她听见林远舟说："我在学校门口。"

"哦——"乔荞直到见到他的那一刻也觉得很不真实，"为什么你……"

张姐不是说安排其他人，怎么把他安排来了？

林远舟闻言略蹙眉想了下："可能因为全队我最闲吧。"

乔荞觉得这人在逗她。

"短信回晚了，怕有人不高兴。"林远舟看她一眼，"亲自来解释下。"

语气过于正经，乔荞觉得自己不该多想。

她抿了抿唇，还是有点不自在，也不知道张姐私下又和这人说了什么，然后指指门口："你跟我来。"

一路上，乔荞都觉得今天温度高得有点离谱。

到了教室，她整张脸都是红的。这个点其他老师都在各自班上或者办公室，所以没人留意到林远舟出现。

乔荞带他进了班里，给孩子们介绍："这位是刑警队的林叔叔。"

话一出，整个教室变得鸦雀无声，孩子们原本闲散的姿态瞬间变得规规矩矩的。

乔荞不由得微笑道："警察叔叔是来给你们讲讲他的故事，别紧张。"

孩子们一听有故事听，马上都两眼放光，小手交叠着往桌上一放，认认真真地盯着林远舟。

林远舟今天穿的白衣黑裤，简洁利索，衬衫袖口往上卷，露出了结实的小臂。他站在讲台上，就像一棵挺拔的树，目光澄澈庄严。

那一刻，乔荞也不自觉开始心跳如擂鼓。

林远舟应该是提前做过准备的，他讲了几个小故事，听起来惊心动魄，但背后的血腥残忍都被他掩饰了。孩子们听得很专心，乔荞也听得入了迷，印象最深的，是他说大学毕业后和最好的朋友分别，后来再见就是墓碑上他的照片。

乔荞能看到他深黑的眼底涌动着努力压抑的情绪，她的心也很受震撼。

一节课短短的四十分钟，很快结束。但乔荞忽然觉得自己这时候才真正离他的生活近了一点。

林远舟走下讲台，又是那副不易亲近的模样。

两人一起走出学校，乔荞说："谢谢你帮忙。"

林远舟抬手看了下腕表，并没回应她的客套话，拿出手机拨了个号，很快有辆黑色车子缓缓驶过来。

"我要出趟差。"他看着她慢慢说，"可能四五天。"

"……哦，好。"

他好像在和她交代行踪，而她不知道为什么也就乖乖听了。

林远舟又说："回见。"

乔荞点点头，上午的阳光很刺眼，他的身高令她不得不仰起头看向他，以至于她只能模模糊糊地看清他清隽立体的五官，她鬼使神差地就说了句："一路小心。"

他沉默了一会儿，点点头，竟是露出难得一见的短暂笑意。

"再见。"

"再见。"

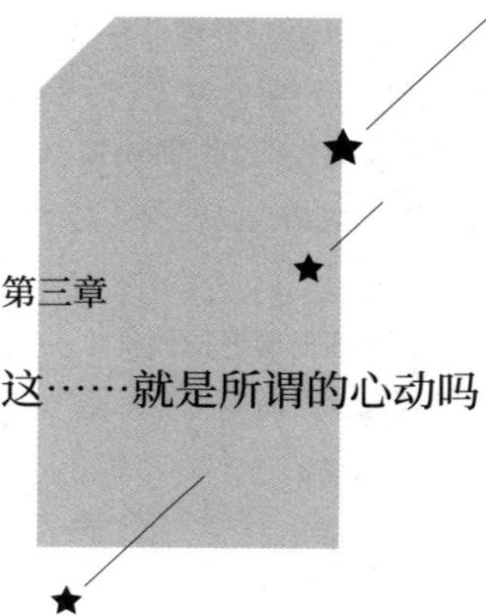

第三章

# 这……就是所谓的心动吗

“这么看，这个林队真的很棒啊。”第二天下班，乔荞和周小娅吃饭，周小娅听了这事儿对林远舟自然赞不绝口，“都要出差了还特意过去一趟，显然是对你有意思吧！”

乔荞不知道林远舟是怎么想的，但她很感激他是肯定的，而且后来接触这几次，她也不可否认林远舟是个很好很好的人。

“那你就没什么别的想法？”周小娅试探。

乔荞放下筷子，双手交叠撑住下巴：“昨天某一刻，我应该——”

周小娅吃东西的动作停下来，专注地等她说完。

乔荞摇了摇头：“没什么。”

“哇。”周小娅瞪圆了眼，“话说一半想噎死谁？”

乔荞低下头。昨晚回去，她竟然失眠了，睡觉前第一次不是思考漫画情节，而是……想着一个男人入睡的。她不知道这算不算是对林远舟产生了不一样的感觉，又或者只是对他的一种……钦佩？

她没什么恋爱经验，之前和林远舟的接触也很少，那时候他们的相处也是按部就班，和所有寻常的相亲男女一样。

不，或许还不如正常的相亲男女。

他们一共吃了四次饭，看了半场电影，因为林远舟接到电话中途走掉了，她自己一个人坚持到了结尾。

乔荞那时候其实很尴尬，他们特意买的情侣票，结果她一个人坐在一堆情侣里边……

林远舟很忙，聊天记录也寥寥无几，他做不到正常的微信聊天，每次她发过去一句话，很久很久才能收到回音。他们的微信聊天记录差不多都是告知对方见面的时间地点。

他也很少约她，每次见面都是乔荞主动打电话，对于她这样一个不善社交的人来说，主动向一个男士提出邀约无比可怕。

对，他们还逛过一次商场，那次逛商场，还——

她咬了咬唇，没再想下去。

周小娅看她挺迷茫的，也没再继续问，倒是主动说："公司这周要去团建，你一起呗？老陶是建议你去啦，说让你散散心。"

乔荞问了时间地点，一想自己也没什么事就答应了下来。

周小娅很高兴："没准这次去会有意外收获也说不定。"

乔荞觉得好笑："难道会在山里遇到真命天子？"

"万一山里有妖精呢。"周小娅冲她眨眨眼，"那种巨帅又勾人的，比如巴卫老公。"

乔荞摇了摇头，但凡周小娅的少女心分她一半，她也不用大周末陪她们一起进山了。

团建的地点选在窃山，地点不算热门，但窃山有座很出名的寺庙，许多人会去那里求事业、求姻缘。到了春节，也有不少人抢着上头炷香。而且窃山也是很好的观日出景点，云海翻腾伴随金光阵阵，想想也心潮澎湃。

乔荞还小小地怀疑了下，老陶私心不会是要让她去求个事业签、姻缘签吧？

一大早，众人都到了集合地点，老陶已经在大巴车前站定，一个个点着名，看到乔荞"哼"了一声："躲了这么久，终于露面了？"

"没躲，就是怕见您。"乔荞和老陶的沟通一直都是通过周小娅这个中间人，尤其最近一个月她拖稿更是连老陶的名字都怕听到，这会儿见面，乔荞恨不能自己缩成个小黑点，不被老陶注意。

老陶虽说看起来有些凶，但和乔荞合作久了，也知道她那个小尿样，指了指车上："上去吧，记得问小周要颗晕车药。"

乔荞闻言一笑，上车前递给老陶一份早餐："特意给你买的。"

老陶一看："这是想胖死我？"嘴上这么说着，还是收在手里准备待会儿吃。

周小娅早就在车上占了位，见她上车，立刻挥了挥手："这儿。"

乔荞坐下后松了口气，周小娅也憋着笑："老陶没说你，开心吧？"

"她忽然很亲切，我好不习惯。"

"毛病。"周小娅说，"你是被她虐习惯了吗？"

一车人说说笑笑，车子慢悠悠地驶进窈山，幽幽青山，层峦叠嶂，空气清新极了，整个一天然氧吧。乔荞确实有阵子没出门走走了，上一次出游好像还是陪乔妈一起去的三亚。

到了民宿，风景也尤其好，木屋镶嵌在绿林之间。

老陶把门卡给了大家，安排好之后开始自由活动，一个小时后集合去吃饭。

周小娅和乔荞在附近逛了逛，很快走到了那座传说中的庙宇，很恢宏大气的建筑，只是一仰头，那长长的台阶着实有点惊人。

周小娅问："去看看？"

山里温度低湿气重，乔荞穿了件帽衫，这会儿双手插兜眯着眼在数台阶，有点被劝退："要不吃完饭再来？"

周小娅一下戳中她心思："你这体质，平时运动就不够，要多加强训练，知道吗？"

乔荞猛点头："是是是。"

第二天，乔荞到底还是被周小娅拖去看了日出，然后又去庙里求了事业签，回去的路上周小娅还数落她："来都来了，顺道求个姻缘签啊。"

乔荞是不信这些东西的，求个事业签也只是好玩儿而已。

虽然旅程很平淡，但是回去时大家精神状态都很好，毕竟在城市生活节奏快，压力大，这一趟也算是治愈之旅。

开车的师傅是个驾龄十几年的老司机，车里再吵闹，他也一直专注路况，山路逼仄陡峭，得打起十二分精神。

但意外还是发生了，一切都在顷刻之间。山上忽然有轰隆隆的声音传来，随后就是巨石和土块倾泻而下。山体塌方来得毫无预兆，车内所有人都被吓了一跳。

耳边除了巨石滚动的声音还混杂着尖叫声，幸好司机师傅镇定，猛踩刹车堪堪躲过了前方的危险。

但路还是断了，他们被堵在一堆障碍物之后。

“有没有人受伤？”惊吓过后，老陶很快冷静下来，站起身一一确认大家的情况。

好在无人受伤，大家都松了口气。

老陶去找司机商量对策。周小娅被吓坏了，抓着乔荞的手发抖：“我的心真的已经快蹦出来了。”

乔荞也被吓得不轻，但她还是拍了拍周小娅的手背给她些许安慰。

司机下车观察前方情况，有几个男同事也下了车。

乔荞拉开车窗玻璃看了下，这个时候原路返回并不妥，不知道塌方是什么原因造成，也不知道会不会再次发生，只能另找一条路绕行。

司机折回来，告诉大家：“前面没法走，完全堵死了，车无法通过。”

有人已经电话报警寻求救援，但这个时候大家什么都不做会更煎熬。

正在一筹莫展之际，忽然有人在远处喊了声：“车里有人吗？”

司机跳下车，跑过去，很快高兴地折返回来：“有救了！有人发现了我们。”

很快，有人从堆砌的石堆上爬过来，大概三个男人，不，四个，后面还有个穿黑衣服，个子特别高的。

为首的男人和老陶说了几句话，似乎还给他看了个证件，老陶兴奋地告诉身后的人，“他们是警察。”随后又喊道，“大家跟着他们走！”

乔荞从车上下来，有人扶了她一把。她下意识说了声“谢谢”，待两人目光交会，她一下愣住了。

黑衣服衬得他眉目深沉，或许是山里寒气重，他的脸色比平日白了许多。短暂的惊愕后，握着她胳膊的手指稍稍用了点力，林远舟说：“别怕，没事了。”

乔荞原本急促的呼吸好像一下变得平缓了。

他伸手替她将帽衫的帽子戴好，随后视线越过她，落在了其他人身上。

领头的是位有点年纪的刑警，林远舟喊他老郑。老郑带着大家七绕八绕，竟神奇地找到了一条小路，这么看，他应该是当地人，非常熟悉这里的地形。

大家安静等在小路边，乔荞回头看向大巴车的方向，林远舟还没回来……

正当所有人以为事故已经过去时，山上再度传来了巨大的声响，他们转移后的地方很安全，也看不到那边的情况，但想也知道是山体再度塌方了。

老郑骂了句脏话，立刻跑了回去。乔荞也紧张得握紧了拳头。

你千万不要有事……

过了没一会儿，那边有人返回了。乔荞原本陪周小娅蹲在路边，听到声响立刻站了起来。

林远舟在那群人里最显眼，乔荞一下就看到了他，他在和老郑说着话。

乔荞下意识跑过去，等到了人跟前，她却又不知道要说什么，甚至不知道自己这么急切地跑过来是为了什么。

两人大眼瞪小眼。

老郑也狐疑地来回看，最后皱了皱眉："那什么，林队手受伤了——"这要眉目传情，是不是也太不挑时机了。

"受伤？"乔荞想看他伤哪儿了，又不敢贸然触碰，只能仓皇地问，"严重吗？"

"不严重。"林远舟说完，不知怎么地又补了句，"皮外伤。"

"这不，帮那位女士挡了下。"老郑指指后面的老陶，她正被同事扶着慢慢走过来，脚步都有点晃。身为主编，她或许太想保证大家的安全，所以自己排在了最后，没承想再次遭遇了危险。

最后一行人在老郑的带领下去了附近的村子。后来听说是村民偷采矿石导致山体严重坍塌，虽没出什么重大事故，但那些人也免不了要担责。

他们被安置在村卫生所，老郑在联系车子。乔荞在人群里找了会儿，终于看到吊着胳膊坐在角落的林远舟。

隔着人群，他很安静地坐在那里，竟然还在抽烟，烟雾缭绕间，脸上的表情微微有些麻木。

乔荞朝他走过去。

因为他坐着，此时不得不抬头看她。

见她一直意味不明地盯着自己，他想了想，将指间的烟拿起来比画了下："伤口有点疼，让我抽一口。”

老陶这边缓过劲儿来，马上就去找林远舟表达了感谢。林远舟告诉她：“保护你们是我们警察的义务，不用有负担。”

说是这样说，老陶怎么可能没负担？

她看着林远舟吊着的胳膊，只是用一块纱布随意缠着，怎么看都不太靠谱：“这样包行吗？”

毕竟卫生所条件设备都有限，林远舟在她又一次试图看向自己胳膊时，有意侧过身去：“谢谢，我真没事。”

老陶一心只想感谢救命恩人，完全看不出林远舟不自在，殷勤地问：“要喝水吗？我去给你倒一杯。”

“不必。”林远舟皱着眉，也不知道是疼的还是被她烦的，他向来就不是亲切随和的个性，冲乔荞抬了抬下巴，“有事我会找她。”

老陶微微张了张嘴，瞳孔都在表达着震惊：“你们认识？”

乔荞：“……对。”

老陶松了口气，转而又好奇道：“怎么这么巧？”

乔荞也觉得挺巧的，在山里遇险，结果来的是被自己拒绝过的相亲对象，这事儿怎么想都有点玄幻。

周小娅也在边上细细打量这位传说中的“林队长”。以前她倒是看过乔荞发来的照片，但那只是张证件照，寸头白衫蓝底，依稀看出些英气，如今再看真人，简直甩照片一大截啊！

她戳了戳乔荞的胳膊。

乔荞莫名其妙地看着她：“干吗？”

周小娅替她惋惜，但仔细想想，正经过日子，颜值再高也只是加分项。不过今天看乔荞那反应，她怎么觉得……这丫头有点不对劲了？

到了漠县县城，林远舟被安排进了县医院。本来老陶也要跟着去，被林远舟回绝了。他指了指乔荞：“她陪我就行。”

对此老陶倒是非常赞同，又交代乔荞：“林队是为了救我受伤的，你好好照顾他！”

其实就算老陶不说，乔荞也会选择留下。

老郑帮忙联系了靠谱的专家，林远舟之前跟她说是皮外伤，检查后才知道是骨折，伴随轻度的脑震荡。

乔荞觉得这人真是……

但她知道，他其实是怕吓着她。

等她进病房一看，那人即使上了夹板也不安生，还在打电话。手机夹在颈窝处，另一只手在翻一份材料。

乔荞走过去，顺手帮他拿了手机递到耳边，他也没惊讶，就着她的手把剩下的话说完。

都是案子的事，乔荞也大多没听懂。

等结束了，乔荞手有点酸，坐在他对面病床上揉揉手腕："你今天怎么会在那儿？"

林远舟靠着床头，调整了下姿势，简明扼要道："办点事。"

乔荞点点头，不方便说的她就不打听了。

林远舟又问她："你呢？"

"团建。"

两人一时便无话，主要经历了这么一场惊险的事故，无论身体还是精神都极度乏累。看见乔荞满脸倦容，林远舟示意她："可以躺会儿，那床没人。"

乔荞的确是累了，折腾了大半天，整个人都是恍惚的，但她还记得林远舟没吃东西，于是起身去买吃的。医院餐厅的伙食看起来不太好，加上也过了用餐时间，乔荞拣着买了点清淡的。

等到了病房，她把餐盒一一摆开放在林远舟病床的小桌板上，然后拿了筷子和米饭。

林远舟看着她。

乔荞夹起一根青菜送到他嘴边："张嘴。"

他伤的右手，总不能让他用左手笨拙地使筷子吧。

结果林远舟顿了下，说："其实我惯用左手。"

传说中的左撇子。

乔荞摸了摸鼻子，把筷子递到他手里，咳了一声："那……那你自己吃吧。"

说完，她就找买水果的借口下楼去了。老郑正好取了药进来，看小姑娘往外面跑，笑着打趣："这怎么了，脸那么红？"

林远舟没回答，心想，原来她害羞时会躲起来。

怎么觉得挺像蜗牛的。

林远舟大概还有急事，所以在医院观察了一晚之后，就匆忙返回了青州。有专车来接他，他先将乔荞送到小区门口。

分别时，乔荞还记得提醒他："别忘了吃药，还有，按时去医院换药。"

他微颔首，坐在车里静静睨着她。

乔荞拽了下背包，指甲在背包带上划了划："那我走了。"

乔荞打开家门时，满室的阳光扑面而来，乔妈正在阳台浇花，全是她熟悉的安全感。乔荞站在门口想，昨天的一切好像只是场噩梦，这会儿她的梦醒了，眼前依然是岁月静好。

林远舟却不同——

她没把漠县发生的事儿告诉乔妈，所以乔妈只当她出去玩儿了一趟，见她回来，指指餐桌："给你留了早饭。"

乔荞"哦"了一声，吃早饭时却抱着手机一直鼓捣。

乔妈观察了她一会儿，坐过去盯着她："怎么心不在焉的？"

乔荞差点被嘴里的煎包噎到。

"这点出息。"乔妈给乔荞倒了杯水，但自己的女儿她总归是了解的，关切道，"有心事？"

"没有。"乔荞收好手机，又问，"妈，骨折的人需要忌口些什么？"

乔妈见她不像骨折的人，但这问题明显问得很有深意："谁受伤了？"

"一个朋友。"乔荞觉着要是和她妈说了实话，估计她妈又得脑补些什么，干脆摆摆手，"算了。"

乔妈觉着自家女儿出门这一趟，回来好像有点不一样了。

乔荞在手机上查了很多注意事项，虽然在漠县时医生也说过，但是她觉得林远舟大概率不会放在心上。这会儿自己做了个总结，在备忘录上一一记好，准备发给他。

然后……

她想起来自己没他的微信。

删的时候多干脆，现在就多悔不当初。

乔荞抱着手机躺回床上，看着屋顶发呆。

昨天发生塌方的一瞬间，她觉得自己可能就要死了，除了舍不得放不下乔妈，脑海里居然也有遗憾。

比如，还有很多事没做，很多东西没尝试。

再比如，她还没试着好好谈一场恋爱。

她在心里默默祈祷，如果有人来救他们，她一定立刻就嫁了，虽然这样的念头很滑稽，但是她当时确确实实这样想了。

之后就那么神奇地，林远舟来了。

她和他注视的时候，清晰地感知到那种无法抑制的心动。

她翻身捂住胸口，好像想到那个名字，心脏就会有不一样的反应，这……就是所谓的心动吗?

林远舟回到队里，一群人看到他吊着胳膊的样子全都惊呆了，这不就出个小任务，怎么还负伤回来了?

秦亮一下蹦到他跟前："林队你受伤了？"

"小伤。"林远舟把从漠县带回来的资料交给他，转身又进了办公室，一上午没出来。

下午的时候，张姐敲门提醒道："你是不是该回去休息了？漠县那案子已经转给叶处，眼下也没什么事。"

林远舟靠着椅背活动下脖子，胳膊隐隐开始有些疼痛。他起身拿了车钥匙，想起自己不能开车，干脆给林逸笙打了个电话。

林逸笙听到他哥受伤，一路飙车赶到刑警队门口，等看到他那胳膊才暗暗松了口气："我真怕看到血肉模糊、鲜血淋漓的场面，您下次能把话说清楚，给我个心理准备吗？"

林远舟在副驾驶座坐好，闭目养神："谁知道你都想些什么乱七八糟的。"

林逸笙叹了口气，开车送林远舟回他独居的公寓。

林远舟输入密码打开门，公寓里依然干净得不沾染一丝灰尘。林远舟忙归忙，却是个极其自律又爱干净的人，只是——

林逸笙打开冰箱，毫不意外里面空空如也，再瞧厨房，更是连调料都没有。

这公寓对林远舟而言也就是个睡觉的地方。

他站在厨房门口好一会儿，回身看客厅里的人，林远舟和衣躺在沙发上，胳膊挡住了眼睛。但他知道林远舟没睡着。

这么些年的毛病依然好不了。

林逸笙重新抓起车钥匙出门，附近有家大型超市，他到里面采购了一大堆生活用品，不管用得着还是用不着的，瞎买一通。

他总觉得他哥那房子空得让人难受。

路上，林逸笙还去宠物店把寄养的金毛给领了回来，这是他哥一直养着的狗，叫十块钱。林远舟这个人和谁都不亲近，偏偏难得喜欢这只金毛。

回家一看，林远舟果然没睡。

林逸笙进门换鞋时，十块钱一下扑到林远舟跟前舔他的手背。手有触感，林远舟睁开眼瞧它。

“你这样子，要不我在这儿住几天？”林逸笙把东西拿出来，一样样往冰箱里放，“要不你吃饭怎么办？还有十块钱，每天都得遛。你一只手干什么都不方便。”

林远舟觉得他有点小题大做，起身逗十块钱玩，受伤的胳膊搭在膝盖上：“一只手照样行，你别管了。”

林逸笙冷笑：“得了吧，多个人你就这么不自在？”

没人回应，他转头一看，他哥摸着十块钱的脖子，眼神甭提多温柔了。

林逸笙有点嫉妒，他哥看狗都比看他温柔。

林逸笙收拾好东西，往沙发上一坐。林远舟看他赖着不走，有些好笑：“在你眼里我就一孤寡老人是吧？”

林逸笙没想说，他连孤寡老人都不如，孤寡老人还没他这一身的烂毛病呢。

林远舟也不管他了，起身开始脱上衣。林逸笙看他单手拎住衣服下摆，利落地将那件半袖给脱了下来。

得，的确是难不住他。

“伤口别碰水。”

“知道。”

林远舟去洗澡，林逸笙知道他不喜欢家里有人，不自在，也不习惯。

于是，他拿了自己的手机准备扫林远舟的微信，这还是前几天听田树说的，他哥莫名其妙注册了个微信账号。有了微信，好歹更方便关心他的伤口状况。

打开微信界面，却发现通讯录那儿有个小小红红的“1”。

林逸笙皱着眉点开。

他一看，不得了，竟然还是个姑娘。

林逸笙的惊讶不是没道理的，要知道林远舟这个人身边的异性屈指可数，关系融洽到能加微信的，算来算去也就那么一两个。

他坐下端详了一番那个头像，一个卡通人物，黑长直，肯定是个年轻女孩没错了。张姐和田树已经在他微信列表里，那……队里其他女同志？或者最近办案认识的？

林逸笙一想，忽然就觉得他哥不让他留下照顾是别有一番用意了……

林远舟洗完澡出来，就见他弟奇奇怪怪地盯着他笑，笑得那叫一个……猥琐。

“怎么？”

“没事。”林逸笙迅速收拾了下，“我走了，你自己悠着点。”

林远舟点点头，拿干毛巾擦着头发。

临走，林逸笙又说：“我买了很多零食，还有酸奶。”

林远舟回头，用不解的眼神看他，好像在说：你到底要干吗？

林逸笙自认为不着痕迹地委婉提醒：“小女孩都爱吃，记住了。”

林远舟觉得他弟有毛病，而且还是很严重那种，不然为什么说的话他都听不懂。

“什么小女孩？”

林逸笙也不揭穿。

“那什么，我刚加了你微信，记得通过下。”到底是顶不住他哥的高压审视，林逸笙决定撤了。但林逸笙还是刻意加重了后面三个字的读音，生怕他哥理解不了他的良苦用心。

然后，林逸笙心情愉悦地走了。

屋子总算恢复往日的清静，林远舟在沙发上坐下。十块钱走过来窝在他脚边，有些日子没见，狗也很想念他。

他拿了玩具过来，放在十块钱面前。十块钱却巴巴地望着他，意思很明显——想让他陪着一起玩。

林远舟无奈，把球往书房方向抛，十块钱立刻欣喜地狂奔过去。简单又乏味的游戏，狗玩得不亦乐乎。

林远舟陪它玩了好一会儿才将手机拿过来。他没有多余的消遣，手机上也没有当下流行的各种手游，没有太多社交娱乐软件，微信还是之前和乔荞相亲时被张姐提醒着注册的。

以前有事，林远舟几乎都一通电话解决，绝不废话浪费那工夫。

但张姐说，女孩子的心是一点一点融化的，话也要一句一句认真聆听，所以微信很好，能让他学会怎样耐心对待一个女孩。

林远舟点开微信准备通过林逸笙的好友申请，却发现还有另一个好友申请。

原来，这就是林逸笙口里的“小女孩”。

乔妈见乔荞已经第三次把择好的菜扔进垃圾桶，忍无可忍，手一指外面将人赶回了房间：“去去去，要干什么快去干，别在这儿祸害我的菜。”

乔荞吐吐舌头：“那我画画了。”

乔妈心想，你就编吧，但还是宠溺地提醒她：“画一会儿就起来动动，别落下颈椎病。”

“知道。”乔荞答应着，轻轻关上房门，然后掏出手机放在掌心里，双手合十做了个祈祷的动作。

不知道林远舟会不会记着当初被删之仇，然后无视她。乔荞深吸口气，这才慢慢打开微信界面。

虽然才下午六点不到，但她的房间背阴，所以手机界面尤其晃眼，于是那个“林远舟通过你的好友请求，你们可以开始聊天了”的对话框也格外明显。

乔荞抬手摸了摸鼻子，皮肤表面痒痒的，细小的酥麻感爬遍她全身。

林远舟果然是根木头，通过后竟然一点反应也没有。

乔荞坐在床边思考，把之前整理好的备忘录，那些关于骨折需要忌口和注意的内容发给了他。

过了两分钟，他就回复了：知道。

乔荞有点无语，还有点点生气……这人会不会聊天啊！

她握着手机一个字一个字地敲：你吃药了吗?

然后她又删了，怎么看都有种骂人的感觉……再重新输入：记得吃药。

林远舟的确忘了吃药了，他单手从茶几上钩过装药的透明袋，然后看上面的医嘱。

林远舟沉默了许久，乔荞猜想这人可能真的吃药去了，有点莫名的小开心——她也不是完全没帮上忙。

但这也沉默太久了……过了快二十分钟，那边再也没任何回复。

乔荞想，可能聊天就这样结束了？

还真是猝不及防。

她走回到书桌前，决定开始画画。之前她没有一点思路的漫画情节，这两天好像开始有模糊的念头冒出来，她望着窗外发呆。

如果……主角喜欢上了一个人，可是对方不喜欢他怎么办？

乔荞正在发呆，手机忽然响了。

她的心脏跟着铃声激烈地跳动了下，台灯散发出的光晕包裹着她的手机，屏幕上是林远舟又发来的消息。

林远舟：有空吗？能不能来我家一趟。

乔荞以前没去过林远舟家，按他给的地址找到了那栋公寓楼。环境倒是很好，安保做得也很严，乔荞进门时，门卫还给林远舟打电话确认了。

林远舟因为受伤，乔荞没让他下来接，但他一直等在门口。她才刚按门铃，他就将门打开了。

然后从里面窜出来一条金毛，围着乔荞疯狂摇尾巴。

乔荞：“……”

林远舟将十块钱叫回来，但十块钱明显对乔荞很感兴趣，进了客厅也一直在她周围转悠。

“它好像很喜欢你。”林远舟得出结论。

乔荞愣了下：“谢谢它。”

但她很害怕啊！她从小到大都没养过宠物，不会讨厌，但有点害怕狗狗，小型犬还能勉强接受，见了稍大点的，她就下意识想逃。

林远舟想起他弟留下的酸奶，给乔荞拿了一瓶。乔荞坐在沙发上，他则随意地往地毯上一坐，十块钱立刻乖顺地趴在他身边。

“想请你帮个忙，所以叫你过来了。”

乔荞大概能猜到是什么了。

“我手受伤了，但十块钱需要洗澡。”他顿了一下，指指身边的狗，“十块钱是它的名字。”

“嗯。”乔荞倒是由衷觉得有趣，“名字很有意思。”

林远舟没告知其中“典故”，只说：“还需要每天遛它。”

“所以你想我帮这个忙？”

“对。”

乔荞心想，林远舟真的不愧是钢铁大直男，也不问问她害怕不害怕。但她抬眼看了下他吊着的胳膊，短暂犹豫，还是点点头：“可以。”

“谢谢。”其实本来可以找林逸笙的，但那家伙太聒噪。

林远舟看了眼时间：“吃饭了吗？”

“还没。”

现在的情况还真是非常尴尬，林远舟没什么约会经验，五六点把人叫出来。他起身去查看冰箱，幸好林逸笙给买了许多新鲜食材，但他这胳膊……

“我来做。”乔荞也凑过来看冰箱里有些什么，很认真地打量，“天热，做个凉拌茄子，你不能吃姜蒜，不放就好。补充钙质，再做个虾。”

她一样样翻看，碎碎念着，脑袋就在他臂弯下。冰箱月白色的灯光将她的笑容映得很明亮。

“可以吗？”她忽然抬头问他。

“你决定就好。”林远舟退开一步，维持礼貌距离。

乔荞想好做什么菜之后，就着手开始准备晚餐。

林远舟独自生活惯了，一个人很方便，即使后来多了十块钱，但也并没有特别麻烦。他很享受这种生活状态，没有牵挂，不需要费心去顾及太多。

所以在这间小公寓里，这是他第一次感受到这样陌生的感觉：厨房里有人在走动，还有寻常人家该有的烟火气。

十块钱激动地在他脚边蹭蹭，又去厨房观望，来来回回的，乐此不疲，这像是变成了它的最新游戏。

林远舟被乔荞要求回房休息，他本以为会和以往任何时候一样，失眠到需要药物帮忙，但短短几分钟竟然迷迷糊糊睡着了。

很短的睡眠时间中，他居然还做了个梦，梦里是太过久远的童年生活。

那里有他、父亲，还有母亲……

被乔荞轻轻唤醒时，林远舟看着她的眼睛愣了许久。大抵是第一次梦魇惊醒时身畔有人的缘故，他愣怔许久。

她说："饭好了。"

林远舟深深地喘息了下，一口气压在胸口处，心脏都有点疼。

乔荞以为他哪里不舒服，上下打量了下："伤口痛？"

"不是。"林远舟坐起身，"做了个噩梦。"

乔荞顿了下，想到他的职业每天面对的事，做噩梦也很正常……

"吃饭吧。"乔荞拍拍他的肩膀，很轻缓，带着点安慰的意味，"好吃的东西能让人开心。"

林远舟微怔："倒是很新鲜的说法。"

"以前没听过？"乔荞都惊讶了，"那你不开心时……"

"不开心？"林远舟想了想，"受着，扛过去就好。"

乔荞："……"遇到坏情绪不纾解，长期忍耐真的没问题吗？

餐桌上是很简单的三菜一汤，但味道确实不错。林远舟平日都靠外卖和速食解决，偶尔回老宅才能吃上家常菜。

于是这一餐饭他吃得还挺多，最后几乎连汤都喝完了。

乔荞觉得很满足，对方似乎很捧场。

她收拾完餐具，洗了碗，就到了十分棘手的问题了。

遛狗……

两人一狗站在玄关处。十块钱已经开心地原地转圈了。

林远舟："我和你一起去吧。"

"你休息。"在漠县的时候他要出院，医生就不同意，这种情况怎么也得再留院观察几天，但他因为工作非要赶回来。现在再不好好休息，乔荞真怕他留下后遗症。

林远舟想想同意了："在小区附近走走就好。"

"好。"乔荞给十块钱套上狗绳，刚打开门，人就被十块钱给拽出去了。

狗狗你力气为什么这么大啊！乔荞真真切切感受到了十块钱的强壮，一路上总有种错觉是它在遛自己。

但不管怎么样，乔荞神奇的遛狗生活开始了。

林远舟因为骨折要休养很久，于是他们的交集忽然就变得很频繁。

乔荞每天正常上下班，晚上吃完晚饭，准时出发去和林远舟会合。

林远舟有时也会因为闷得慌，和她一同在附近遛十块钱，有时就乔荞自己一个人。

乔荞偶尔还会给十块钱洗完澡再回家。

连续好几日如此，乔妈终于开始留意她了。这神神秘秘的节奏，怎么看都像谈恋爱了！

可是，她也没见乔荞身边最近有什么可疑人物啊?

乔妈想归想，但也觉着自己女儿若是有个合适的对象也挺好。乔荞并不知道乔妈已经默认她在和谁神秘来往的事，直到某天家里来了个人……

# 第四章

# 所以，你愿意和我结婚吗

来人是乔荞的舅舅，也是乔妈的弟弟。

虽然都在同一城市，但平时走动的频率极低，除了逢年过节聚个餐，大多时候都靠电话联络下感情。

舅舅今天果然也是有事才登门，他坐下没一会儿就拿出了喜帖，他的女儿玥玥下周要结婚了。

乔妈看着那大红色的请帖，又是羡慕又是感叹：“唉，连玥玥都要结婚了，真快。在我心里她还是个小孩儿呢。”这已经是她今年收到的第七份婚礼请帖，乔妈多少有点感触。

“也不小了。”舅舅喝了口茶，瞥了眼一旁玩手机的乔荞，“就比乔儿小八个月。”

乔荞刷手机的动作停了下，没吭声。

乔妈也听出这话外之音，转移话题道：“都准备完了？你也不早说，早说我看看有什么能帮忙的。”

“没什么要帮忙的。”舅舅道，“男方家都准备了，对方家里条件好，对我们玥玥真是又上心又惯着。”

“玥玥就是招人喜欢。”乔妈说。

舅舅将目光转到乔荞身上：“乔儿现在怎么样？”

“挺好的。”

“你也别太挑剔了。”舅舅劝着乔荞，“你性格本来就……要找个样样合适的哪儿那么容易。一样不行行一样，家庭条件不错，我觉得就可以考虑下。”

乔荞觉着和舅舅掰扯太多也没意义，点头附和：“您说得对。”

舅舅早年在住建局当个小领导，官不大，但爱教育人，这一说根本停不下来：“像我们玥玥这条件比你好多了吧？可最后找的对象这外形其实我也不太满意，但胜在会疼人，工作也稳定。”

这踩一捧一的讲话方式听得人十分窝火。

乔荞没接话，乔妈也憋着点气，顾着面子，十分婉转道：“乔荞不急，我再留她两年。”

“结婚是不急，但也差不多该谈了，谈个两年再结婚正合适。”

虽然觉得自己弟弟说话不中听，但是这句话是说到乔妈心坎儿上了。

乔荞本想插句嘴，孰料乔妈抢先一步已经搭上话：“有在接触的对象。”

乔荞看向她妈。

谁，她吗？

舅舅本来也有点吃惊，见乔荞的反应开始怀疑：“真的？”

乔荞很快就反应过来了，她妈估计是在帮她圆场呢，于是点头承认：“对，是有那么个人。”

舅舅将信将疑，但也没深究，他本来也只为自家女儿而来，和乔妈又聊了几句家常就走了。

乔荞起初没当回事，到了吃晚饭时，乔妈犹豫了一阵，还是说：“要是人合适，就领家来让妈看看。”

“啊？”乔荞是真没听懂，“什么人？”

“就那个……”乔妈意有所指，“每天晚上去见那个。”

乔荞这才知道她妈到底都误会了些什么，急忙摆手：“不是你以为的那样，每天见面的是个朋友。”

“什么朋友每天晚上都见？”乔妈不相信，觉得女儿大了都开始瞒着自己有秘密了，转念一想，忽然有点后怕，“你不会在做什么坏事吧？”

“没有。”乔荞说，“有个朋友受伤了，我帮他遛狗而已。”

乔妈一副深受打击的模样——女儿每天出去不是去见男朋友，而是去见一条狗。

乔荞看乔妈愣住的样子忽然有点内疚，一个接一个的红色炸弹多少还是摧毁了乔妈的承受力。

乔妈退休以后，虽然积极参加各种社区活动，但是生活总归还是孤单的。她离婚后，为了乔荞没再婚，几十年都是一个人过的。

如今女儿大了，心里也只有这么一桩事。

乔荞向乔妈保证：“我要是谈男朋友了第一个告诉你，好不好？”

乔妈怏怏地提不起劲儿，沉默半晌后道：“吃饭吧。”

虽然乔妈没再说什么，但是乔荞看得出来她很失落，洗碗的时候都没像平日里一样哼着歌。乔荞在厨房门口溜达了两圈，走过去从后面抱住乔妈。

看她跟个树袋熊似的，乔妈气笑了：“还以为是小时候呢？重死了，起开。”

乔荞没走，抱得更紧了。

乔妈叹口气，不再赶她，一边擦盘子一边说起了心里话：“妈不想给你压力，但也控制不住会操心。你这个性格，我自然是要比其他当妈的操心许多。”

乔荞把脸埋在她颈窝里：“我知道。”

其实很小的时候，乔荞的个性不是这样的，也和所有小女孩一样，爱说爱笑爱闹，后来辗转在各个家庭寄放寄养，看惯了各种脸色，话也就慢慢变少了。

乔荞遇到被嫌弃的时候，常常躲在一边降低存在感，怕给人添麻烦。

怕乔妈操心。

乔妈当年察觉女儿变得过于内向，见人都下意识躲着的时候，也带她去看过心理医生，但情况一直没好。这两年在小学教美术，接触的人多了，乔荞的个性已经开朗了许多。

但一直没谈朋友，一次也没谈过。这点还是成了乔妈的心病。

“今天是妈妈着急了。”乔妈在围裙上擦了擦手，回身微笑地看着女儿，“但你也别光把时间花在一条狗上，好不好？”

乔荞点点头，抱着乔妈很认真地说：“如果随便找个人你才会不安心。相信我，以后带来见你的一定是个很好的人。”

乔妈想想也释然了，都说儿孙自有儿孙福，她着急上火也没用，摆了摆手：“罢了罢了，去遛你的狗吧。”

晚上，乔荞到林远舟家时发现他家里有人。乔荞还是第一次见对方，是个年轻男子，个儿极高，面容五官和林远舟有几分相似。

林远舟介绍对方，“我弟林逸笙。”又补充，“心理医生。”

“看你惊讶的反应，”林逸笙眯眼打量乔荞，“我爸给我取名的时候绝对没想着我将来会当医生，所以是碰巧谐音。”

乔荞只觉得对方很健谈。

“我是乔荞。”

“乔——”林逸笙瞬间就和脑子里的某一位对上号了，这不是之前没看上林远舟的那位相亲对象吗？！

林逸笙看看林远舟，又看看乔荞，忽然觉得整间屋子都弥漫着一股“奸情”的味道。他试探道：“冒昧问一下，你的微信头像是什么？”

乔荞：“……什么？”

林远舟踢了他弟一脚。

乔荞见林远舟家里难得有人，还是他的弟弟，猜想两人应该有很多话说，而且眼下这气氛真的很诡异，下意识想走：“那我带十块钱出门了。”

林逸笙打断她，笑着说：“刚进门就走多累啊。先休息会儿，天这么热。”

乔荞站在那儿，一时有点意外：“不，不用了。”

“用的。”林逸笙赶紧招呼她坐下，去给她倒了杯冰水，随后朝林远舟使眼色，“你也坐啊。”

这到底是谁家！

林远舟没理他，坐在乔荞旁边的地毯上，看乔荞额头有汗，伸手抽了张纸巾递给她。

林逸笙的眼神再度微妙地闪烁。

“对了，我记得你是老师？”林逸笙开始没话找话说。

“美术老师。”

“哇，我特别佩服画画好的人！”林逸笙丝毫没意识到自己的反应过于浮夸，依然在套近乎，“我喜欢的一个漫画家画画也特别厉害，你平时看漫画吗？”

“偶尔看。”乔荞觉着这人真的是林远舟他弟吗？为什么和林远舟个性反差这么大啊。

“好巧。”林逸笙起初只是在故意找话题，这下是真的找到共同爱好了，主动坐过去把手机给乔荞看，“这个《我的小小世界》，你看过吗？”

居然当场偶遇了自己的读者！乔荞看林逸笙的眼神瞬间变了。

林逸笙见她盯着自己，试探道：“没看过？网上很火啊。”

“看过。”乔荞想，要是能从对方口中听到一些意见也不错。她态度难得变得热情了点：“她好像很久没更新了。”

“对，但也能理解。因为进展到转折部分了嘛。”

“嗯。”乔荞又问，“你有什么想法吗？”

两人居然就那样讨论起了漫画。

林远舟以前是不知道乔荞也爱看漫画的，看两人聊得如此投契，他微微皱了皱眉头。

林逸笙虽然平时话多招人烦，但是向来懂得和异性保持礼貌距离。

乔荞也是，从没见她对谁第一次见面就如此热络——

林逸笙走后，两人一起遛狗。

今天出来得晚，十块钱撒了欢一样，这儿走走，那儿看看，扭着屁股，很是幸福的模样。

乔荞因为乔妈那事本来兴致不高，后来林逸笙在漫画上发表了很多看法，让她有了些新的构思，于是一直在走神。

这看在林远舟眼里就不太对劲了。他问她：“有心事？”

“嗯，算是。”乔荞觉得这两件事，哪一件都不太适合和林远舟说，干脆含糊道，“有点烦。”

看她不欲多说，林远舟也就不问了。

两人一路径直走到了小区门口的小公园。已经进入七月，正是最热的时期，小公园里人不少，也有很多小商贩在树荫下支起了小摊。

乔荞在想事情，没留意林远舟走开了。等她回神，发现那人不知道哪儿买来一支甜筒递给自己。

乔荞意外到完全忘了做反应。

“好吃的东西能给人安慰。”林远舟依然是那副不苟言笑的模样，甚至现在看起来有点滑稽，一只手打着夹板，一只手举着甜筒。但他的眼睛在乔荞看来异常明亮。

他把甜筒递给她：“你说的。”

乔荞低头笑了，她咬了一口冰激凌，甜腻的滋味蔓延进心底，像是生出了一朵悄然绽放的花蕾。

“谢谢。”

“不谢。”

他依然是有点笨拙，有点刻板，甚至安慰人也只会学她的样子，但乔荞觉得这样的他……有点可爱。

她一手拿着甜筒开始吃，一手还拽着往前走的十块钱。

林远舟沉默了一会儿，再度开了口：“如果你心情好一点，我想建议你不要对逸笙有什么想法。他一直有个暗恋多年的女生，所以……”

他看向乔荞，见对方微微张着嘴，有点惊讶地望着自己。虽然为难，还是将话讲完：“你还是趁早迷途知返。”

乔荞：“……”

第二天，乔荞去了趟出版社，有些版权事宜要谈。周小娅负责接待，结束后两人一起吃中饭。乔荞不可避免地说了昨天的事，是连周小娅听了都觉得无奈的程度：“我的天，这人也过分耿直了吧！你听完什么反应？”

乔荞想了下昨晚的情形：“就告诉他没有喜欢。”

周小娅想象当时尴尬的场面，真是啼笑皆非：“这位林队真是神人。”

神不神不知道，气死人是真的。

乔荞都不愿再回想当时的心情，她天天帮忙遛狗，真是遛了个寂寞。人家差点以为她喜欢自己弟弟……

“其实这也不能怪他。”周小娅给她分析，“毕竟他没见过你对谁那么亲切，而且看那说法也是出于好意，怕你受伤。”

周小娅说到这，忽然就福至心灵：“这么想，他会不会是吃醋了啊！”

乔荞觉得不可能，昨天他那副镇定自若的样子，说是善意提醒还说得过去。

这么想还是有点沮丧，或许那次拒绝他之后，他就真的将她摆在了朋友的位置。

两人一起在出版社附近吃了饭，告别的时候，乔荞接到老陶打来的电话。原来林远舟受伤后，她一直耿耿于怀，想问问乔荞方不方便去探望。

乔荞自己做不了主，只好说要先征求林远舟的意见。

老陶自然懂的，话里一直在暗示："你好好帮我解释，不去探望我心里真的过意不去。"

乔荞很理解，但心里猜测八成是不行的。林远舟很不喜欢陌生人到他家里去——

她抱着合同，站在路边准备给林远舟发微信，正在编辑信息的时候，有车缓缓停靠在她面前。

"这么巧？"一道男声传过来，带着点轻微笑意。

乔荞循声望过去，脑海里是真真地浮现了"孽缘"两个字。

林逸笙开了辆跑车，胳膊搭在窗沿上，饶有兴味地打量她："你在这儿做什么？"

乔荞顺手将已经编辑好的微信发送，这才正色道："办事情。"

林逸笙觉得这姑娘和他哥简直一样，话少，还善于自我孤立。他手一挥："上车吧，我送你。"

"不用了。"乔荞认为，纵然自己对林逸笙没那意思，但还是保持正常距离的好。两人也还没熟到自己可以随意上他车的地步。

她指指前面："我坐地铁，很近。"

林逸笙摘下墨镜，露出满是惊讶的一双眼："我看起来很吓人？地铁这个点很挤好吧。"他说完也不等乔荞反对，径直过去将人半拥着塞进了副驾驶座那边，"不用客气，你是我哥朋友，当我也是朋友好了。"

既然被塞上车，乔荞也就不做无谓的挣扎了，正好手机响，应该是林远舟回了微信。果然内容很简练，他说："不需要，告诉她不用介怀。"

好吧，预料之中。

林逸笙挑起眉："我哥？"

"……嗯。"

林逸笙神秘地笑了笑："你和我哥关系很好。"

这一点乔荞没否认，至少他们也是一起遛狗的革命友谊。她说了家里的地址：“如果不顺路，你随便找个地方放我下车。”

“顺路。”林逸笙道，“我今天没什么事，你去哪儿都顺路。”

乔荞一时不知道该怎么接这话。现如今心理医生不可能这么闲才对……

林逸笙看了眼她抱在胸前的合同：“需要放后面吗？”

乔荞摇头。

林逸笙本来转过的头忽然又转了回去，盯着合同一角。乔荞的文件袋是透明的，所以他一眼就看到了“我的小小世……”这样几个字。

林逸笙眼睛瞬间瞪得溜圆，他还记得将车停在路边：“你这个合同……你还是甲方！”

他凑过去看，震惊得无以复加。

乔荞没办法，只好轻轻咳了一声：“对，那个，我是甲方。”

林逸笙：“……”

“我是……作者本人。”乔荞很抱歉，“之前没好意思说，对不起。”

晚上，林远舟被爷爷叫回老宅吃饭。自打他受伤以来，都在找借口搪塞，今天老爷子直接找司机来接人，瞒了大半个月的事儿，这下是要瞒不住了。

他给乔荞发了条微信，告知她晚上不用来，以免跑空。

结果乔荞也回复道：正好我晚上有事，那明天见。

林远舟看着上面的字，若有所思。

到了林家老宅，老爷子一看见他的胳膊果然很生气，将他大骂一通：“真是长本事了，什么都瞒着，以后是不是断胳膊断腿也不让我知道！”

林远舟很无奈：“那你肯定会知道，毕竟断胳膊断腿没法瞒。”

林老爷子拿手边的拐杖打了他一下，象征性的，力道极轻。发完火，老爷子又开始心疼：“就这么在家养着能行？没人给做饭煲汤的，搬回来住吧。”

林远舟想也不想就拒绝了：“不习惯。”

“那你就快结婚。”林老爷子吼道，“有个人在家，有了念想和牵挂，你才能更珍惜自己，懂不懂！”

林远舟似乎不太懂，也不想懂，因为他一直在陪十块钱玩。

看狗屁颠屁颠捡球的样子，林老爷子很气愤，但凡林远舟拿出对狗十分之一的耐心找对象，也不至于到现在还是单身汉！

老爷子感觉自己高血压都要犯了，当机立断道："就这么定了，你的婚事我来安排。"

这下林远舟没法再假装听不见了，他也心知爷爷是为自己好，尽量同他讲道理："结婚不是儿戏，至少——"他想了下，"得找个能一起生活的人。"

林老爷子一听这话，感觉有点意思："你心里有合适的？"

"还在找。"

林老爷子怒道："那就听我的，等你找到，黄花菜都凉了。"

在他眼里，这小子就是变着花样在跟他耗时间呢！

到了吃饭的点，林远舟才发现家里只有自己和爷爷两人，林逸笙那家伙不知道跑哪里去了。一问，老爷子冷笑道："你弟好歹还能有约会，你呢？"

"约会？"林远舟也不知道怎么的，就想到乔荞说的"有事"。

林逸笙到家的时间不算晚，但看到他哥还在就着实有点意外，毕竟他每次回来也只是陪爷爷吃个饭就走的人。林逸笙奇怪道："你今晚住这儿？"

林远舟一脸严肃，指指旁边的位子："过来。"

这架势……林逸笙隐约猜到了点什么。

林远舟其实不是个好管闲事的人，所以他觉得自己会反复考虑这事的原因在于——他促成了两人的认识，所以他有必要说点什么。

他沉吟道："你今天和谁一起吃饭？"

"乔荞。"林逸笙也老实交代，顺带观察他哥的反应，"怎么了？"

林远舟很郑重地告诫他："她很单纯。如果你找她当备胎，小心我揍你。"

林逸笙一下笑了："我俩就是朋友，聊得来而已。"

林远舟对此持怀疑态度，乔荞那种个性怎么可能和一个认识没两天的人成为朋友。林逸笙看出来了，冲他小声说："因为某些原因，我和她比较聊得来。但我和她彼此都不来电，你放心。"

林远舟没说话，双手抱胸审视他，那样子仿佛在盯一个嫌疑犯……

"倒是我想采访你一下。"林逸笙将手机当话筒，递到他跟前，"还是第一次见你对女孩这么上心呢，为什么？"

林远舟将他手机拂开。

林逸笙不折不挠再度递过去："人家天天帮你遛狗，你觉得是因为什么？"

林远舟正视他，似乎还有点怜悯他智商的意思："我救她同事受的伤，遛狗也是我拜托她的。"言下之意，人家也不过是出于情分和义气。

"那你有没有想过，"林逸笙换种方式问，"她可能是喜欢你才天天来帮忙。"

林远舟提醒："一个多月前她已经拒绝了我。"

这答案真是滴水不漏又逻辑分明，林逸笙觉得他哥似乎说得都对，但又觉得哪里不太对。

他今天和乔荞一起吃饭，聊的都是关于漫画的事，私事的确不太方便打听，但总觉得这两人之间应该不简单。至少能让他哥愿意这么亲近的人，乔荞还是第一个。

思及此，他碰碰他哥的胳膊："爷爷今天又催婚了吧？"

林远舟不答反问："想说什么？"

"你觉得如果这个结婚对象是乔荞，怎么样？"

林远舟没想过这个问题，早期是因为他没有结婚的念头，后来答应相亲也只是权宜之计，哄爷爷开心，如今一直被催婚，也只是想能拖就拖——

可看今晚的架势，能再拖下去的可能性很小。

林远舟还没来得及想清楚，队里忽然来了电话。

乔荞得知林远舟要出差时是真的被惊到了："你的伤没完全好啊。"

"只是参与一些调查工作，不会影响伤口。"林远舟在电话里也短暂静默，然后将家里门锁的密码告诉她，"十块钱交给你了。"

"好。"乔荞答应下来，但握着手机听彼此浅浅的呼吸，心底总弥漫着一种很难形容的感觉，像是有点舍不得……

林远舟那边似乎有人说话，大概提醒他该出发了，于是他对乔荞说："我走了，有事联系。"

乔荞愣了一秒，还是抢在他挂电话前喊出口："我等……我和十块钱等你回来。"

"嗯。"他只丢下简单一个字，就终止了通话。

乔荞看着变黑的手机屏幕，站在窗台前很久。

夏天的风总是不够温柔，吹拂过耳畔时，让人整颗心都开始躁动不安，像是有什么在蠢蠢欲动，又像是什么细密地扎着胸口，让胸腔都弥漫着一股酸酸疼疼的感觉。

乔荞的漫画终于有了进展，主角遇到了心仪的女孩儿，告白前那份小心翼翼又朦胧的心思被她描绘得很真实唯美。

等待的读者们收获惊喜，她的微博再度被大家的热情攻陷了。

有读者私信她：你画得好好，是有感而发吗？

很多老读者一度都十分关心她的感情问题。关注许多年，从没见她的微博分享过任何感情动态。

乔荞看着那条私信微微一笑，给读者回复了一个爱心的表情，然后带着十块钱散步去了。

生活并没有因为林远舟的离开而有太大改变，反而因为漫画重新连载，日子变得更加充实忙碌起来。

这天放学，乔荞特意到附近的宠物店给十块钱买了新的狗粮，往家走的时候却在小区门口见到了意料之外的人。

杜鸣宇靠在车边，正低头看着手机。

那次饭局之后，他也给乔荞发过微信，尝试再度约她，但都被乔荞拒绝了。所以他会直接出现在她家门口是乔荞万万没想到的。

但她也没躲，径直走了过去。

杜鸣宇发现了她，将手机收好，与刚才紧绷的面容不同，周身都多了几分松懈：“你回来了。”

“你在等我？”

“对。”

乔荞不接话，安静地等他开口。

“约了你很多次都被拒绝了。但我想有些事不该这样轻易放弃。”杜鸣宇斟酌了一番，“你应该感觉到了，我喜欢你。”

毫无预兆的告白。

乔荞以为杜鸣宇会在她几次暗示之后就放弃的。

“我大概知道你的答案，但你现在没男朋友，所以我应该可以努力一下。”杜鸣宇垂眸望着她，温和谦逊，“乔荞，以前在学校我就对你有好感，那天再见你，发现感觉并没有变。”

“谢谢你。”乔荞决定实话实说，“我有喜欢的人了。”

杜鸣宇似乎不意外，他甚至可能已经猜到了会是谁，却还是说：“既然你们还没更进一步，我总是有机会的。”

乔荞皱了皱眉：“杜鸣宇，这样没有意义。”

“只是给你多一个选择。”杜鸣宇知道乔荞的个性，所以说完这番话就准备离开，并不打算一次性给她太多压力。

他打开车门上车，发动车子前又道：“如果那位林先生真的适合你，相亲的时候，你们为什么没再继续呢？”

乔荞：“……”

本以为这场突兀的告白就此结束了，乔荞没想到第二天还会收到杜鸣宇快递送来的花，极大一束玫瑰花放在了门卫室。门卫大叔通知她签收。

乔荞等放学才去拿，却还是被不少老师和家长看到了。那样一大束花，在人群里想不显眼都难。

乔荞直接给杜鸣宇发了微信：不要再送了，我不喜欢。

杜鸣宇明知故问：不喜欢玫瑰？那换百合好不好？

乔荞并不想说重话，杜鸣宇以前很照顾她，即使做不了情人，她也不希望彼此之间闹得太难堪。

她继续发消息给杜鸣宇：你这样，我很困扰。

这话大概让杜鸣宇反思了下，他回复：抱歉，是我考虑不周。以后不会了。

乔荞看着那句话，也分不清他说的“不会”是不再送花，还是以后不会再打搅她的生活。

第二天中午，乔荞在学校餐厅吃饭，就发现肖晴在和几个女老师议论自己。说是议论她，是因为那群人聚在一起会时不时朝她的方向看。

乔荞低头吃完饭，收拾好餐具离开。即使不去听，她也知道会被怎样编排。

乔荞一个人坐在办公室里看了会儿书，心思却渐渐飘远了，不知道为什么，忽然有点想念林远舟。

她拿出手机，但又想着这时候发信息会不会影响他。

可转念一想，他伤口还未恢复，不会出太危险的任务，那么发条微信总可以吧?

乔荞想了许久，只慎之又慎地发过去一句话：你伤口还疼吗?

其实过去那么久，伤口不太可能会痛，但她实在不知道问什么好。

这个时间的办公室很安静，只有空调运行时发出的细微声音，明明没别的多余声响，可乔荞就是觉得自己仿佛能听到时间一秒一秒流逝的声响——她不知道又要过多久林远舟才会回复她。

或许晚上，又或许明天……

然而就在这一刻，她手机短促地振动了下。

她立刻拿起一看，的确是他，只是话依然简练：有事?

乔荞想起他走时的那句话——有事联系。

她抿紧唇，心里泛起一丝怅然，有点难过地回道：没事。

他不再回复了。乔荞也不再打扰他，托着下巴开始发呆。

虽然如此，乔荞还是尽心地照顾十块钱，周六下午还去林远舟家里看了看。人长期不在家，很怕水电开关出什么问题，造成危险。

她顺便给十块钱洗了个澡，十块钱这段时间都寄养在她家，除却刚开始两天的不习惯，现在已经完全适应了，但洗澡要用的专业东西都没带过去。

她一边给十块钱抹沐浴露，一边说："你倒是适应力很强。"

她再一想，林远舟经常不在，它或许总被寄放在各种宠物店。她这么一想，和小时候的自己一比，颇有点同病相怜的味道，捧着它脑袋："你主人不在，想他吗？"

十块钱冲她甩甩尾巴，甩她一头的水，像是在拒绝回答。

乔荞单手捂脸："十块钱！"

十块钱这次猛地甩了甩身上的毛，甩了乔荞一身水。

乔荞都被它气笑了："再闹，扣你狗粮。"

十块钱自然听不懂，一人一狗像是打了场水仗，给它洗完澡，乔荞自己也和洗了个澡没两样。

她身上的裙子湿透了，根本没法穿，犹豫了下，到林远舟房间找了件白色半袖。现在天热，她的裙子搭在外面应该很快就能干。

乔荞盘腿坐在地上给十块钱吹干毛，忍不住和它抱怨："你的主人真的一点都不讨人喜欢。不解风情，懂吗？”

十块钱瞪着乌黑的眼瞧她。乔荞没忍住，狠狠地揉着它呆萌的脑袋：“干吗，说他坏话，你不开心？”

十块钱把头扭一边去了。

“算了。”乔荞笑道，“我大方点，不和他一般见识。”

十块钱立刻转过身来，还直往她怀里钻。乔荞觉着这狗怕是要成精！

她使劲儿推它：“你又想弄我一身水！”

一人一狗在客厅闹，乔荞忽然觉得连日来的郁气都消散了不少。落地窗外的阳光投进来，满屋子显得明亮美好。

林远舟开门进来时看到的就是这样一幕。短短几秒间，有些问题忽然有了答案。

吹风机的声音实在太大，以至于密码锁响的时候，乔荞完全没听到，直至她看到玄关处有人出现才惊讶地往后一倒，连忙用双手撑住地板：“你怎么……”

林远舟胳膊上的夹板和纱布都拆除了，与寻常一样，穿着简单的白衣黑裤站在门口，手边有个小型行李箱。他也没想到会吓她一跳，微微愣了几秒：“我提前回来了。”

“哦。”乔荞应了一声，再抬头，发现他一直认真盯着自己看。

她低头看了眼，马上反应过来，赶紧站起身：“给十块钱洗澡，衣服湿了。”他不在还好，他在的时候，自己穿着属于他的衣服，乔荞忽然就觉得气氛都变得古怪起来。

衣服上全是他的味道……

“没关系。”林远舟已经迈开长腿往里走。他屈膝半跪着摸了摸十块钱，再抬头看她时，笑了下，“你穿着很好看。”

“……”

他接手了帮十块钱吹干毛发的收尾工作，乔荞一时无事可做，去阳台检查了下裙子有没有干。林远舟似乎在思考事情，从刚才一直没说话，乔荞不知道他是不是又在想工作上的事，便打定主意，决定先离开。

至于身上这件衣服，她回头洗干净再送回来好了。

她折回客厅里："要是没事——"

"我有话对你说。"

两人几乎是同时开了口。

乔荞觉得还是该让他先说，点点头："你讲。"

"是比较严肃的话题。"林远舟示意她坐下谈。

他这么正式，乔荞都被他弄得有些惴惴不安。她依言坐好，双手交叠放在膝盖上，那架势像倒是真的在听什么重要会议一般。

林远舟顷刻笑了："不用紧张。"

"没紧张。"乔荞其实是真不知道他能有什么话要对自己说，或许是伤好了，不再需要她帮忙照顾十块钱？这样想，其实她还有点舍不得那狗，以前明明很怕它来着。

"你也知道家里一直在催促我结婚，所以我才会去相亲。"林远舟说这话时，修长的十指也不自觉交握在一起。

乔荞猜测，他也在紧张。

她"嗯"了一声，不知道他为什么忽然提起这个。

"虽然之前被你拒绝了，"林远舟直视她的眼睛，黑眸纯粹明亮，声音也很轻，"但经过这段时间相处，我觉得如果非要和一个人一起生活的话，我希望是你。"

乔荞有点没理解这话里的意思。

这番话像是表白，又不太像。

什么叫如果非要和一个人一起生活才希望是她……

乔荞有点蒙，也来不及做出任何回应。

林远舟见她坐在那里不说话，一双眼睛一眨不眨地盯着自己看，也无法通过表情分辨她此刻的真实情绪。

他低头轻轻咳了一声，说出最后一句话，也是连日来想了许久的问题："所以，你愿意和我结婚吗？"

乔荞："？"

她是想和林远舟有点什么关系，但瞬间跳过恋爱直奔婚姻，这怎样想都有点过于不真实。

林远舟也知道自己这要求唐突了，但他没有那么多时间准备，爷爷前两天得知他带伤出任务更是气到不行，勒令他这次回来就听从安排再次相亲。

他沉默了一会儿，再看她时眼神十分真切："那天你给我发微信，我猜想你或许有些想念我，那你是不是待我还是有点不同的？"

乔荞："……"

"所以我提前回来了，"林远舟看着她许久，轻轻一笑，"我在向你求婚，你是不是该给我一点反应？"

第五章

# 奔向未知的旅程

乔荞回家的时候，乔妈正在看电视剧，听见动静也只是随口问了句：“回来了？”

乔荞“嗯”了一声，走过去在乔妈身边坐下，直到此刻，她脑子里依然迷迷糊糊的，对之前发生的事还处在震惊中。

“现在的电视剧啊，真是越来越离谱。”乔妈嘴上吐槽，身体却很诚实，目光从未离开过狗血剧一秒，“你看看，这求婚浮夸的哟！”

求婚?

乔荞瞬间一个激灵：“什么求婚？”

“我说电视上。”乔妈无奈看她一眼，“你这么激动做什么，难道还指望谁跟你求婚？连个对象都没有！”

乔荞：“……”

要不要告诉老妈，林远舟在一个小时前刚跟她求过婚啊?

面对林远舟的“求婚”，她回答的是需要时间考虑下。林远舟也表示理解，只说希望她尽快考虑。

晚上，乔荞躺在床上很久，却有点失眠，吃了褪黑素也不管用。她看着窗外的月亮，第一次认真思考了自己将来想要什么样的生活。

林远舟说，如果非要和一个人一起生活，他希望那个人是她。那么她呢，是不是也非他不可？

乔妈离婚的时候她还非常小，大概只有三四岁，至于离婚的缘由，乔妈从没告诉过她。她自己也不去打听，怕勾起乔妈的伤心事。

但她从小就知道婚姻不是生活的必需品。

大概正是如此，乔荞长大后认识异性也没有太多想和对方发展的念头，于是一直单身。

周小娅曾经说过，她这样是缺乏安全感的表现——从小没有父亲，以至于某方面的情感缺失，导致她始终没有勇气迈入两性关系。

乔荞被乔妈安排相亲，但也一直没有遇到合适的人，而这个所谓“合适的人”到底是什么样的？也许，在她脑海中根本没有具体形象。

后来她会对林远舟心动完全是预料之外。她遇险的时候，他忽然出现，莫名就给了她一些安心的力量。

自己难过时会想给他发消息，是不是也在下意识地找寻某种慰藉？

乔荞侧身用手垫住脸，忽然觉得，如果不是和林远舟的话，她似乎的确没勇气迈入婚姻这道门槛。

于是，她一骨碌地坐起来，像是怕自己反悔一样，月光照在她身上，她抱着手机慢慢打字。

在凌晨一点十三分的时候，乔荞给林远舟发了条微信：我同意了。

她本以为他至少也要第二天才看到消息，结果居然很快就回复了她：我知道了，晚安。

这个晚上，乔荞始终怀有一种很奇妙的心情。

她这辈子鼓起勇气第一次拒绝人，拒绝的是林远舟。

第二次鼓起勇气做了件荒唐事就是决定和林远舟结婚。

似乎每一件有关勇气的决定都和他有关。

真是奇妙。

然而第二天周末，林远舟居然毫无动静。乔荞本想和乔妈提一提这件事，这下反而不好开口了。

她甚至怀疑林远舟是不是在逗她玩。

周一竟然是难得一见的阴天，一整天空气都闷闷的让人提不起劲儿。到了下午放学，雨一下就倾盆而来，雨幕中，学校门口挤满了匆匆忙忙的学生、家长和路人。

“这天真是说变就变。”有同事也被困在办公室，端着水杯站在窗户下，观察雨势，“早晨出门哪儿看得出要下这么大雨啊。”

“可不是，慢慢等吧。”

乔荞也打算等雨小一点再走，反正她没什么急事，给乔妈发了微信说晚点回家。

她坐在办公桌后拿笔在本上随意素描，手机收到一条微信，点开一看，眉头又不自觉地皱了起来。

杜鸣宇发来的：我在校门口等你。

乔荞回复他：不用了，我待会儿自己回去。

杜鸣宇无奈地摇头，坐在车里看外头的天气，平时看着乔荞文文静静、不爱说话，倔起来的时候也是真的让人无计可施。

他想了下，还是坚持：我等到你出来为止。

虽然乔荞知道男人追女孩的确是要主动一点，但是她觉得自己既然已经表明态度说有喜欢的人，杜鸣宇是不是该尊重她的想法？

略微思索，她收拾好东西准备离开，办公室里还在避雨的一位老师很惊讶：“你要走？”

有人抢在乔荞前面替她回应道：“肯定是有人接啦。”

那人正是前几天和肖晴一起议论自己的人中的某一位。

乔荞没回答，静静看着她。她又接着说：“听说你有男朋友了，可杜老师还给你送花，不知道今天接你的又是哪一位呢？”

“是哪一位也与你无关吧。”也许是乔荞平日里过于安静随和，忽然来这么一句，对方一下愣住了。

但她又笑着耸耸肩：“当然和我没关系，只是觉得乔老师好厉害。”

乔荞不和她多说，拎着包出了办公室。

杜鸣宇老早就见她出来，拿了伞过去接。乔荞直奔主题道：“我希望你不要再做这种事。”

杜鸣宇迟疑几秒：“你在顾及肖晴？”

想来肖晴也向他表明心意了，但乔荞摇了摇头：“和别人无关，我不喜欢你。”

两人站在雨里，雨渐渐变小了，但淅淅沥沥地一直下着令人心烦。乔荞见他沉默，还是把话说完：“我马上要结婚了。”

“你为了拒绝我。”杜鸣宇失笑，“都编这样的借口出来？”

乔荞知道眼下这样说确实无法让他信服，可她也想不出什么更有力的方式证明，到此刻一想，她甚至连枚戒指都没有，不过还是用肯定的语气说：“是真的，我……”

乔荞忽然噤声，因为她看到一道身影由远及近——林远舟举着伞，稳步朝他俩走过来。

杜鸣宇也顺着她目光的方向瞧，见是林远舟之后有短暂错愕，随后眼底终于开始慢慢涌上一层落寞。

“我来晚了。”林远舟将伞递过来一点，乔荞立刻走到他身边。她安静地立在他身侧，说来奇怪，他们并没有过分亲昵的举动，但此时此刻就是给人一种感觉，他们才是真正的恋人。

杜鸣宇看了眼自己空下来的半边雨伞，忽然有点自嘲，所以缘分这事从来没有什么先来后到，自古都只讲求一个刚刚好。

他主动向林远舟问好：“好久不见。”

“你好。”林远舟颔首，回以礼貌问候，随后微微低头同乔荞说，“我给你发消息，没看到？”

乔荞猜测是刚才出来时没留意手机响，拿出来一看，果然是五分钟前发的，林远舟让她在办公室等。

“不听话。”他这样说了一句，音量不高也不低，足以令三人都听见。那副有点责备却又暧昧的语气，让杜鸣宇脸色难看了不少。

林远舟还替她轻轻拂开一缕贴在脸颊上的发丝，动作十分自然。

杜鸣宇忽然有点待不下去了，他一手插兜，故作轻松地说：“那我走了，”然后深深地看乔荞一眼，“再见。”

乔荞点了点头。

林远舟却喊住杜鸣宇："我和乔荞要结婚了，如果方便，到时来喝杯喜酒。"

杜鸣宇握着伞把的手指紧了紧，回身笑了笑："行啊，定好日子通知我。"

到了车上，林远舟递给乔荞一条干毛巾，乔荞擦着有点湿的发尾，脑海里想的是：是不是该向他解释下刚才的情形？毕竟是奔着结婚去的关系。

孰料林远舟却率先开口，打破沉默："昨天我有事忙，所以没联系你。"

乔荞猜测是工作上的事，决定大度地原谅他："我明白。"

"刚才杜鸣宇……"乔荞也解释，"我和他只是朋友。"

"如果你心里有别人，不会答应和我结婚。"他说完，短暂停顿，"所以我擅自做主，帮你拒绝了他。"

乔荞觉得林远舟这人有时候能气死人，有时候又怎么过分招人喜欢呢。

她咳了一声："我们待会儿去哪儿？"

"去我家。"林远舟说完怕她误会，又补充，"有些事想和你商量。"

乔荞心知结婚前确实有很多事要准备，欣然同意，但也提议说："如果方便，找一天见见我妈。"

这么说的时候，她的心里蔓延着一种很奇妙的情愫。第一次带异性回家，那个场面不知道会是什么样，而眼前这个人真的就要和她共度余生了……

"见家长的事，我们安排一下彼此的时间。"林远舟似乎都想好了，答应着，他见乔荞忘记系安全带，下意识倾身过去。

极近的距离，近到他身上清浅的沐浴露气息都落进她的鼻腔。

林远舟系好安全带之后抬头，乔荞也在不安地看着他。

窗外还在零星地下着雨，车里很安静，除了彼此近在咫尺的呼吸。林远舟抬手过来，却只是将她有点乱的发丝理顺，然后端坐在驾驶座发动车子。

乔荞也不知道是该松口气，还是该有些小小的遗憾。

虽然他们决定结婚，但是彼此似乎确实还没熟到那个地步……

两人回到林远舟公寓，刚进门，乔荞就被十块钱扑得险些摔倒，好在身后的男人扶了一把她的腰。乔荞抵挡住十块钱的亲昵攻势："你怎么又变重了？"

林远舟换了鞋，将十块钱唤到一边。乔荞这才得空休息，大概是已经来过许多次，这次她已经不再拘谨，自己换了鞋，跟到他对面坐下。

“我叫了外卖，”林远舟将手机和车钥匙往桌上放，征询她的意见，“介意吗？”

“不介意。”

“本来应该带你去餐厅进行一次正式约会，但因为……”他安静了下，目光投向十块钱，“十块钱昨天捡了样东西，不知道是不是你落下的。”

“我？”乔荞不明所以，也跟着看向十块钱。她不记得自己有丢失什么东西。

正好门铃响，林远舟起身去拿外卖，他示意乔荞：“你去看一下。”

林远舟临走时摸了摸十块钱的脖子，十块钱朝房间跑去，没一会儿就折回过来。

乔荞盯着它，等它跑近，没忍住笑了起来。

这人——

十块钱嘴里叼着个盒子，而盒子大小让她大概猜到了是什么。

打开一看，果然是枚钻戒。

林远舟取了外卖进来，站在玄关处，说话都是很随意的口吻：“是你的吗？要不要戴上试试。”

时间倒回至一天前。

林逸笙起床时，被忽然出现在眼前的林远舟吓了一大跳。

平时需要三催四请的大神，今儿个正襟危坐，目光炯炯地盯着他，也不知盯了有多久。

他按着胸口夸张地拍了两下：“你干什么？”

他哥竟然有偷看别人睡觉的癖好！

“我有话对你说。”林远舟坐在床侧的沙发椅上，或许是因为穿了黑衣服，他的周身都仿佛散发着一股莫名冷淡的气场。

“说……说啊。”林逸笙难得结巴了下。

林远舟微微俯身，那副过分严肃的神情让林逸笙都不自觉紧张起来。

果然，林远舟说：“昨晚，乔荞答应我的求婚了。”

林逸笙挑起半边眉，惊诧几秒：“所以？”

“我要结婚了。”

林逸笙再度挑起另一边眉：“那恭喜你。”

林远舟并没理他，而是继续讲自己未说完的话："我需要一个有意义的求婚仪式。"

林逸笙懂了，合着一大早就在这儿等他是有求于人哪！他立刻挺直了腰板，说话都多了几分底气："这个好办啊，你问我就对了。"

"本来想找田树的。"林远舟抱着胳膊，丝毫不介意在"啪啪"地打弟弟的脸，"女孩应该更懂女孩心思，但她今天值班。"

林逸笙："……"这是求人的态度吗！

林远舟看着他："有想法了？"

"没有。"林逸笙认㞞，拨了拨凌乱的头发，起身去卫生间洗漱，"你让我想一下。"

林远舟低头看腕表的时间："给你半小时。"

于是，林逸笙洗澡换衣服，连早餐都没吃一口，就被他哥一路带出了老宅。对此，林远舟的说辞是："爷爷要是知道会干涉太多。"

这点林逸笙赞同，有了爷爷的掺和，这求婚没准就变提亲了。

林逸笙在路上就替他出了不少主意，各种出其不意的手段都想了，没一个林远舟满意的。

林逸笙都怒了："那你说一个我听听！"

林远舟还真说了一个："让十块钱也加入。"

在他看来，当初乔荞就是帮他遛狗，两人才有了更多接触，所以十块钱在两人间扮演了重要角色，参与求婚会很有意义。

林逸笙是没见过他哥这般细腻的，顿时坏笑起来："哟，不错，对人姑娘还挺上心。"

开着车的人目视前方，神色却难得严肃了几分："虽然有些仓促，但是我不想亏待她。"

林逸笙觉着他哥果然长大了！

他决定帮他哥想一个让乔荞毕生难忘的求婚仪式！

两人在家琢磨了老半天，又带着十块钱户外演练，折腾了一整天终于确定了最佳方案。然而千算万算，没想到第二天下雨了……

这个户外求婚方案被迫取消，林逸笙还挺乌鸦嘴地说："这可是不祥之兆啊。"

林远舟踹他一脚，临时改变了策略。

原本林远舟还在猜测会不会因为求婚的形式太随意让她不开心，但眼下，那姑娘发自内心的笑是他以前从未见过的。那双平时小鹿似的眼睛弯得像月牙一样。

林远舟忽然觉得，今天这场雨下得也不坏。

“是你的吗？要不要戴上试试。”一句逗她的话。

他走过去帮着她把戒指拿出来，自然而然地戴在她的无名指上。指腹轻轻摩挲着指环与她肌肤接触的地方，林远舟低语道：“倒是刚好。”

“你怎么知道我戴多大合适？”乔荞有些好奇。

“目测。”林远舟凭借职业敏感度，大约估算，心里想的是哪怕不合适后面再去换。

却不想正好。

乔荞很喜欢这枚戒指，款式简单大方，正是她中意的，发自内心道了声“谢谢”。

两人间依然还保有几分客套，但不得不说，这枚戒指让两人都更加清晰地认识到，对方是自己结婚对象的事实。

乔荞还是没忍住问他：“这个准备了很久？”

想来以他的个性，背后必有高人指点。

林远舟不置可否。他握着她的手，低头看戒指，然后自然地牵起她往沙发方向走：“吃饭吧。”

那些小事她不必知道，只需享受当下的开心就好。

乔荞低头看两人交握的手……嗯，他的手果然很大，很温暖。

接下来就是各自向家里摊牌。

乔荞回家告诉乔妈这消息时，乔妈正在追之前的那部狗血剧，闻言根本没当真：“结婚？跟谁结啊，前几天你还说没对象呢。”

乔荞尽可能地不吓到她妈，小心翼翼道：“……和林远舟。”

乔妈的目光定格在电视画面上，得有六七秒，蓦地拿起遥控将电视关了：“你说谁？和谁干吗来着？”

乔妈满眼难以置信，怀疑自己听错了。

乔荞又重复了一遍，乔妈才确信是真的，但她不知道该做何反应，一天天盼着女儿带男朋友回家，这下直接变女婿了？

乔荞一时也拿不准她妈的心思，忐忑道：“你不喜欢？”

“没有。”乔妈握着她的手，这下顺道连求婚戒指也看到了，愣了愣，轻声问她，“跟妈说说，你真的喜欢他，还是被我催得没办法？”

乔荞回答得没有一丝犹疑：“是喜欢的。”

乔妈终于放下心，想笑，心情又尤为复杂：“小林不错，挺好的。但怎么忽然就要结婚呢？”

“我们私下其实一直联系。”乔荞决定不说那么多，否则乔妈会担心。

果然乔妈听了这话，表情释然不少。虽然她依旧觉得挺急的，但是现在的年轻人主意都多，几次观察下来，她觉得林远舟人不错。

乔妈长长叹了口气：“那回头约着小林家里人见一见，把这事儿商量下。”

乔荞应下来，心情难得轻松，睡觉前给林远舟打了个电话，问他那边的进展。

林远舟这边自然是顺利得不得了，林老爷子等这一天那么久，得知他要结婚已经很开心，知道对象是之前介绍的那位姑娘更是乐开了花。

兜兜转转还是这两人，那不是缘分是什么？那不是爱情是什么？

搁老爷子眼里，这就是天赐的姻缘，恨不能立刻就把这事儿给办了！

乔荞听林远舟说的时候又惊讶又好笑：“你爷爷很疼你。”

其实她还想问林远舟，那你父母呢？一直没听他提过……但总觉得他不提的原因正是不该打听的。

“爷爷近期可能会亲自去你家拜访。”林远舟也只是这样说，似乎他的所有事都由爷爷一人出面代表。

乔荞有点窘迫，又有点莫名的脸热：“哦，那我……”

“不用害怕，还有我在。”林远舟大概是在阳台接的电话，所以背景音里总有些许风声。

乔荞心下却很安宁，嘴角也不自觉往上翘：“才不怕呢。”

有点逞强，又有点……撒娇的意味。

林远舟似是很轻地笑了笑，乔荞握着手机的手指慢慢收拢，飞快地道了声“晚安”就挂了电话。

剩下的事都很顺利，林老爷子和乔妈的见面也十分融洽，二老一见如故，对婚礼的诸多事宜也达成了一致。

反观乔荞和林远舟，倒是什么也不用操心。

林远舟本就忙，所以婚礼的事商议好了一切从简。

婚期定在了八月初，正值暑假，乔荞也有大把时间。她私下里其实很庆幸，和周小娅聊天时还抱怨："最近赶稿总喝奶茶，小肚腩都出来了，正好有时间减减肥。"

周小娅笑话她："恨嫁的心不要太明显。"

日子缓缓而过，平淡却真实，是实实在在能握在手里的幸福。

倒是在婚前还发生了件事。

这天乔荞下班以后，回家的路上接到了林逸笙的电话，刚接通，他就问她在哪里。

乔荞如实说了，十分钟后，林逸笙的车就停在她面前。

乔荞很诧异，微微俯身，见他车里还有人。是位中年女子，对方也在朝她微笑。

林逸笙说："有时间吗？我妈妈她有几句话想跟你说。"

乔荞愣了下，那不就是林远舟的母亲？

到了附近的咖啡馆，三人落座之后，那位女士就进行了自我介绍，她说："我是远舟的继母冯卿岚，你叫我阿姨就行。"

乔荞："……"

直到这一刻，她才算是知道林远舟始终独住的原因。

"您好。"乔荞礼貌打招呼，在等对方说下去。

那位女士自始至终都十分温和，甚至安慰她，"你不用紧张，我只是太想见见你。远舟那孩子和我们并不亲近，结婚的事……"她难堪地笑了下，"也都没告诉我们。"

这个"我们"，想必还包括林远舟的亲生父亲。

乔荞并没有脑补什么不该有的戏码，毕竟林逸笙和林远舟关系还不错，所以想来，林远舟忌讳的并不是冯卿岚……

像冯卿岚说的，她确实也只是想见见乔荞，聊了些简单家常，在分别时还送了乔荞一份礼物。

乔荞打开，看见是一只成色非常好的玉镯，便说什么都不肯收了。

“你拿着，这是我们长辈的一点心意。”冯卿岚非常随和，看乔荞的目光很柔和，“远舟能有个喜欢的人不容易，我们都很高兴。”

乔荞回家以后，看着那镯子，却怎么都觉得不该私下收了，总觉得那东西像是定时炸弹似的。于是她给林远舟打了个电话，让他来一趟。

林远舟来的时间稍晚，所以两人安安静静地坐在安全楼梯间。乔荞把东西给他，谨慎说道：“我觉得不方便收，由你处置。”

林远舟并没打开，他或许根本不关心里面是什么，直接将东西握在手里。

楼梯间很安静，他短暂沉默，再看向她时，忽然抬手抱了抱她。

乔荞一下愣住了。

然后，他说：“你是我的未婚妻，不必这么小心谨慎，想知道什么，我都会告诉你。”

乔荞过了许久，才伸手慢慢地回抱住他，原来她的不安，他都看在眼里。谁说他笨来着……

这个人，她到底是选对了。

八月，乔荞正式成为警嫂中的一员。

阵阵蝉鸣声中，她拿着新鲜出炉的两个红色本本端详着，真神奇，她和林远舟这就真成一家子了。

二十几年来，她一直都只有乔妈一个最亲的人，这下忽然多了个老公。

她偷偷睨了眼身边的男人。林远舟坐在驾驶座上系安全带，领完证，他还得回队里交代些事情。干他们这行，连结婚都得抽个空。

“先送你回去。”他说着，见乔荞正拿了结婚证在拍照，然后往朋友圈和微博分别发了条消息。

他拿过自己手机一看，两个红色小本亲密依偎，背景是窗外郁郁葱葱的树冠和湛蓝天空，倒还挺好看的。

林远舟顺手点了个赞，发动车子。

乔荞也低头翻看忽然拥来的各种祝福。

微博是最热闹的，粉丝全都炸了，纷纷表示震惊。

啊啊啊，你居然结婚了！

恭喜，百年好合。

好好奇先生是什么样的人，你这么温柔，他肯定也是温柔的人！

所以刚更新的漫画里有自己的影子吗？是你的故事吗？啊啊啊！

一时间，祝福、猜测、好奇、八卦等言论纷纷而来，总之热闹非常。

乔荞微信好友都是现实生活中的朋友和同事，留言相对少一些。

倒是杜鸣宇也评论了，很简单的两个字：恭喜。

还有肖晴罕见地也给乔荞点了赞。

周小娅发了个表情，然后说：要是有单身帅气的警察小哥哥，别忘了介绍给我。

连老陶也来凑热闹：歪打正着，我是不是不小心成了你们俩的红娘？

乔荞将手机收好，微笑着看向前方。

十点钟的城市，车水马龙一派繁华，她和林远舟正在奔向未知的旅程，至少这个开端并不差。

林远舟将她送到楼下，这天过后，两人到婚礼前都不能再见了，这是老一辈的规矩。

林远舟静静看着她，偏了偏头："我看着你上去。"

乔荞站在原地，忽然有点舍不得，虽然离婚礼也没多久了。她在车窗前站定，手搭在窗沿上，小手指轻轻钩了钩他的手指："那，婚礼见。"

他反客为主，将手指一根根覆上去，握住她的手。

乔荞的手很漂亮，不知是不是学美术的缘故，手指格外修长，皮肤也白净细腻，握在掌心里分外柔软。

林远舟回视她，她的脸颊果然瞬间就红了，他却很是坦荡："婚礼见。"

乔荞又开始怀疑自己真是嫁了根木头。

婚期越近，紧张的反而是乔妈，总担心有什么被自己落下的，坐立不安，恨不得自己忙得跟陀螺一样。

乔荞安慰她："好好休息，什么都没你重要。"

毕竟只有一个女儿，乔妈的心情很能理解。乔荞将乔妈按在沙发上坐好，躺下去枕住她的腿，像小时候那般窝在她身前："我想好了，除了周末回来。他出差，我也回来陪你。"

上次林家老爷子来，其实提议给林远舟换个大房子，到时候让乔妈一起搬过去住。女儿一走，这就只剩她一个人了。

乔妈当然是拒绝了："我都照顾她二十几年了，以后就交给小林。往后，我得为自己好好活一场。"

她虽这样说，但乔荞知道她心里是舍不得自己的。

当母亲的，既盼着女儿有个好归宿，又害怕女儿离自己太远。

"以后有自己的小家了，你就把心思放在家里。"乔妈嘱咐她，"婚姻是要靠经营的。"

道理乔荞当然懂，猛点头："你放心。"

乔妈替她顺了顺头发，看着女儿，越看越是感慨："明明记忆里还不及我腰高的人，这一转眼就要嫁人了，妈妈也老了。"

"才不老呢。"乔荞偏头看她，"上次去菜市场，卖水果的爷爷说你是我姐姐。"

乔妈被她逗笑了，白了她一眼："那是他想哄我买他的水果。说起来，你连个水果都不会挑。"

"那我就约你一起买。"乔荞说，"一起买还能打折。"

乔妈一时哭笑不得，这个女儿，说她嘴笨不会表达吧，这会儿说起话真是句句熨帖细致，每句都宽慰着她的心。

到底是个内心细腻敏感的孩子。

乔妈拉着她的手，母女俩难得说点体己话："其实我之前还有些不放心，怕太着急了，你这个个性嫁过去会受委屈。可那天小林亲自来解释家里的事儿，我就彻底宽心了。"

那天两人躲在安全梯说话，乔妈正巧出来扔垃圾，一下撞见了两人。

起初还以为是两人偷摸着见面，跟中学生背着家长谈恋爱似的，后来才知道，他是专程来说关于他家的一桩事。

"他也是个可怜孩子，母亲那么早就没了。"乔妈叹气，"以后两人好好过，回头有孩子了，妈给你们带。你们只管过小年轻的二人世界。"

乔荞：“……”

这风向怎么忽然就不对了。

但不管怎样，婚礼那天，乔妈表现得比谁都开心，一大早就起来认真准备，还罕见地化妆做了造型。乔荞家亲戚不多，但林远舟的家族庞大，加上他刑警队许多同事，婚礼格外热闹。

乔荞在后台很紧张，据说待会儿还有新郎新娘在台上互动的环节，她真怕自己老毛病犯了，半天说不出话。

周小娅今天作为伴娘，却一直在偷看帅哥：“要不网上怎么一直流传那句话，帅哥都上交给国家了。这军队、刑警队里的帅哥也太多了吧。”

乔荞摇了摇头：“你之前还说不能以貌取人。”

“哎呀。”周小娅打断她，“我当初也以为自己很有内涵，今天才发现我本质上还是个肤浅的人。”

乔荞：“……”

周小娅用胳膊撞她：“再说了，你现在也是警嫂了，那我自然是近朱者赤，也会被帅气的警察小哥哥吸引呀。”

近朱者赤还能这么用……乔荞表示佩服。

正说着，林远舟从外面进来。他穿着礼服，是难得一见的正装，黑白相间，十分朴素的颜色，连领结的花色都很低调。却因为如此，将他五官衬得越发深邃立体。

乔荞脑子里忽然就想起那时在小区楼下看到他穿制服的样子……

“有点出息行不？”周小娅低声在她耳边说，“怎么他一出现你就脸红啊。”

乔荞狡辩：“我哪有？”

周小娅“哼”了一声：“婚后给我支棱起来，不要被你家林队吃得死死的！”

乔荞不理她，走到林远舟身边。林远舟自然地握住她的手：“累吗？”

“不累。”

“要去敬酒了。”林远舟说完，眼神极为复杂地看着她，“你不用认真，随意喝一点就好。”

乔荞“哦”了一声。

林远舟再度沉声交代：“不要喝多。”

所以她上次喝多，到底是给林远舟留下了怎样可怕的心理阴影啊！

敬酒的时候，乔荞认识了许多林远舟身边的人，那是属于完整的林远舟的世界。有当初认识的刑警队那群同事，还有其他没见过的，比如林远舟的舅舅叶寻之。

都说外甥像舅，林远舟无论气质和外貌，的确和叶寻之很相似，那副疏离有礼的架势更是如出一辙。

叶寻之主动和乔荞打招呼："一直想私下见见你，无奈工作太忙。新婚快乐。"

"谢谢。"乔荞和他握手，总觉得还应该说点什么，"那你有空了就来家里坐坐。"

林远舟听到"家"这个字，眸光微微动了动。叶寻之瞧在眼里，倒是觉得十分有趣，他一度担心那件事以后，这个外甥就失去了爱人的能力，现在看来似乎情况不一样了。

"那我不客气了，改日一定去。"

林远舟看出他是故意的，意有所指："怎么不坐那桌？都是熟人。"

叶寻之余光瞥见田树正往这边看，淡淡说道："太吵，一桌子年轻人，不适合我。"

"看什么呢？"秦亮递给田树一杯水，顺着她的目光看，果然又是在看叶处，很是同情地拍拍她肩膀，"兄弟，不是我说你，追了这么些年，人家的意思挺明显了。"

田树转头看他："那又怎么样？"

"……"秦亮结巴了下，"确实不能怎么样。"

田树平时跟男孩儿似的，看起来皮厚结实耐摔打，但到底也有女孩脾性，这会儿低下头，眼眶终究是红了。

乔荞又被带着见了林远舟的其他同事，有的带了家属，警嫂队伍很是庞大。乔荞被大家打趣是新晋小警嫂，开了好一会儿玩笑。

乔荞学校的老师也来了。总之各种交际，结个婚相当累人。

而林远舟家这边，当真只有爷爷和林逸笙出席，乔荞至今也未能见上林远舟父亲一面。

一切结束，乔荞累到不想说话，倒是林远舟似乎精力旺盛，亲自给她放了洗澡水。十块钱欢快地跑来跑去，今天格外活泼，像是知道有新主人加入。

乔荞直到泡澡时才后知后觉地想到——今晚是新婚夜！

对于正常小夫妻，新婚夜必然是各种……不可描述的，非常值得期待的。

可是他们这对终归是有些不同——

乔荞在浴室待了很久，周小娅还特意发了消息过来：听说警察哥哥体能好，你多加保重。

乔荞的胳膊上都是泡沫，险些把手机掉进浴缸里。她红着脸回复：你赶紧睡吧！

周小娅发来一个意味深长的表情包。

乔荞拍了拍胸口，泡完澡，在镜子前做了好一番的心理建设——他们是有证的合法的小夫妻了，就是发生点什么也相当正常。

她穿着浴袍走出去，头发还有点湿，和林远舟说话还是不自觉地结巴："我……我好了，你去洗吧。"

林远舟正在换衣服，他大概很不习惯正装，到家就换了下来。乔荞说这话时，正好看到他将套好的居家服衣摆往下拉。

然后她就看到了林远舟的腹肌……隐隐约约，但她又十分确定自己看见了。

真的是训练有素……

乔荞立刻转过身，假装刚才什么也没看到。

林远舟答应一声，走过来，却没立刻进浴室。他在乔荞面前站定，稍稍迟疑了下，似乎进门时就在思考这个问题："晚上，你喜欢怎么睡？"

乔荞："……"

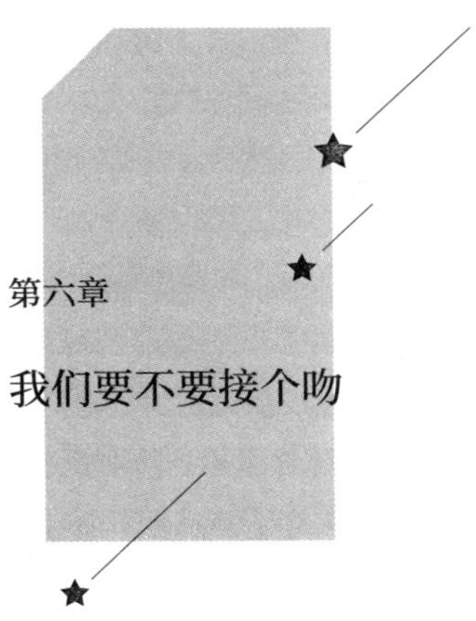

# 第六章

# 我们要不要接个吻

这话要搁别人嘴里说出来可能有好几层意思，甚至还有点暗示的味道。但乔荞觉得以林远舟相当直白的个性，这话就是表面上的意思。

所以她反问道：“你喜欢怎么睡？”

林远舟安静片刻：“其实，我不习惯和别人一起睡。”

乔荞默默无奈了一会儿，微笑道：“真巧，我也是。”

林远舟以为他们达成了某种共识，松了口气，指指主卧道：“这个房间归你，我睡书房。床上用品都是新的。”

当初他买房时并没考虑结婚这事儿，于是图方便挑了个户型小的，自己住着自在就行。而且他不喜欢陌生人在家中出没，小户型也方便自己打扫。

这会儿他再想想，其实是有点委屈乔荞了。

乔荞的确有点小情绪，对他说了声“晚安”就快步回了房间。

她坐在床上擦头发，心里气鼓鼓的，倒不是为没发生点什么而气闷，而是这人……这人也太没眼力见儿了！

她看着地上自己的影子，沉默了半晌，不知道为什么气渐渐就消了。林远舟不就是这样？要是忽然热情又甜言蜜语，反倒不是他了。

他们现在这关系，立刻就睡一起反而不自在。

乔荞躺在床上打开手机，发现微信群里很热闹。

这是今天刚被张姐邀请进的警嫂群，她正在看里面的聊天记录，忽然被一条消息给吸引了注意。

第二天林远舟跑步回来，顺便带回了早餐，乔荞正好起床，两人在门口打了个照面。

“早。”他主动打招呼。

“早。”

林远舟观察了一下她的反应，示意说：“这家的早餐味道很好，你一会儿尝尝。”

乔荞回了声“好”，然后就去洗漱了。

林远舟一时无从判断她是不是生气了，昨晚他后知后觉，直到人家姑娘进屋将门一关，才想起自己说那话可能让人误会了。至少，这话不该由他开口。

一个大男人说了要分房睡的话，显得人家姑娘多觊觎你似的。

两人一起吃早餐的时候，林远舟便试图解释：“其实，我有很严重的睡眠问题。”

乔荞看着他。

林远舟态度十分诚恳：“我怕影响你休息，没有别的意思。”

乔荞点点头：“所以，早餐算赔罪？”

这点林远舟也非常坦诚：“不，我是真的不会做早餐。”

乔荞不着痕迹地笑了下，其实昨晚她在警嫂群里看到有人说自己老公严重失眠时就想到了。她还特意在网上搜了相关信息……早就不生他气了。

只听林远舟又说：“我会尽快克服。”

“嗯？”

“早点克服毛病，和你同房。”

乔荞很没出息地被呛到了！

始作俑者还很是体贴地递了纸巾过来，继续说：“你放心，不会让你等很久的。”

谁在等了！

乔荞咳得满脸通红，偏偏嘴笨，想骂的话是一句都说不出口。

林远舟给她递了杯温水，眼神可谓相当无辜：“慢点吃，时间还很早。”

乔荞：“……”这人是故意的。

林远舟虽然有三天假，但是因为工作的特殊性需要随时待命，所以他们很难去蜜月旅行。最后两人想了个折中的办法，去附近景点玩儿一趟。

乔荞最后选了窈山。

“上次在那儿遇到危险，还敢去？”林远舟对此很不理解。

乔荞自然地说：“因为现在有你啊。”

林远舟当时正开车出城，注意力都专注在路况上，听了这话也只是想那倒没错，不管遇到什么危险，他都会保护她。

两人入住的是乔荞之前团建住的那家民宿，将行李放好后，一起去山里散步。

乔荞是去过那座传说中的寺庙的，林远舟没去过，所以两人又去了一次。但那长长的台阶也依然让人心累，林远舟见她不想走，主动伸出手：“我牵着你。”

乔荞摇了摇头。

林远舟微微扬起眉，却听她说：“你背我。”

“这里？”林远舟失笑，但这个时间附近没什么人，他便二话没说弯下腰，“来。”

乔荞看着他结实的脊背，慢慢趴伏上去，彼此的体温隔着纤薄的布料贴合在一起。

她伸手环住他的脖颈，脸颊也离他的耳廓特别近，小声问他：“重吗？”。

“你？”林远舟无所谓的样子，“不重，我还背过两百多斤的男人。”

乔荞：“……”

她的体重对他果真全无负担，他轻松背着她上完了所有台阶。乔荞从他身上下来，见他看着眼前的风景走神，狐疑道：“怎么了？”

“觉得很放松。”

耳边有清脆的鸟鸣声，偌大的古树枝蔓交错，编织出一层天然的屏障，细碎的光影斑驳，照在两人脸上。

林远舟发自内心地说：“我其实很久没认真看过风景了。”

乔荞看他那副样子，莫名有些心酸：“那今天你想去哪儿，我都陪你。”

他们守护了这片宁静，却连享受的机会都很少。

林远舟淡笑：“还好是你做导游，换了我，可能行程很无聊。”

其实到了这里，也没什么行程可规划的，景点就那么一两个，但胜在能让人身心放松。

乔荞去牵他的手：“我们进去看看。”

白天就在走走停停中度过了，很轻松的一天，晚上民宿的老板提醒他们可以去泡温泉。

“想去吗？”林远舟问她。

乔荞点点头，上次来的时候就没去成，这次想去试试。

可是——

为什么是和他一起泡……

虽然身上都还有民宿提供的衣服遮挡，可是气氛却十分暧昧。氤氲的热气里，若隐若现的彼此的身体线条……

乔荞告诉自己坦然一些，林远舟那么君子，自己实在是太“色欲熏心”了！她转移注意力，主动开启话题：“十块钱，为什么叫十块钱？”

“我捡到它的时候，”林远舟回忆了下，“正打算去便利店买烟，然后……”

乔荞听得很认真。

他继续说完：“我发现自己没有零钱，正好差十块钱。”

乔荞：“……”

十块钱知道自己的名字被取得这么随意吗？

林远舟依然记得那天，小小的奶狗在一只破败的纸箱里，小家伙露出那双黑亮的眼，惴惴不安地偷望着这个世界。许多人匆匆路过都不曾发现它，或许也是注定的，他当时正好就站在它面前，听到了轻微的一声呜咽，然后就将它捡回了家。

那个念头几乎只是一刹那间产生的。

他抬头看乔荞，忽然想，他这辈子唯二做的不合常理的事，一是收养了十块钱，二是和乔荞结婚。

这两者明明毫无关联。

乔荞隔着热气和他对视，见他盯着自己打量，有点奇怪地问：“怎么了？”

“没事。”林远舟顿了顿，“你要不要来我身边？”

有了前几次的经验，乔荞觉得自己不该多想。她非常淡定地去到他身边，和他并排靠着池子边缘。

林远舟目光落在水波之上，过了几秒，才慢慢转移到她的脸庞上。

乔荞的呼吸有片刻的停顿。

他伸手过来将她落在颈间的一缕头发拨了上去。

乔荞就知道自己不该想多，可是下一秒——

他忽然说：“我们要不要接个吻？”

晚上，乔荞躺在民宿的床上很久都没睡着，她觉得林远舟这个人真的很要命。

他略带薄茧的手掌还有淡淡的烟草气息……刚才发生的那一幕几乎印在她脑子里挥之不去。

她感觉自己颈后此刻依然留有他掌心的温度，原来男人和女人的唇舌可以那样交缠，身体贴合在一起时会那样热和敏感。

乔荞想着想着，将脸埋进了枕头间。

其实这并不是他们的初吻，说来荒诞，他们的初吻发生得十分无厘头。

事情发生在相亲那会儿了，两人一起去逛商场，当时林远舟说想给他师父田海明买份生日礼物，邀乔荞陪同一起挑选。

乔荞其实不太了解，像田海明那样的老刑警会喜欢什么样的礼物，但她也并不傻，不会真的以为林远舟需要咨询她的意见。

说白了，只是男女见面的一个理由罢了。

所以买完东西，他们自然约了到顶楼喝东西。

周末的商场人满为患，电梯也挤得不成样子，乔荞和林远舟刚进电梯，一下子被挤到了角落里。

正值四月底，可青州的气温已经开始飙升，乔荞那天穿的一字肩连衣裙，细细闪闪的链子衬得锁骨格外漂亮。

人有点多，她的后背紧贴着电梯壁，双手交握，在身前下意识做出了防御状。可很快她便觉察到了不对，站在她右侧的一个男人频频朝她胸前偷瞄。

乔荞嫌恶地想转个身，可这会儿当真是动弹不得，转一下都会牵动周围人抱怨的目光。

她正发愁，忽然有只胳膊横伸过来，堪堪挡在了她和那男人之间。那男人的目光瞬间就被遮挡住了。

乔荞的视线如慢动作一般，一点点从搭在自己肩膀上的手一路向上，然后看到林远舟目不斜视的模样。

他始终直视前方，是个克制有礼的人。

乔荞的角度只能看到他刚毅的下巴和洁白的衬衫领口。

她小声道了声“谢谢”。

电梯里一直有人在说话，他也听不清她在讲什么，于是低头去听她说。就在这时，电梯到了顶楼，人们鱼贯而出，有人撞到了林远舟的背。

然后，就十分狗血滑稽地发生了影视剧中的场景。

他身体微微倾斜的同时，唇碰上了她的唇。但那时只是短短一瞬的触碰，两人除了惊愕外，更多的是尴尬和不好意思。

乔荞忽然觉得林远舟这人好坏啊……她的唇到现在都还是麻的。

他们依然是分房睡，开了两个房间。

林远舟在床头灯的光晕里看着手中那根头绳——那是刚才乔荞落在温泉边的。

一只粉嫩可爱的小兔子。

他也终于找到了乔荞和十块钱的共通点，乖顺、柔软，又带着点小叛逆。

唇边不自觉露出点笑，他起身吃了助眠的药物，然后关灯睡觉。

回市区以后，生活重新步入正轨，短暂的休憩让林远舟干劲十足。

他的工作又进入了忙碌期，让他兴奋的是，追查多年的案子终于有了眉目。

叶寻之通知他有案子让他接手时，他第一反应就是这事儿和当年那案子有关。果不其然，拿到案件相关资料，凶手的作案手法和当年母亲遇害时一模一样。

每一帧照片都刺激着他的神经，和记忆深处最为惧怕的画面一一重合。

“时隔这么多年再犯案，凶手这几年一定有事发生。”叶寻之提醒他。

林远舟点头：“我知道。”

出狱人员名单，医院重症康复病人，每一种可能，每一个环节他都会仔细排查。

叶寻之拍拍他的肩膀，执着这么多年的事总算有了消息，只有他知道林远舟的心情有多复杂。

“对了。”叶寻之说起了题外话，顺便缓解气氛，“结婚的感觉怎么样？”

林远舟将资料收好：“你结个试试不就知道了。”

叶寻之嗤笑：“看来不错。胆都肥了，敢开舅舅的玩笑。”

林远舟想起短短的一天一夜窃山游，得出结论：“是不错。”

“长大了。”叶寻之明明也比他大不了几岁，却总是因为辈分关系端着一副老成的架子，“案子重要，但也别光顾着工作。正是新婚，不能冷落人家姑娘。”

叶寻之其实还想告诉他，人哪，还是得朝前看。

林远舟点点头应了声，他即使再不够圆滑，这点道理还是懂的。

爷爷让小两口晚上回去吃饭，要搁以前，林远舟必然是能推就推，但这次担心乔荞夹在中间难办，于是答应了下来。

爷爷对此相当满意，叹道：“结婚了，总算是懂点事儿了。”

林远舟很是无奈，就跟他以前是三岁小孩似的。

爷爷对乔荞自然是一百分的满意，越看越喜欢那种。

乔荞到了老宅，爷爷拄着拐杖，亲自带她参观：“这臭小子就是在这儿长大的，你看这墙上全是他踢球落下的印儿。”

林远舟在一旁看到，说：“回头找人装修一下。”

老爷子瞪他：“这都是回忆，弄掉干吗？”

林远舟难得被呛，表情有几秒僵硬，但再迟钝也知道这是爷爷对自己的疼爱，不自然地连音量都变低了：“不是怕影响美观吗？”

爷爷没理他，又微笑着带乔荞上楼，指着其中一间房说：“这是他小时候的房间，是不是特别单调？别人的童年都是玩具、漫画，我家这小子无趣得很。”又补充，“除了踢球就没别的爱好了。”

乔荞发现墙上贴着许多足球明星的海报，因为年代久远已经开始泛黄，她猜想，或许林远舟小时候的梦想是成为一名足球运动员。

只是后来意外让他改变了梦想……

她并没露出遗憾的样子，而是特别佩服地说：“那很专一，只有一个爱好是不容易的。”

爷爷对这番说辞很是欣慰，眼底甚至露出几分赞许。

乔荞啊，果然是个温暖的孩子。

他拉着她下楼：“来来，再给你看看他小时候的照片。”

林远舟甚是无奈：“爷爷……”

“我跟你说，还有他兄弟俩穿开裆裤的照片，哈哈哈。”

乔荞：“……”

林远舟：“……”

林逸笙闻言，急急忙忙从自己房间冲出来：“爷爷！”

为什么要殃及池鱼，要是给嫂子看了，他哥还不得当场弄死他啊。

最后自然是没看成，照片被林逸笙誓死抵抗抢走了。

老宅已经许久没这样热闹过了。

因为这次两人回了趟林家老宅，林远舟第二天就拉着乔荞去买礼物，说什么也要去乔妈那儿一趟。乔荞当然也想乔妈，长这么大第一次和她分开这么久。

两人在超市礼品区转悠，乔荞说：“我妈不在意这个。”

“这是礼数。”林远舟坚持，挑了几盒保健品，购物车立刻被堆满了。

他回头看她，微微俯下身对上她的眼睛：“自古的教训是要讨好岳母，不然将来吵架了，岳母政策不好用。”

乔荞戳他胸口：“这就想着要吵架了？”

“防患于未然。”

“学坏了，去哪儿学的？”

林远舟拒不回答，反而提议道：“我在这儿挑，你觉得无聊就去零食区看看。”小女孩不都爱零食，就连田树那样的，抽屉里也藏着不少吃的。

乔荞微怔，神色复杂地看了他片刻，最后点点头：“林队真好。”

她在零食区溜达，其实也没什么特别想吃的，纯粹无聊打发时间，但林远舟那话还是让她心里有小小触动。

乔荞小时候乔妈努力工作，但一个女人拉扯孩子不容易，乔荞自小就不能像其他孩子那样随意买零食吃。

她住在舅舅家的时候，表妹玥玥有很多芭比娃娃和漂亮衣服，零食也不少。

她一个小孩子当然十分羡慕。

每次玥玥给她分零食，指甲盖那么一点，还特别倨傲地说："我大方吧。"

其实那时她太小，是非观尚未形成，乔荞并不觉得表妹有错。但她内心深处，总渴望有天有某个人能大方地摸摸她的头，说："乔荞啊，想吃什么零食随便挑。"

瞧，小时候就这么点出息。

后来自己赚了钱，反倒对这些零食提不起什么兴趣了。

乔荞正出神，忽然听到有人叫自己名字。

侧目一看，居然是表妹玥玥和她的老公。

真是想什么来什么……

"……好巧。"乔荞看着面前的两人，多少有点惊讶。

她举办婚礼的时候只有舅舅参加了，只说玥玥当时和老公在国外没能回来，所以这次见了，一时间，两人竟没什么话可说。

有点生分。

"我们就随便逛逛，这都遇上了，真巧。"玥玥挽着自己老公四处打量，"你一个人啊。"

乔荞："和我……老公一起。"

玥玥一时来了兴趣："哎？我还没见过你老公呢。"

两人打小就被放在一起比较，玥玥无论外形和个性都比乔荞出众，自然有些优越感。她自认挑的老公也不错，这会儿一心就想看看乔荞最后嫁了个什么人。

正好林远舟选完东西走过来。他并没见过玥玥，只当她是乔荞的朋友，微微颔首之后，就看向乔荞空着的双手："什么都没买？"

"没喜欢的。"

林远舟见她似乎提不起劲儿的样子，摸摸她的头："出去给你买冰激凌？"

想起这是他为数不多会哄她的招数，乔荞心里还是很开心，眼睛弯了弯："好。"

乔荞给几人做了简单的介绍，玥玥看着林远舟，心里多少有点不是滋味。她还以为依着乔荞这个话都说不利索的个性，找的老公也……

自己老公其实也没什么不好，就是外貌条件差了点，偏偏乔荞的老公光是外貌看起来就过分优越。

她还想和对方聊几句，林远舟却已经带着乔荞准备走了，除却最初的一句“你好”，这人竟自始至终都没多看自己一眼。

乔荞也觉得场面过于尴尬，和他们道别：“回见。”

离开以后，乔荞其实松了口气。她想起林远舟刚才的表现，抬头看他：“你故意的？”

“什么？”林远舟不明所以。

乔荞无奈：“怎么都不理人？”

林远舟沉默片刻，丢出一句：“和他们不熟。”

乔荞：“……”

好吧，的确是林远舟的个性。

八月快结束的时候，乔荞的漫画在网上连载过半，好评如潮。老陶自然是最开心的，约了大伙儿一起为乔荞庆祝，席间问乔荞：“你老公知道你画漫画的事儿吗？”

刚结婚没多久，乔荞对“老公”这个称呼还有点陌生，愣了两秒：“还没告诉他。”

倒不是不想他知道，只是觉得二次元和三次元有隔阂，忽然将自己画的那些恋爱细节铺陈在他眼前会有些别扭……

上次在山里出事，他帮了这群人，但完全没打听她们都是干啥的，所以乔荞也一直没机会说。

老陶笑话她：“其实就是怕自己那点小心思被他发现吧？”

乔荞抿唇不语。她的确是总将林远舟代入在漫画里，想着他才能继续创作，也加入了很多想对他说的话，做的事。

她在现实里虽然尿，可在漫画里很敢啊。

她端起面前的饮料喝一口：“喜欢自己老公不丢脸。”

出版社一群单身女青年齐齐嘘她。

周小娅看她满脸幸福，自然也是替她高兴的，冲她挤眼睛：“看起来新婚夜很满足嘛。”

乔荞严肃地想了下，就差咬牙切齿了：“毕生难忘。”

周小娅觉着这丫头学坏了，满口虎狼之词啊。

"你老公这么猛……"

乔荞没把分房睡的事告诉周小娅，毕竟和林远舟也算闪婚，婚后暂时分房其实也没什么，而且现在他们相处得也算越来越融洽。

大家聚在一块儿吃了顿烤肉，虽然临出门时林远舟交代过她别喝酒，但是乔荞还是喝了点。

毕竟大家是为她庆祝，完全不喝实在太不给大家面子。

于是散场的时候，乔荞就有点晕乎，周小娅本想送她回家，到了门口才想起来："都忘了你是已婚妇女了！"

她二话没说找出乔荞的手机给林远舟拨了个电话。

林远舟来的时候，远远就见乔荞和周小娅两个姑娘蹲在马路边上。那样子，说实话……有点不忍直视。

周小娅正头疼呢，见了林远舟立刻把乔荞扔给她："人安全还给你了。"

林远舟点点头："我送你。"

"不用，我朋友马上到。"周小娅潇洒地一挥手，生怕打扰小两口酒后乱那什么，立刻就撤了。

林远舟看着怀里的人，掌心覆在她额头上，将人的脸转过来看自己："出门时，我说什么了？"

乔荞虽然迷糊，记忆力还不错，准确重复："别喝酒。"

"听了吗？"

"没。"

"那怎么办？"林远舟见她扭过头，捏着她脸将她再度转过来面对自己，有心吓唬她。

乔荞苦恼地想了想，用她混沌的脑袋思考半分钟，最后拍了拍他胸口："我请你喝回来，我有钱。"

林远舟："……"

这姑娘到底是多有钱，怎么一喝了酒就炫富呢。

林远舟费了点工夫才把人按在床上，挺小一体格却怪能折腾，乔荞折腾了一路，这会儿到家倒是安静了。

林远舟将自己外套脱下，仔细看着她，忽然就笑了。平时挺㞞的，喝了酒就要酒疯，这是不是平时压抑太久的表现？

他弄湿了毛巾给她擦脸，动作尽可能轻缓，乔荞在灯光下还是缓缓地睁开了眼，一眨不眨地盯着他。

林远舟将她胳膊塞回被子里，揉了揉她的眉心："头疼吗？"

"不疼。"

林远舟便没说话。

乔荞注视了他一会儿，忽然说："给你添麻烦了。"

"不客气。"林远舟一本正经地回应，然后又提醒道，"你第一次喝醉酒后也这么说的，记得吗？"

乔荞当然记得，那会儿还担心自己酒后失态，他再也不理自己了。

见她不说话，林远舟只当是自己语气太凶吓着她，顿了顿，说："以后……"

以为他又要训自己，乔荞立刻表态："不喝了。"

他打断她："我在的时候才能喝。"

"……"

"喝醉了，我背你回来。"

林远舟想，自己从未了解过她的世界，每个人都有纾解的方式和自由，只要在他视线范围内足够安全，喝点酒其实也没什么。

乔荞看了他一会儿，心底蔓延起一阵很难形容的情绪，满满胀胀的，快要冲破胸口，这是独属于林远舟的温柔。

她坐起身，胳膊绕过他的脖颈，距离近到全是他的气息扑面而来。

他眼神微微晃了下，最后直视她。

乔荞亲了他一下。

见他没动，又亲了第二下。

林远舟垂眸，回搂住她："想干什么？"

乔荞用行动告诉了他答案。

林远舟迟疑，到底觉得现在很不君子，还有乘人之危之嫌。但终究是被她撩起了火，抱住她，缓缓加深了这个吻。

十块钱在门口转悠许久，这会儿直接跑到了两人跟前，目光如炬地盯着看。

两人到底是进行不下去了。

林远舟脸上难得露出了极少出现过的尴尬神色，他对乔荞说："早点睡，"然后指指十块钱，"你给我出来。"

十块钱狐疑地看看乔荞，这才转身追了出去。

乔荞盯着门口看了会儿，双手捂住了脸。

好丢脸啊。

第二天一早，乔荞贴在门板上听了好一会儿动静，确定林远舟出门了才出去。她冲到十块钱面前，狠狠揉它：“十块钱！你为什么不早点阻止我！”

她主动亲了林远舟，竟然还试图更进一步！

十块钱一脸淡漠，乔荞怎么看都觉得它在嘲笑自己。

她叹息着往地毯上一坐：“你主人昨晚跟你说什么了？”

十块钱当然不会回答。乔荞目光放空了好一阵，痛定思痛，决定从此以后远离酒精这个魔鬼。

古人诚不欺我，酒后果然容易犯大错！

她起身到洗浴间洗漱，刷牙的时候，手机振动了一下，心底有阵不好的预感。

打开一看，果然是林远舟发来的微信，他说：这两天很忙，不会回去，晚上锁好门。

完了还又发来两字：勿念。

乔荞总觉得最后两个字有内涵她的意思。

林远舟发完消息，注意力便集中在前方的案情分析板上，这个案子光是摸排调查就相当耗费精力，短期都不太可能回家。

田树给他递过来一杯咖啡，拉了椅子坐在他身后：“林队，你真放心嫂子一个人在家啊？”

林远舟“嗯”了一声就没再说话。

田树却神奇地发现他们林队的耳朵有点红！

乔荞给十块钱倒了狗粮，自己就钻进房间画画了，等中午的时候又点了外卖。就这么过了两天，乔荞看着依然精力十足的狗，说：“十块钱，想你主人了？”

狗歪头看着她。

乔荞点点头：“想了，我知道。”

狗一脸冷漠。

乔荞迅速钻进书房，将林远舟的衣柜打开，给他收拾了几件他平时常穿的衣服，对跟进来的十块钱道：“我代表你去看望他。”

十块钱漆黑的眼直直盯着她，仿佛在无声控诉。

乔荞丝毫不觉得心虚，摸了摸十块钱的脑袋：“看完他，带你去姥姥家。”

到了刑警队外，乔荞其实也没好意思见林远舟，她把收拾好的东西给了门岗。

门岗虽没见过她，但也大致猜到了，好心问道：“要给林队留言吗？”

乔荞想了想：“您有纸笔吗？”

林远舟收到衣服和留言条的时候，乔荞已经带着十块钱回乔妈那儿了。他打开字条一看，简简单单四个字：好好工作。

下面还有个简笔画，一个小女孩做了加油的手势。

他看了会儿那张便笺，将字条放进了钱包里，再度投入工作中。

乔荞回去陪乔妈住，乔妈当然开心，嘴上也会抱怨她没事就往家跑，但每天都变着花样给她做不重样的美食。

乔荞觉得这样的生活其实也很美好。

偶尔她也会关注警嫂群的动态，原来像她这样的警嫂很多，虽然也会看到一些抱怨的话语，但是大家大多时候都是积极乐观的。

乔荞下午带着十块钱散步，也存了几分私心，特意绕段路到刑警队附近。

然而一次也没遇到过林远舟。

不知道别人的新婚都是什么样，但乔荞的似乎很短暂。

很快到了开学的日子，乔荞的生活就更加忙碌了。自从知道她结婚后，肖晴对她的态度好了不少，这天还特意告诉她：“我和杜鸣宇在一起了。”

乔荞诚心道：“恭喜你们。”

肖晴笑着说“谢谢”，又十分不好意思：“以前的事我就是嫉妒心作祟，你别放在心上。”

乔荞也早就不记得了，人的记性有限，应该分给值得纪念的人和事上。

肖晴：“你和你老公怎么样？我听说警察都特别忙。”

“他忙他的，我做我的事。”乔荞说，“该在一起了就好好在一起。”

“你心态真好。”肖晴感叹，“杜鸣宇好像也很忙，我就想天天和他在一块儿。”

乔荞听了也只是笑笑，其实谁不想和喜欢的人在一起，但生活里总有比恋爱更重要的事要做。

大概是知道了肖晴和杜鸣宇在一起，所以乔荞那天接到杜鸣宇的电话便没有往心里去，直接接通。

杜鸣宇：“农子昂这边出了点事，你能来一趟吗？我联系不上他家长。”

乔荞一想，最近林远舟在忙案子，张姐做内勤，或许也顾不上。

于是她打车去了雏鹰，刚下车就见农子昂站在门口，低着头，怀里抱着小书包。

乔荞走过去，孩子一抬头，她才发现额头上竟然还有伤。

“你和人打架了？”乔荞有点吃惊，拉着他检查了下伤口，好在只是轻微擦伤。

杜鸣宇一直在边上陪着，他看了乔荞好一阵儿，等她抬头看过来才说话：“和同学拌了几句嘴，两边都有错，我已经教育过他们了。”

按理说，这种小孩间的矛盾都该双方家长见面谈的。杜鸣宇这样私下解决，乔荞其实有点意见。

但她总归不是孩子家长，加上对方家长早已经走了，她只好向农子昂确认：“还有哪儿受伤？”

农子昂一直撇着小嘴，眼底分明满是委屈，但面前的不是他熟悉的人，小小男子汉依然保持着倔强。他摇了摇头：“没事。”

乔荞心情复杂地摸摸他的头。

见她好像要走，杜鸣宇提议：“去哪儿，我送你们。”

“我打车。”乔荞下意识拒绝。

“乔荞。”杜鸣宇笑着说，“你已经结婚了，我不可能还有什么想法，而且肖晴肯定和你说了我和她的关系。”

乔荞当然知道，只是她觉得能不麻烦别人就不麻烦了，何况这里打车也很方便。

农子昂一直在看杜鸣宇，眉头皱得很深，他牵住乔荞的手：“我们走吧。”

杜鸣宇来不及说别的话，乔荞已经被农子昂拉走了，他站在原地看她的背影很久，然后才转身回了雏鹰。

“我们去医院？”乔荞问农子昂。

农子昂摸了摸伤口，无所谓地甩甩小胳膊：“只是小伤。”

乔荞不知怎么地就想起了林远舟，那会儿他骨折的时候也这么说。她蹲在他跟前，耐心十足的样子：“跟我说说怎么回事？”

农子昂瞪眼看看她，看了好一会儿，忽然就“哇”的一声哭了。

乔荞被吓了一跳，结果小家伙哭上瘾了，声音越来越大，吸引了不少路人围观。

乔妈带上房门出来，轻手轻脚在沙发上坐下。

乔荞回过神：“睡着了？”

下午农子昂在路边一副要哭倒街边建筑的架势。问他家在哪里也不回答，她只好先把孩子带回家，然后给林远舟发消息。

乔妈对孩子多少有点办法，顺利将小家伙哄睡：“小林什么时候来？”

“晚上。”乔荞说，“让我们先帮忙照看。”

乔妈是个热心肠，何况她非常喜欢孩子，当然很乐意。她拍拍乔荞的手背：“就当提前练习带孙子了。”

乔荞无奈摇头，她妈真是催完结婚就催生娃，丝毫不嫌累。

等林远舟的时候，乔荞无聊地在看警嫂群里的聊天记录，大家都还记得她这个新晋小警嫂，十分热情地和她聊天，问她刚结婚的感受。

乔荞也相当小心谨慎地打字：挺好的，我们林队很会照顾人。

警嫂A：哈？你说的林队和我认识的是一个人吗？

警嫂B：这你就不懂了，林队对家属能和对别人一样吗？

警嫂A：这么一说很有道理。

警嫂C：新婚肯定特甜蜜吧？林队休息了好几天呢。后面带着一个暗示性意味十足的表情包。

乔荞大窘。

警嫂B：你在暗指什么？

下面一群人跟着保持队形，发偷笑表情包。

乔荞都被她们闹得很不好意思，之前围观的时候也见她们聊一些特别火爆的话题，乔荞从不敢参与。何况她也没发言权啊。

她非常郑重地回道：林队不——

字还没打完，十块钱跑过来撞了她一下，乔荞感觉自己手一抖。然后见十块钱将农子昂身边的小玩偶给叼走了，乔荞怕十块钱把它咬坏了，农子昂醒来要不高兴，急忙起身去抢。

等她和十块钱奋斗完回来就见群里一行接着一行的问号和感叹号。

乔荞满脸蒙，连忙翻到未读信息顶部，顿时惊得说不出话，输入法默认系统真的坑死人啊！

只见微信界面醒目刺眼的四个大字：林队不行。

# 第七章

# 不如，我们做点别的

乔荞的内心自然是崩溃的，她原本只是想说：林队不喜欢私下议论他隐私，咱们换个话题吧！

明明是很正面的一句话。

她哀怨地蹲下，和同样蹲在地上的狗面面相觑。十块钱还在无辜地冲她摇尾巴。

“接下来，你能承受你主人的怒火吗？”乔荞凶狠地扮鬼脸，做出夸张的表情。然而十块钱没反应，她也瞬间败下阵来。

最后承受林远舟怒火的只可能是她……

据说，男人是不能被说不行的。

乔荞决定发点什么找补一下，在输入框内打字：刚才我想说，林队不行别人——

语句不通，删了重打，实话实说：我刚才手滑打错字了。

可怎么看都像在事后狡辩，也不知道别人信不信。那句老话也说，解释反而像在掩饰。

门铃在这一刻响了，踩着点似的，乔荞的心猛地跟着一颤，除了心虚只剩心虚。

打开门，林远舟站在外面，胳膊上搭着条儿童毯子。几日不见，他神色间多了几分倦意，但整个人依然清爽挺拔，丝毫不显邋遢。

“小农呢？”林远舟还当真是来接孩子的，开口就这样问。

“睡着了，还没醒。”乔荞观察他的反应，料想“事发”时他正在来的路上，所以此刻神色还算正常。

林远舟进了屋，乔妈从厨房端出早就为林远舟盛好的一碗汤，叮嘱道：“你最近肯定没好好吃饭吧？这个汤我煲了很久，喝一碗再走。”

林远舟道了谢，将手中的东西全都放在玄关处。十块钱也朝他跑过来，亲昵地蹭着他的裤腿。

相较之下，倒是某人略显冷淡了些。

林远舟看向乔荞，只见她坐在沙发一角，眉心紧蹙，像是在为什么事发愁。

不太像平时的她。

他走过去关心：“有心事？”

“没有。”乔荞在想究竟要不要“自首”。

“眼神躲闪，坐姿僵直。”林远舟一一讲出她的反常之处，在她身侧落座，“说说看，到底怎么了？”

乔荞：“……”

这要从何说起呢，说了，等于当场凌迟公开处刑。不说，他早晚也要知道。

林远舟耐心等着，目光不知为何渐渐落在她饱满的唇上，然后脑海中开始走马灯似的闪现那晚发生的事。

他忽然就悟了。

原来，她只是在害羞而已。

乔荞思忖再三，还是决定摊牌认错，她把心一横，对林远舟说：“对不起，我做了件错事，一时糊涂。”

“没关系。”林远舟打断她，神色间也略显不自然，“以后注意就行。”

毕竟当时他也没把持住，也差点失控，要说做错的也不是她一个人。

“没有以后！”乔荞拼命保证，说完一想，他已经知道了？

林远舟听到“没有以后”四个字后表情微僵，但还是尽量平静地说：“这件事在清醒的时候做比较好，这对彼此都多一些尊重。”

乔荞想，她当时其实挺清醒的，就是被狗撞了一下。但确实发了那句很不尊重他的话……可是，这种事在清醒的情况下也不方便做吧？

“但不清醒的时候偶尔一次也无妨，这是情趣。”林远舟本意是想安慰她，却不料乔荞听完这话表情很是震惊。

林远舟竟然觉得她手滑是种情趣……

乔荞愣了好一会儿，由衷感叹道：“你爱好很特别。”

林远舟：“……”

他其实不太懂，和喝了酒的老婆亲热有什么好特别的……

气氛一时陷入诡异，乔荞决定见好就收，毕竟林远舟已经大度地原谅了她，再说下去可能就要适得其反了。

她趁林远舟多想前问起了农子昂的情况：“你接了他，然后送他回家吗？”

“带回队里。”林远舟稍稍迟疑，还是说了农子昂的情况，“他爸爸已经去世了，是位缉毒警，所以现在家里只有张姐一个人。”

乔荞一时愣住，此时再回想孩子白天在马路上号啕大哭的画面，顿时感到揪心。

当时小家伙一定很委屈，可是知道能替自己撑腰的人已经不在了，所以才忍了又忍，可最终还是没能忍住……

“不如让他留下来？”乔荞忽然说，“等张姐有空了再来接他。”

乔荞想，这点小忙她和乔妈还是可以帮的，在她家待着，怎么也比在刑警队没人顾得上强。

“会不会打搅你们？”林远舟对乔荞的提议很意外，以乔荞的个性能主动说出要留一个陌生孩子在家里非常难得。

乔荞摇摇头，还有点宽慰他的意思：“他这么大，不会麻烦的。”

林远舟喝完乔妈给他煲的汤，临走，乔荞将他送到门口。两人一直在讨论其他事情，加上他不方便久留，所以其实没能说上什么亲密话。此刻他真的要走了，乔荞才意识到又要很久见不到他。

两人面对面而立，一个门内，一个门外。

而林远舟从来都是个情绪内敛的人，他只淡淡交代道：“回去吧，晚上早点休息。”

“路上小心。”乔荞最后也只说了这么一句，虽然有一肚子话，但是终归是不适合在这时候说。

她准备关门，他忽然伸手过来，因为一只手还拿着东西，所以另一只手单手环住她的肩膀，在她唇上用力吻了一下。他的唇微凉，触感湿润，让她有短暂的眩晕。

他并没立刻松开她，用额头抵着她的额头，低声说："忙完了，来接你回家。"

乔荞直到他离开才关上门，站在玄关的阴影里，抿了抿唇，无声笑了。

林远舟回了队里，很快就察觉到不对劲了。起初是几个小鬼头凑在一起嘀嘀咕咕，开始他没当回事，可总觉得他们看自己的眼神非常可疑。

就连张姐在听他说完农子昂的事以后，看他的眼神也古古怪怪的，似乎带着点……同情？

秦亮正好路过，被林远舟一把拽住了卫衣帽子。林远舟抬抬下巴："这气氛怎么回事？"

"没怎么回事。"秦亮嘿嘿一笑，见林队眼神犀利无比，想了想还是小声跟他说，"林队，其实有些问题要勇敢面对。"

林远舟莫名其妙地看着他。

秦亮干脆大胆地搂住他的肩膀，但音量还是刻意压低了："这种事，我听说很多的。虽然大多都是中年人吧，但是咱们这行也能理解，心理压力大嘛。总之，早治疗早好。"

林远舟给他胸口一下："说人话。"

秦亮揉着胸口，决定再直白一点："虽然事关男人的尊严，但是这毕竟不是小事啊，都让嫂子和别人抱怨了，这就是你的不对。"

这一句话信息量巨大，林远舟觉得自己听懂了，可他不知道和自己有什么关系。

他指指自己："你刚才说的是我？"

秦亮无奈地道："这确实换了谁都不好意思承认，但藏着掖着也不是个事儿啊。到医院看看，多好。"

说完，他本想拍拍林远舟胸口，但看对方的脸色又默默将手放了下来。

好可怕，他们家林队的脸已经完全黑了。

秦亮觉着自己似乎伤到了林队的自尊。他指了指外面，试图溜走："那什么，我还有事——"

林远舟直接将他拽进了办公室，将人往凳子上一扔，慢慢卷着袖子："我想听听怎么回事，从头讲讲。"

秦亮："……"

于是，秦亮就有幸目睹了他们家林队听到最后将手中的笔生生折断的历史性一幕。他战战兢兢地解释："张姐也在那群里，加上其他家属也和她们老公通了气。反正这事八成队里人都知道了。"

林远舟："……"

这会儿他再回想乔荞先前说的话真是别有一番意味。

他气极反笑，点点头："挺好。"

秦亮抱紧自己，脑海里只有一个念头——嫂子，您自求多福吧。

乔荞在家里连打了好几个喷嚏，乔妈提醒她关窗："换季最容易感冒，现在家里有小孩，你注意点。"

正说着，农子昂睡醒后从房里走出来，小小的人站在客厅有点迷茫，脑门上又擦着药膏，怎么看怎么可怜。

乔荞朝他招招手："过来。"

农子昂就乖乖到她身边坐下。乔荞给他拿了根香蕉，问他："今天在补习班是怎么回事，跟我说说好吗？"

孩子沉默了好一会儿，乔荞自始至终都耐心等着，终于听他开口道："我本来没想和他打的，他说我没人要，平时没人接送，还说我没爸爸，所以我才生气的。"

乔荞摸摸他的头："你先动手的？"

"不是。"农子昂很急地争辩，"他先动手的，我开始只让他道歉来着。"

乔荞抿着唇没说话，她今天应该了解清楚再走的。

农子昂看来是真的很委屈，直到此刻提起这事儿，也依然嘟着小嘴："最后杜老师还让我道歉，说是我的错。"

乔荞没再多说，只告诉他："明天放学，我去接你。"

农子昂不解地看着她。乔荞也不对孩子多解释，将香蕉剥好，递到他手里："还喜欢吃什么，告诉我，明天一起买回来。"

第二天，农子昂还在上补习班的课，果然抬头就见乔荞站在教室窗户外朝他挥手。他眼睛一弯露出点笑，又怕被老师抓包，连忙将小脸绷了绷。

乔荞看见孩子那副小大人的模样，没忍住笑了，在人群里看了一会儿，找到了昨天和农子昂打架的孩子家长，于是抬脚朝她走过去。

农子昂看到乔荞在和那位家长说话，那家长开始还挺凶，到最后气焰慢慢低了下去。

等到补习班课程结束，农子昂居然还收到了来自那个男同学的道歉。

小家伙难以置信，却又难掩开心，追着乔荞问："你怎么办到的？"孩子终归是孩子，收到道歉心情立刻好了起来，整个人都好似飞扬鲜活了。

乔荞牵着他的手往外走："这是秘密。"

其实也没什么难办的，对方本来就理亏，她又向杜鸣宇要了昨天的监控，告诉对方如果不道歉就把事情发布在网上。

那孩子妈妈也怕事情发酵，自然就大事化小了。

杜鸣宇正等在雏鹰门口，见她出来立刻向她赔不是："我昨天也该看看监控再下结论，幸好你今天来了，不然就委屈孩子了。"

乔荞没和他争辩，可心里很清楚，他这样精明的人怎么可能不提前了解清楚情况。

如果昨天被冤枉的是那个孩子呢？对方家长不见得像她这样好打发。说到底，杜鸣宇还是知道她个性温和好说话，所以昨天才故意找她来解决问题。

纵使只当他是朋友，乔荞不免还是有些失望，冲对方点点头："我们先走了。"

杜鸣宇还想和她说点什么，就听到有人喊乔荞名字，再一看，又是林远舟。

林远舟会出现，乔荞真是又惊又喜。

她带着农子昂走过去，脸上的笑几乎藏不住："你怎么会来？"

"妈说有人来替农子昂出头。"他慢慢说道，"又怕她嘴巴笨说不过人家，让我来看看，必要时候替她撑腰。"

乔荞没想到乔妈这么不放心她，撇撇嘴："我来之前打了草稿，词儿都背会了。"

虽然这样说着，但是她还是很开心，本以为又要很久才能再见他，谁知道才隔了一天。

林远舟看向农子昂："怎么样，开心了吗？"

“开心。”农子昂举起双手作欢呼状，“乔荞简直太棒了，我都要喜欢她了。”

林远舟按着他小脑袋，强迫他抬头看自己：“继续喜欢你的秦岁岁。”

农子昂没忍住白了他一眼，和小孩争风吃醋真的太不绅士了！以前也没发现林队这么幼稚。

见事情成功解决，林远舟偏了偏头，对一大一小道：“走吧，我车停在前面，先带你们吃东西。”

一听有吃的，农子昂开心到蹦起来，但他一直抓着乔荞的手不松开，似乎因为这事儿，两人的关系亲近不少。

林远舟走在乔荞另一侧，手背若有似无地总会碰到她另一只手，他们并没有刻意牵手，大概还是有些不习惯忽然的亲近。

但乔荞觉得这样的感觉很美好，有种“家”的感觉……

林远舟不知道是不是和她有相同感受，因为他许久都没说话。

黄昏的阳光落在广场上，到处都是令人感到温暖的颜色。

杜鸣宇站在原地看着两大一小的背影走远，胸口莫名有点堵。他自然是存了几分私心，耍了点小聪明，本以为乔荞不会发现，但现在看，还是被她识破了。

本以为被识破也没什么，可看她疏离的眼神，心里还是一阵难受。

离开雏鹰后，林远舟忽然问乔荞：“为什么会想帮小农？因为他爸爸？”

“不全是。”乔荞如实说，“小时候受委屈时也想有人替我出头。”

和有没有父亲，或者和他的父亲是什么职业都没关系，只是因为不希望农子昂和她一样，长大了还会有那么多遗憾。

林远舟听完，眉头微微蹙起，像是明白，又像是不太明白。

乔荞摇摇头，也不再解释：“我们吃什么？”

他们最终找了家西餐厅，因为农子昂说想吃牛排，于是迁就孩子。小家伙去卫生间洗手的时候，乔荞拿着菜单打量。

林远舟忽然将胳膊轻轻放在她手侧，只听他说：“小农的账算完了，来算算我们的。”

乔荞愣了一瞬：“算账，我们？”

林远舟的手指轻轻叩着桌面，一下一下地很有节奏。他甚至非常好心地提醒她：“林、队、不、行。”

"啪嗒"一声，乔荞手里的菜单掉在了桌面上。

是福不是祸，是祸躲不过。

该来的还是来了。

用餐结束，两人一起将农子昂送回了家。张姐今天终于得空休息，小家伙一听能见妈妈开心极了，刚下车就头也不回地跑掉了。

林远舟说了句"小没良心"，但他的表情柔和。乔荞心情也很好，除了——

林远舟之前说要算账，但一直没什么举动，乔荞心里还是惴惴不安的，总觉得他不会就此作罢。

事关男人那点自尊心啊……

他开车将她送回乔妈那儿，这个时间乔妈跳广场舞不在家，打开门后，只有十块钱热情地迎接他们。

乔荞觉得这样的环境实在过于危险，于是主动提议："要不，我们出去走走？"

林远舟换了鞋径直往里走，无视她那点小心思，提醒道："我们刚从外面回来。"

乔荞："……"

她指了指始作俑者十块钱，十块钱摇着尾巴直接跑去林远舟身后，一路尾随。

一只没骨气的狗！

乔荞见林远舟并没在沙发上坐下，而是在看餐桌对面墙上的照片，他虽来过几次，但都没认真参观过。她走过去给他解说："我小时候。"

"很可爱。"林远舟如实评价。

那会儿的小女孩过于清瘦，甚至还有点黑，看人的眼神也藏着几分不易察觉的怯懦。他觉得很新奇，那个小女孩长大后居然是他老婆。

乔荞又指了指其中一张："大学毕业。"

林远舟俯身打量，第一眼见到的便是那头乌黑长发，在阳光下非常柔顺，女孩子目光清明，穿着学士服的样子非常青春乖巧。那是和他的大学时光截然不同的感觉，他那时候在干吗呢？好像已经开始在刑警队实习了，接触的全是日光之下的恶心事。

相比起来，她过于美好。

“和现在没什么区别。”他说。

“当然，才几年。”她参加工作也没很久好吧。

林远舟往另一边走，有个手办展示柜，里面有各种动漫人物。他极少接触这些，所以并不了解。

然后是乔荞的房间，很女孩子的风格，和他的完全不同，无论哪一个细节都彰显着柔和软。

乔荞跟在他后面，眼睛很尖地看到自己的蕾丝睡衣搭在椅背上，快走几步将它收走。她回身看他，见他脸上并没有什么异样，他正在看她书架上的书。

她神色放松下来，坐在床边发呆，过了会儿再抬头，发现林远舟正在看自己。

她忽然有种不好的预感。

果然林远舟将手里的书放下，缓缓说道：“不如，我们做点别的。”

乔荞的耳根轰一下像被什么点着了，发着烫，连脸也热热的，故作不懂：“什么？”

他已经走过来，在她毫无预备的情况下将她按在了床铺上，垫子轻轻晃动，像是在抗议两人叠加的重量。

他在她耳边低声说：“算账。”

乔荞：“……”

她本就不太会说话，这下更是连个完整的词都吐不出来。一头长发散落在被褥间，他的手指和她的交缠在一起，还有几缕发丝调皮地纠缠在他的指端。

“要不要检查下？”他声音沉沉的，带着男性特有的沙哑，蛊惑意味十足，“别人不知道答案没关系，你不知道，我很介意。”

乔荞小声抗议：“……不要。”

他闷笑，手指从她的脸颊一路拂过，细细看着她的眼睛：“不好奇了？”

乔荞摇摇头，话却来不及说出口。他掐住她下巴，将她的脸微微抬起些，咬了咬她的唇，接着吻就汹涌而来。

直到他手机响起，乔荞才回过神，盯着屋顶看了几秒，好一会儿才反应过来自己在哪里。

临时有事，林远舟必须要立刻回刑警队，他起身时见她还傻傻地盯着自己。

太过乖顺，让人有种负罪感。虽然只是将她压在被褥间亲吻，顺便握着她软软的小手，但是总觉得好像在欺负她一样。

他俯身告诉她："我走了。"

乔荞"嗯"了一声。

他眼底泛起几分笑意："知道答案了？"

乔荞抬手捂住脸，点点头。

他摸摸她泛红的小耳朵，终于还是走了。

乔荞听到客厅落锁的声音，从指缝中睁开眼，她和林远舟都是第一次谈恋爱，第一次结婚，可这人……也太无师自通了。为什么接吻技术一次比一次要人命啊。

乔荞缓了缓神，到客厅倒水喝，喝水的时候脑子渐渐恢复清明，忽然想起刚才林远舟的电话，依稀听到"追捕"的字眼。

她喝水的动作停了下来。

林远舟回队里，的确是有临时的抓捕任务，之前负责的一个案子的嫌疑人有出逃迹象，召集队员迅速制定方案，一一将任务分派下去实施。

秦亮很兴奋，年轻人初入这一行血都是热的。他上车之后深呼吸，坐得比谁都笔直。

林远舟看在眼里，只提醒他们注意安全。

他曾经也这样充满激情，只希望他们这份热情能一直坚持到最后。

抓捕地点在一个偏僻的小区，监控的警员将情况说明后，秦亮带人去敲门。

林远舟绕到居民楼后，将剩下的半支烟狠狠地抽完，扔了烟蒂，将枪别在后腰，迅速爬上旁边被树荫遮盖的平房潜伏。

屋子里只有嫌疑人和一个女人。女人和他在争辩什么，听到敲门声，两人都安静下来。最后女人走过去开门，嫌疑人果然从阳台溜走，沿着管道往下爬，落地时狠狠啐了口吐沫。

林远舟看准时机，轻松往下一跳。嫌疑人愣怔两秒，撒腿就跑。

林远舟平时训练有素，自然不费什么力气就将人按倒在地。

这样轻松的抓捕有，艰难豁出性命的时候也有，他的生活就在这样的日子里一天天度过。随时待命，随时奔赴险境。

回了队里做笔录和审讯，忙完一切早已天光大亮。林远舟伸了个懒腰，秦亮敲门将头探进来，带着两个黑眼圈问：“林队，田树去买早餐，你想吃什么？”

林远舟没什么胃口，只想闭上眼眯会儿，摆摆手示意。秦亮“哦”了一声就出去了。

临时的抓捕任务并没有让林远舟的工作结束，手头其他案子依然需要侦破。

其中最有难度的就是前几天从叶寻之那儿拿来的案子。受害者是名女性，人际关系网简单，身边的人全都排查了一遍没发现任何嫌疑，不排除凶手随机杀人的可能。

而最难侦破的就是这种随机杀人案，没有任何动机和线索可查。

林远舟这边忙的时候，并不知道乔荞一直在担心他。

乔荞直到昨晚才切身感受到林远舟工作的危险性，以前她都是从电视上了解刑警的工作，也知道会有危险，但都没有昨晚那样感受强烈。前一刻还在拥抱的人，下一刻接了电话就得立刻离开。

如果遇到危险，他可能都来不及留给她一句话……

乔荞拿着手机搜索一些相关信息，越看眉头皱得越紧。

肖晴端着餐盘来到她旁边，瞄了眼她手机屏幕：“你现在才开始关心你老公的工作啊？”

乔荞将手机收好。

“说实话挺佩服你的。”肖晴自顾自说着，“警嫂多不容易啊，何况还是嫁给刑警。”

乔荞没接话，低头吃自己的。

肖晴也不自讨没趣了，和身边另一位老师开始聊天。

乔荞时不时看眼手机，她给林远舟发了条微信，但一直没收到回复，之前也有过这种情况，所以她告诉自己不要多想。

晚上遛狗的时候，乔荞特意带着十块钱到刑警队附近遛了一圈，依然是没什么收获。

乔荞甚至还给林逸笙发了消息过去：你哥联系你了吗？

林逸笙倒是立刻就回了：他从来不主动联系我。

乔荞有点尴尬。

林逸笙：怎么，他又回队里了？他就是这样，一工作起来就特别拼。

乔荞知道林远舟一直这样，相亲时就了解过，只是以为婚后多少会有点改变。

她解释：我只是担心他。

林逸笙：不用担心，如果有事，你是家属，第一时间就通知你了。

乔荞望了望天，她并没有被安慰到好吗？

临睡觉的时候，乔荞终于收到了林远舟的回复。平时惜字如金的人倒是难得多说了点：逸笙打电话说你担心我？我没事。

乔荞准备回他：还要忙很久吗？

她想了想，觉得自己不该这样讲，有点抱怨的意思，于是一字一字删掉，重新输入：那你好好照顾自己。

他过了许久才回复，一个简单的“好”字。

乔荞看着短短的聊天记录心情很微妙，其实他们一路走来，他都没有任何改变。但为什么她反而变得患得患失了，感情慢慢加深，她似乎想要的更多。

她觉得自己不该这样，应该好好调整心态，振作起来。

晚上，乔荞还是做了个噩梦，大概是网上新闻看得太多，日有所思夜有所梦，她睁开眼盯着漆黑的屋子，从床头将手机拿了过来。

夜里两点。

想着他也未必会看到，所以乔荞给林远舟发了条微信过去：做了个噩梦，好可怕。

她将手机屏幕按灭，然后闭上眼强迫自己再度入睡，可是翻来覆去好一阵，睡意全无。

正在走神的时候，手机轻轻振动一声，她迅速拿过来一看，林远舟居然回复了。

他问：梦到我？

乔荞在微弱的光线里抿紧唇：嗯，梦到你。

他并没有问梦到他怎样，但既然是噩梦，想来并不美好，于是他只说了两个字：傻瓜。

乔荞便没再继续打扰他了，猜想这个时间或许他正在补觉，但收到自己消息还是立刻回复，她其实有些小小的欣喜。

乔荞翻了个身继续睡，躺了没一会儿，手机忽然又振动，只是这次不是微信，而是他的电话。

乔荞是真的傻眼了，快速接通。

他的声音带着很重的回音："我在你家门口。"

乔荞觉得他一定是疯了。

她开门出去，果然看见他正站在门外低头看手机。夜色微凉，他穿着一件纯黑的冲锋衣，下巴埋进领子里，听到动静便侧过脸来，看到她时很轻地笑了下。

那一刻，乔荞脑海里有个很滑稽的念头一闪而过，她没想到学生时代没能谈场轰轰烈烈的恋爱，却在这个年纪，半夜两点和老公在自家门口幽会。

她这迟到的恋爱还真是有点不一般。

林远舟走过来看她，安抚似的摸摸她的额头："梦都是反的，知道吗？"

乔荞笑道："所以你特意跑来告诉我这个？"

林远舟也笑了，仿佛直到此刻才觉得有些难为情："我也觉得忽然跑来的行为很像精神病人，但我白天没太多时间。"说完很认真地直视她的眼睛，"你看到了，我好好的，不要担心我。安心睡觉，安心工作。"

乔荞心想，还说她是"傻瓜"，他也不见得聪明到哪里去，就为了让她看见他安然无恙就大半夜跑来，难道他不知道可以视频吗？

乔荞的心底还是快乐而甜蜜的。爱情不就是傻傻的、笨笨的，但又……温暖的。

她踮起脚，拽着他衣服，主动吻他的唇。

或许和这样一个人结婚注定不是最完美的，或许他此刻做的一切也无关爱情。但他在努力做到最好，她想，这样也很好。

因为这件事，乔荞觉得自己不该过度关注林远舟的工作，婚姻不是枷锁，应该让彼此成为更好的人才对。

于是她决定让自己忙碌起来，正好漫画第十一册出版的事宜已经提上日程，老陶准备了五千张环衬让她签名。乔荞去出版社的时候，周小娅抽空到她签字的会议室摸了一会儿鱼。

"所以你们就打算一直这样分居啊？"得知林远舟最近都待在刑警队，周小娅颇有微词，“你们还是新婚！”

哪有新婚的小夫妻生活在一起没多久就分开，而且这两人算是闪婚吧。

本来就没什么感情基础……

乔荞握着签字笔，一笔一画将自己的名字签在浅蓝色的纸上，看了看满意后才回答她：“我们也会抽空见面。”

“话是这样说没错。”周小娅刚才也听说了那位先生半夜两点出现在家门口的辉煌事迹，“事事有回响，林队也算努力了，不过总这样肯定不行啊。”

乔荞自然也知道，但他的职业就是这样，当初嫁给他的时候就已经有心理准备了。

周小娅讲了半天，最后竟奇怪地支吾起来，果然再开口就是：“宝贝，其实我交男朋友了。”

怪不得这阵子很少联系她。

乔荞自然是替她高兴的：“对方是？”

“我非常喜欢的那位古风歌手。”周小娅说的时候，整个人都神采飞扬起来，“我以前和你说过的初云。”

原来是那位。

周小娅从上大学开始就疯狂喜欢的人，几年的青春都和他有关，在网上为他安利新歌，各种出钱出力，就连周小娅进了文化圈也是希冀着有一天能离他近点。

“算不算‘追星’成功？”

“不知道算不算，但很幸福是真的。上周我们一起去玩密室，他真的很聪明，和我想的一模一样！”

乔荞看着她神采奕奕地和自己分享恋爱经过，始终微笑着。

少女的恋爱啊，让人周身都开始闪耀。

周小娅说到一半，察觉自己话有点多，吐了吐舌头：“你先工作，我们晚点再聊。”

她连出门时的背影都是轻快的，乔荞笑着摇摇头，签字笔停在纸页上，还是发了几秒呆。密室……也不知道她和林远舟有没有机会像寻常小情侣那样一起去玩儿一次。

因为周小娅开始谈恋爱，乔荞生活多少还是空了一块，她的朋友本来就少。

她每天正常地上下班，偶尔遇到邻居还会被打趣：“乔荞这嫁人和没嫁似的，还总能回来陪陪妈妈，挺好。”

乔荞闻言笑了笑，对方是位老好人，向来直肠子，她当对方这话就是表面的意思了。

临近中秋的时候，林远舟终于将她和十块钱接回了家。他来乔妈家接人时，乔荞总有种错觉，自己和十块钱像等待家长来接的小朋友……

乔妈非常开心，将两人一狗送下楼，还叮嘱说：“中秋就不要回来了，我也有自己的节目，你们好好过。”

这样说着，乔荞其实知道她是想给两人创造独处的时间。

两人总分居，别说周小娅，乔妈心里也着急。

一路上，林远舟还是那副样子，沉稳严肃话不多。一晃两人又是好几日不见，乔荞竟也生出几分莫名的紧张，不善言辞的她连个开场白都想不到。

到了林远舟的公寓，乔荞在房间收拾行李时，忽然就有些沮丧，每次这样分开再在一起，确实不利于培养感情。前几天的甜蜜都像打了对折，变成了气泡。

正想着，门被敲响，她看到林远舟走了进来。

他说：“要帮忙吗？”

“不用。”都是随身衣物，乔荞也不太好意思让他帮。

安静了几秒，她抬头，见他站在衣柜前没走，以为他还有什么事，正想开口问一问他，他却俯下身来。

干燥宽厚的手掌覆在她颈侧，湿热的触感从唇角开始。他吻得很用力，她睫毛轻颤，乖顺地轻轻启唇，放他进去。

不知道别人接吻怎么样，林远舟带着股生涩，却霸道得厉害，与平日的他完全不同。

乔荞每次被他吻都觉得浑身发软，这次也不例外，身子不自觉向后倾，忽然就跌进了衣柜里。身后挂着冬天的大衣，她红着脸坐在里面，场面一度有些难堪。

林远舟眼底有笑，他伸出手，乔荞本以为他要拉自己起来，谁知他握住她的手，将她拖进怀里，继续……

整个下午，非但行李没收拾好，倒是连原本熨烫好的大衣也被拽下来揉乱了。

乔荞真的很想捶林远舟。

晚上，林远舟说要回爷爷那儿吃饭，老人家知道他休息，马上就打了电话过来。

林远舟其实有些累，但他还是答应了。

听说家里还有客人在。

乔荞是第一次见到这位洛小姐，听林逸笙介绍是他的朋友，但小时候他们就认识，两家是世交。

洛小姐本名洛溪，刚从国外回来，长相偏美艳，说话却总是透着股孩子气，很神奇的反差。她见了乔荞似乎很好奇，上下打量许久，说出的话也非常奇妙："你和我想象的一点也不一样。"

乔荞其实很诧异，她为何要想象自己是什么样?

乔荞不知该怎样回答，好在林远舟就坐在她身边，他专注在看手机的同时替她解了围："乔荞比你大一岁，说话注意礼貌。"

洛溪闻言不吭声了，微微噘着嘴，有点不高兴。

林逸笙纠正她："和我一样叫嫂子。"

"我看她长得显小，叫嫂子都把她叫老了。"洛溪说完，冲乔荞甜笑，"对吧，乔荞？"

"我都可以。"乔荞最不擅长应对的就是洛溪这样过分热情的陌生人，她的手搭在膝盖上，下意识抠了抠指甲盖。

林远舟将她的反应看在眼里，收好手机，握着她的手，将人拉起来："还没开饭，我们去走走?"

虽然是询问她意见，但是一点停留的意思也没有。

乔荞被他揽着腰朝院子那儿走去。

洛溪看着两人的背影，神色间的落寞也不再掩藏，不知是说给林逸笙听，还是自言自语："我还以为他会一直不结婚呢。"

林逸笙在随手翻杂志，闻言，轻笑道："那要看对象是谁吧。"

"相亲认识。"在洛溪看来是完全没可能的事，"你不会想说他已经喜欢她了吧？”

林逸笙被她话语里一口一个“她”说得直皱眉头，“这都和你没关系，洛溪，你只是他朋友而已。”说完，他短暂静默，又说，“记住你回来的原因。”

洛溪：“……”

爷爷的院子不算大，但里面用心种植了各种花草，还有许多珍贵的品种，乔荞甚至没见过，她虽然看着，心思却在别处。

相亲的时候就知道他没谈过恋爱，所以她并不会误会什么，只是女人的直觉向来很灵敏。

“那位——”乔荞回身，却见他在思索事情，表情有几分冷峻，她便识趣地将话咽了回去。

之后，林逸笙来叫他们吃饭，林远舟才回神，大概也意识到刚才冷落了她，主动过来牵她的手：“抱歉，刚才在想案子。”

“没关系。”乔荞其实已经站得有点累了。

这顿饭乔荞吃得很省力，因为她几乎不用说什么话。爷爷关照她几句之后就问起了洛溪在国外的情况。

洛林两家看来的确是世交，老爷子对洛溪很和蔼。乔荞隐约听懂一点，洛溪前几年原来一直在国外治病，至于病因，出于礼貌她当然不方便问。

林远舟向来话少，也极少加入他们。

于是，这顿饭说是给洛溪接风倒更贴切一点。

大家走的时候，老爷子特意拉着乔荞说了和乔妈一样的话：“中秋我和逸笙到他爸那边过，你们小两口自己安排，好好庆祝。”

做长辈的都操着一样的心。

乔荞点点头，老爷子又笑眯眯地加了句：“争取早点让我抱上小曾孙。”

想到两人分房睡的事，乔荞很是心虚，回答“好”的时候底气都不足。

晚上乔荞抱着手机和周小娅视频。她如今十句话有九句都离不开初云，最后发现乔荞太沉默，试探道：“怎么了，有心事？”

“只是觉得我似乎也不太了解林远舟。”

周小娅看她一脸困扰，还以为是什么大事，听了这话一笑：“那不是很正常，你们从相亲到现在还不到五个月。更别说结婚了，满打满算两个月都不到。”

对啊，原来这么短暂。

乔荞叹了口气。

周小娅狐疑：“他做什么让你难过的事了？”

“没有。”他一直都在努力扮演好丈夫的角色，也做得很好。她只是不太喜欢被他的生活排除在外的感觉，想多了解一点他罢了。

或许也是她太心急了。

乔荞踌躇着提了提洛溪。

周小娅听完，把敷了一半的面膜继续敷好：“你老公都几岁了，那副长相没个人喜欢合理吗？况且小妹妹没机会的，他宁可去相亲都不选她，答案可想而知。”

乔荞觉得周小娅完全没懂自己在意的问题在哪里。

但她也放弃了，反正林远舟接下来有两天假，他们可以多点时间了解彼此。

第二天，两人去采买中秋节需要的东西时，乔荞便问林远舟：“你喜欢什么口味的月饼？”

她满含期待地看着林远舟。他却几乎没怎么思考：“我不爱吃月饼。”

好吧，也有很多男人的确不爱吃月饼。

乔荞不放弃，买水果的时候又问他：“哪一种？”

林远舟推着购物车站在她身后，琳琅满目的水果区，各式品种，光西瓜都分好几种。他觉得麻烦，差点脱口而出“随便”两字，但猛然想起网上看到的传说中的“求生欲”。

所以，他很淡定地说：“挑你喜欢的。”

乔荞：“……”

反正是问不出什么就对了。

两人大半个月没在家住过，家里缺的东西有点多，选购完竟然快有满满两购物车。回家之后，林远舟将东西归置好，转身看到乔荞蹲在地上给十块钱倒狗粮，结束后抱着膝盖在看狗吃东西。

她头发很长，此刻顺滑地往肩膀前面落，露出小小的、莹白的耳廓。不知道为什么，他觉得那样的乔荞很温柔，画面也很美。

他走过去和她蹲在一起。

乔荞："？"

林远舟："……"

他想这么做的时候就做了，做完忽然觉得这行为似乎很白痴。于是他掩饰性地移开眼，问她："我们晚上吃什么？"

乔荞便说了几个菜名，她昨晚已经提前做好了功课，菜谱都备好了，就等今天在他面前大显身手。她忽然灵机一动，问他："你爱吃什么也可以告诉我。"

林远舟："我不挑食，都可以。"

这次可不是出于求生欲，而是说了实话，他们这行有时吃饭都没个准点，哪还有心情讲质量。

乔荞却有点灰心，本以为今天可以问出些信息，结果待一起大半天什么都没问出来。

林远舟见她似乎突然间情绪低落，迟疑了下："我说错话了？"

"不是。"乔荞看着他，无比真诚道，"只是忽然觉得生活好艰难。"

林远舟："？"

晚上吃完饭，林远舟主动去刷碗，乔荞就回房间画画了，看着窗外格外圆的月亮，她心里多少有点惋惜。

不知道其他夫妻这个时候都在做什么。

这可是一年中月亮最美的时候呢。

她拿了笔在纸上随便涂，结果发现竟然画了林远舟的面部轮廓，她忍不住拿笔尖戳戳他脑袋："别人是木头，你是朽木！"

"谁？"

身后忽然有动静，乔荞被吓了一跳，转身见到林远舟，更是吓得不轻："你干吗不敲门！"

"敲了很久。"林远舟将她手里的纸抽走，看着看着，眉微微一挑。

乔荞小声争辩："我乱画的。"

他将画重新放回她手边，并没计较她的幼稚报复行为，而是说："朽木邀请乔老师去兜风，乔老师愿意赏脸吗？"

乔荞抿唇看着他，他伸手示意："今晚月亮很美，不去看看很可惜。"

乔荞把手放他掌心里："给月亮个面子。"

他开车载她到了附近最佳的赏月点，那是近郊的一处公园，停车的地方离山顶有段距离，需要步行上去。两人下车徒步往上走，除了在窈山那次度蜜月，这竟是两人第一次正式在外面约会。

算是约会吗？

乔荞不知道答案，但心里充满了小小的雀跃和欣喜。

他走了一会儿，见她步子有点慢，主动牵住她的手。她的手很软、很小，仿佛注定要被他捏在掌心里。

到了山顶，乔荞不由瞪大眼，月亮好像近在咫尺，仿佛一伸手就能摸到了。

她回头看他，他没看月亮，正好在看她。

"好看吗？"他问。

乔荞猛点头，好看的哪里是月亮，分明是一起看月亮的人。

他俊朗的五官在月光映衬下越发好看，沐浴在皎洁的光线中，连看向自己的眼神都好像变温柔了。

"你怎么发现这里的？"乔荞很好奇，这里人烟罕至，他竟然能找到这地方。

"一次追捕疑犯时发现的。"

乔荞："……"

好吧，现在还是不要继续聊这个话题比较明智。

他走到她身边，也抬头看了会儿夜空，然后伸手抱了抱她，在她耳边说："这时候是不是得做点什么？"

乔荞黑白分明的眼默默盯着他，像是期待，又像无声诱惑。

他咬咬她的唇："比如这样。"

乔荞垂下眼。他的吻也落在她睫毛、鼻尖上，再重新回到唇齿间。

一切都很好，如果他的手机没响的话。

乔荞已经习惯他的手机可能在任何时候响起这件事了，所以她并没有生气，反而是见他眉头微皱，似乎不太想接这个电话。

乔荞看着他，他示意："等我一下。"

电话没讲几分钟，他折回来时说："有点事要做，先送你回去。"

乔荞点点头。

回去以后，林远舟交代她先休息就离开了。乔荞看着他车尾灯消失，还是有些小遗憾。

本来今晚会是一次不错的约会。

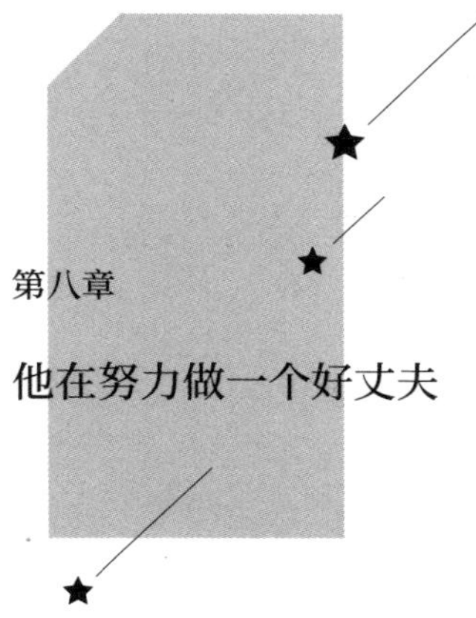

第八章

# 他在努力做一个好丈夫

乔荞很早就睡下了，不知道林远舟晚上几点回来的。倒是她第二天起床后就见他已经跑步回来，身上穿着灰色运动装，正垂眸煮咖啡。

听到动静，他主动问："要来一杯吗？"

"好。"

洗漱结束，乔荞才发现餐桌上还有他买好的早餐，某记的新品，而最近的分店离这里至少也有三公里。

他跑步时特意绕远买来的？

"给你换换口味。"他口吻随意。

乔荞心里有些波动。

这个男人就是这样，她心里反反复复的那些小情绪很容易就被他的举动给治愈了。

她拿过来不客气地吃了，食物吃进嘴里带来的满足感让这一天的心情都不会太差。

吃完早餐，乔荞简单收拾了下餐桌，林远舟忽然递过来一张卡："这个你收着。"

因为一直没正式生活在一起，所以经济问题两人从没商量过。前几次出门，基本的开销都由他出，物业、水电各种费用本就都是他在付，乔荞觉得既然自己也有份住，应该和他共同承担。

于是，她说："不用。"

林远舟还是坚持："我之后会尽量早回家，家里会有很多开销。而且，我们是夫妻。"

乔荞也不知自己是被他那句"早回家"给惊喜到，还是"夫妻"二字击中了心脏，总之她觉得今天一定是个不错的日子，不然为什么一大早就这么多好消息。

她思考了下，决定收下这张卡，家庭开支可以一同承担，这些她私下计划好就行。

等她拿了包准备去上班时，林远舟也跟着站起身："好了？我送你去学校。"

乔荞真的想去翻一翻皇历，今天一定是诸事皆宜。

她狐疑地将他上下打量一番，说出的话还算克制："你今天不忙？"

林远舟表情微顿："我在做一个老公该做的事。"

第一次听他自我称呼"老公"，乔荞还有点恍惚，几秒后点点头："哦。"

离学校还有段距离，乔荞就让林远舟停车了。林远舟也知道这个点学校附近很堵，全是送孩子上学的家长，于是也不再往里开。只是见她拿了包就要下车的架势，还真把他当司机使唤了。

他拉住她的手，一时起了逗她的心思："连句谢谢也没有，不付点酬劳？"

反正这里也没什么人，乔荞就搂住他脖子，在他唇上响亮地亲了一口。

等她退开，林远舟略显震惊的样子："我想你亲脸而已。"

乔荞："……"一不小心热情过头了。

他依然是再正经不过的语气，却伸手扣住她的后脑勺："让我亲回来。"

乔荞觉得这人最近似乎非常沉迷于吻她这件事。

正式住一起了，两人接触的时间终于变得多了起来。虽然林远舟依然会晚归，但是至少两人不用再依赖微信交流，每天也能有一次正经见面的机会。

乔荞放学的时间比较早，晚上都会按惯例问问林远舟要不要回家吃饭，多半得到的答案都是“不”。乔荞就给自己简单下碗面，给十块钱装满狗粮，然后一人一狗对着综艺节目解决掉晚餐。

这天吃完饭她去遛狗，偶遇了一位“熟人”。

说是熟人也不全对，事情发生在两天前，十块钱和对方的边牧起了冲突，虽然最后双方的狗都没受伤，但是边牧的主人还是提议去附近的宠物医院检查下。

一来二去，她就和对方认识了。

对方是位长相清秀的年轻男孩，算起来比乔荞还要小三岁，在附近大学上学。

男孩和她挺有缘，乔荞昨天和今天遛狗都碰上了他。

“这也太巧了。”男孩很腼腆，憋了很久才说出口，“既然这么有缘，不如我们加个微信吧？”

“微信？”乔荞不习惯加陌生人微信，正打算找个借口拒绝他，话还没说出来，已经有人替她回答了。

林远舟直接将手机递到对方眼前：“加我的也一样。”

乔荞：“……”

“这位是？”男孩看着忽然出现的男人，被他的气势惊到，总觉得他看自己的目光攻击性十足。

乔荞被林远舟的神操作震惊过后，向对方介绍：“他是我老公。”

男孩很惊讶：“你结婚了？”

乔荞：“……对。”难道他看不到她手上的结婚戒指吗?

男孩的表情十分精彩，像是有点受打击又有点尴尬，匆匆和林远舟打个照面就离开了。

林远舟将手机收好，等人走远了才问乔荞：“这是谁？”

乔荞就把事情讲了下，见他神色有些异样，以为他在担心十块钱，认真解释道：“十块钱没受伤，我就没告诉你。”

林远舟看着乔荞，唇角微微紧绷，乔荞在那一刻有种错觉，他好像被自己噎到了？

回去这一路，林远舟也极少说话，乔荞只当他又在想案子，便自觉地不再打搅他。

谁知回到家里后这人也分外沉默，客厅里安静得过了头，两人无事可做，睡觉似乎又很早。乔荞踌躇了下，拿起遥控器："要不看会儿电视吧。"

记得最近有部很火的悬疑剧，网上讨论十分热烈，她自己也还没来得及看。

林远舟不置可否，没有发表意见。事实上，乔荞甚至分辨不清他有没有在看，因为他始终很安静，但若仔细观察会发现他的视线一直落在屏幕上，但情绪丝毫没有起伏。

作为一名"陪看"，乔荞真的非常尽职了，看到凶手出没时该有的惊恐表情也做得相当合格。

一部以悬疑为卖点的片子，恐怖气氛倒是营造得十分到位。

第一集结束，乔荞已然被吓得不轻，脸色苍白，心跳也快了好几拍，再看林远舟，仿佛只是看了个恶搞的短视频一般云淡风轻……

乔荞想，果然和警察同志一起看恐怖悬疑片是这个世界上最没成就感的事。

乔荞观察林远舟的表情："你不觉得吓人吗？"

林远舟慢慢转过头来，满脸困惑："哪儿吓人？"

哪儿哪儿都很吓人好吧！乔荞在自己脸上比画了下，做了个夸张的表情："就凶手这样的时候就很吓人！"

林远舟欣赏着她的表情："有趣是真的。"

乔荞很想骂人，这是在说她的表情比片子精彩吗！

"害怕就别看，以后一个人回家乘电梯会脑补很多。"林远舟好心提醒，"虽然事实是近年来电梯的确是各类骚扰事件频发区。"

谢谢您，并没有感觉被安慰到，反而更吓人了！

林远舟后来说，要是害怕，他会尽早回来陪她。

乔荞心想，这个"尽早"的概率恐怕非常低。

第二天下班，乔荞洗完澡忽然发现睡衣忘带了，这会儿屋子里也只有她和狗，她干脆就裹了浴巾打算直接回房。

然而刚走到客厅，林远舟就开门走了进来，两人隔空对望，都有些愣怔。

乔荞那一刻竟然还在想，他今天居然真的早回了！

屋子中央站着白白净净的姑娘，湿发素颜，娇小的身躯包裹在厚实的毯子里，饱满的胸脯线条很美好……林远舟也没想到一进门就会撞见这样一幕，连表情管理都忘了做。

乔荞也愣了愣，随后赶紧冲回了房间。

虽然两人亲亲摸摸好几次，但是一直没突破最后一道防线，以前是没什么机会，现在住一起了，似乎无论天时地利人和都昭示着可以发生点什么了。

乔荞喘息了下，浴巾勒得她胸口难受，赶紧找了件睡衣换上，刚想找本书看看，门就被叩响了。

乔荞的心也随之紧了紧，她打开门，林远舟神色如常地站在那儿。

“回来时买的。”他递给她一样东西，是她爱吃的那家西饼屋的蛋糕。

乔荞“哦”了一声，眼神游移：“要一起吃吗？”

林远舟非常直接地拒绝了：“我不爱吃甜食，你自己吃吧。”

乔荞：“……”

直到坐在书桌前，乔荞都处在无语中，刚才那种氛围下她邀请他一起吃东西，这榆木疙瘩真的不知道是什么意思吗?

她好不容易鼓起的勇气……

乔荞把自己裹进被子里，蛋糕也没胃口吃了，觉得周身都写满了“丢脸”两个字。

过了好一会儿，房门再次被敲响，乔荞真的很不想面对他。但敲门声不断，她只得认命地去开门。

林远舟看见她脑袋毛茸茸的，还有几根头发顽皮地翘在那里。他伸手帮她顺了顺，然后提醒说：“吃完甜食，记得刷牙。”

“知道了。”

他没走，眼神沉沉地盯着她。乔荞视线上移，瞬间和他的目光胶着在一起，像是有什么被点燃了。

“我想……”他往前走了一步，热热的掌心贴在她的后腰上，“我们是不是该行使一下夫妻权益？”

乔荞：“……”

她先前还在气闷，忽然被他一撩，乔荞还是没出息地结巴了：“你刚才拒……”

剩下的话来不及说出口，林远舟早已演练了许多遍，轻易就将她吻得犯迷糊。乔荞整个人无力抵抗，被他一路带着，倒进了一片柔软中。

扣子被解开，他的气息落在她胸口，再慢慢往下。

晚上两人第一次同床，乔荞身后就是他结实的胸膛，热而滚烫。她迷迷糊糊间忽然想起问他："你今天为什么早回？"

他没回答，但乔荞已经猜到了答案。她用手指戳戳他的胳膊，唇间轻轻吐出一句："某人吃醋。"

林远舟怕她一个人去遛狗，特意早回，这人——

他只是亲了亲她小巧的耳垂，抱紧她细腰的手不自觉往上："你是不是不累？"

乔荞立刻闭上嘴。

夜里，林远舟似乎醒了一次，乔荞累得睡眼惺忪地看他，见他像是做噩梦的样子，盯着屋顶失神，额头也有明显汗意。

她咕哝着安抚道："噩梦都是假的……"

他低声重复："假的。"

"嗯。"

他便没再接话了，只是将她抱进怀里，下巴埋进她的发丝间。

成年人果然还是要用成年人的方式沟通，这件事之后，两人的关系像是拉近了不少。

虽然从此，林远舟有机会就会拉着她做些不可描述的事，但这样的感觉仿佛才更像新婚。

周末的时候，周小娅约乔荞去逛街，约好了在商场里等。乔荞姗姗来迟，周小娅见了她就啧啧感叹："果然浑身都散发着女人的魅力。"

乔荞知道她故意逗自己，不理她。早知道就不和她说这事儿了……

周小娅的八卦雷达启动，好奇地碰碰她胳膊："说说看，林队怎么样？"

乔荞脸皮薄，哪好意思真和周小娅讨论这些细节，反问她："那你的初云怎么样？"

周小娅惊了下："你想知道？初云当然是——"

“好了好了。”乔荞打断她，“我……我不想知道，开玩笑的。”

周小娅见她心情恢复如从前，心里总算松了口气，挽着她胳膊说：“不管怎么样，你们有进展就是好事，之前我其实挺担心的。”

乔荞有些抱歉，周小娅就说：“觉得对不起我，今天就陪我买买买、吃吃吃，其他的什么都不想。”

乔荞点点头，其实她也许久没逛过街了，平时太忙抽不出时间，有时间也约不到合适的人。于是两个人就手挽着手逛了起来。

只是没想到会在商场里偶遇洛溪，和她一起的是林逸笙的母亲冯卿岚。

乔荞看到她们的时候已经是在同一家店里，面对面相遇，想装作看不到都不行。

冯卿岚倒是很高兴。自从婚前见过那一次，她就没再打搅乔荞的生活，这会儿见了权当作缘分，拉着她的手亲热道：“真是巧，既然碰到了就一起喝点东西？”

乔荞看了眼和她一起的洛溪，下意识就想拒绝。

“我和朋友，不太方便。”纵使心里不情愿，乔荞还是将礼数做足，“下次吧。”

冯卿岚看看她身边的周小娅，也意识到方才那话不合适，但她极少能遇到乔荞，加上林远舟的关系也不好贸然联系对方，这会儿难免有些失望：“这，好——”

“没关系，只是说几句话而已。”洛溪忽然开口帮衬，“很快的。”

“对对。”冯卿岚叹息道，“我其实就是有几个问题想问问你。”怕乔荞再度拒绝，她急忙又补充，“是关于远舟的。”

乔荞：“……”

顶楼的咖啡厅，周小娅独自选了个位置坐那儿看杂志。

洛溪倒是亲昵地始终陪在冯卿岚身边，一副乖巧懂事的模样。

乔荞看看她，又将目光落在冯卿岚身上。

老实说，乔荞对这位继母目前的认知很模糊，统共也就接触过这么两次，还不确定她到底有什么心思。

她便不动声色，等对方先发话。

“虽然很冒昧，但是我就有话直说了。”冯卿岚握了握放在桌面上的手，指尖略显不安地抠着手背，“我想请你帮忙劝劝远舟去看看他爸爸。”

乔荞万万没想到开场白竟是这样。

“家里的事，不知道远舟和你说到了哪一步。”

冯卿岚看起来非常顾及林远舟的感受，每句话都说得极为谨慎：“他最近查的案子似乎和他母亲的事有关，前些日子父子俩好不容易见了面，结果大吵一架。”

她说了不少，乔荞却听得很恍惚，其实这些事她完全不知情。

林远舟什么时候去见了“那边”的家里人，什么时候和他父亲吵的架，吵完之后又如何，她也一件都不清楚。

“他爸高血压都犯了，住了几天院刚回家，但心里总是念着他。”冯卿岚说完看向乔荞，抱着些期待，“远舟这么些年连个正经女朋友都没有，但他能和你结婚，你在他心里肯定是不同的。父子俩总不能一直做仇人。”

乔荞低头看看面前的卡布奇诺，上面拉花的图案是最常见的心形，其实每个咖啡师做出来的效果都不同，但在大家眼里都是普通的爱心罢了。

她抬起头，有点费力地将话说完整：“对不起，虽然我是他妻子，但是林远舟不想做的事，我不会逼他。”

冯卿岚一下愣住了。

就连始终安静看窗外行人的洛溪闻言也慢慢转过头来。

乔荞很理解冯卿岚的心情，在她这个年龄层面，希望老公身体健康、家庭和睦，这些都是人之常情。

但乔荞想，林远舟选择不原谅一定有他的理由。

而她不想强迫他，更不想干涉。

最后谈得似乎不太愉快，但冯卿岚很有修养地没表露出任何情绪，还很关切地问了他们婚后的一些问题，得知两人很恩爱之后，放心地点点头。

两人走的时候，洛溪刻意落后两步，有点意外地看着乔荞：“没想到你会拒绝。但你觉得和林伯伯关系这样差，对远舟真的好吗？”

乔荞安静地回视她。洛溪耸了耸肩膀：“他最近还会做噩梦吧？你知道原因吗？”

乔荞：“……”

“她们说什么你都不要放在心上。”回去的路上，周小娅提醒乔荞，“尤其是那位小妹妹，不知道安的什么心呢。”

乔荞觉得自己最近一定是太恋爱脑，所以才会让周小娅不再催稿，每次见她只为她的婚姻操心。

“不用担心，我不会。”

“不会？”

乔荞见她怀疑，失笑：“我承认心里有点不舒服，但不会影响我们。”

周小娅仔细观察她的神色，看不像撒谎，叹气：“结婚呢，本来就不只是两个人的事，家庭背景、关系，都很重要。”

所以她才会答应和冯卿岚谈谈，其实私心也是想从对方嘴里多打听一些林远舟的事。

乔荞看向车窗外，忽然觉得别人描述的林远舟和每天同自己生活在一起的他很不一样。还有洛溪提及的他失眠的原因……

周小娅忽然拍她一下：“你们俩好好的才最重要！”

“知道了。”乔荞觉得周小娅真的操碎了心。

乔荞到家的时候，林远舟还没回来，乔荞把买来的东西放进房间，然后就坐在沙发上发呆。

十块钱在她前面走来走去，好似力图吸引她的注意一般，尾巴不时扫过她脚面，痒痒的。

乔荞蹲下揉它软软的毛：“是不是很无聊？”

十块钱蹭着她掌心，像在找寻安慰，乔荞去房间找了玩具来。

狗狗其实很能通晓人心，乔荞陪它玩了会儿游戏，发现心情好了许多。她忍不住亲了十块钱一口：“原来是你陪我才对。”

她到厨房准备晚餐，十块钱也一直跟在她身后。最近狗和她相处最多，现在特别黏她。

林远舟晚上回来很晚，乔荞是被他闹醒的，迷迷糊糊地“嗯”了一声。

被他闹得狠了，乔荞小声咕哝：“你干什么呀——”

林远舟原本真没想干什么，轻手轻脚，生怕吵醒睡着的人，但她那样躺在身畔……林远舟毕竟是血气方刚的年纪，他咬了咬她的唇，在她耳边说：“欺负你。”

乔荞本就乖顺，搂着他的肩膀各种顺从。

这一欺负，乔荞一晚上都没休息好。

还好第二天是周日，乔荞睡到自然醒，一看时间居然已经快十点半，再看身边那人早就走了。正经话没讲上一句。

冯卿岚的事自然也没什么机会和他提。

乔荞给十块钱喂水的时候，林远舟来了电话，她这会儿听到他的声音莫名有些脸热。

林远舟问她："起床了？"

"嗯。"

"吃饭了吗？"

"还没。"

林远舟正在队里，这会儿办公室的人全都在忙碌着，他是抽空给她打电话，所以长话短说："晚上陪你回妈那儿吃饭好吗？"

乔荞静了一瞬："真的？"

"对。"林远舟听出她话外的疑虑，心里稍稍有些自责，仔细想来，上次去乔妈那儿也已经是快一个月前的事了。

乔荞当然是开心的，乔妈每每问起林远舟，她都回答说在忙工作。但林远舟一直不露面，乔妈难免会猜想他工作忙的程度。

回去的路上，乔荞特意到附近超市又买了不少食材。她回家再对乔妈一说，乔妈果然老早就开始为晚餐做准备。

乔荞去厨房帮她的忙。乔妈一边处理水池里的鱼，一边喜滋滋地说："小林还是不错的，他们那行忙也是没办法，为人民服务嘛，咱们不该有怨言。"

说完，乔妈抬抬下巴，意有所指道："对面楼老李家的大女儿也是嫁的警察，上个月离了。"

乔荞安静听着，乔妈这话看似简简单单两句，但背后的心路历程不能细想。恐怕自打她嫁给刑警，乔妈就没少关注这方面的事。

或许，在她不知道的时候发了许多愁。

乔荞把手边择好的菜递过去，站在她身侧说："林远舟也忙，但他在努力。"

乔妈一听就懂了，点点头，表情郑重："那就行。"

乔荞看着乔妈的背影，明明上周才刚见过，这会儿再看，总觉得她又单薄了不少。她走过去靠着乔妈肩膀，一时感性道："妈，要不给你找个老伴吧？"

乔荞被乔妈轰出了厨房。

乔荞坐在客厅里看了会儿电视，心思却完全没放在剧情上。林远舟这人工作没个准，万一待会儿爽约……

乔荞想打个电话催催他，但想到他工作的特殊性又只好作罢。于是林远舟来之前，她一直处在忐忑不安中。

幸好快七点的时候，林远舟如约出现在家门口，甚至还带了礼物来，除了果篮，竟还买了一大束向日葵。

乔荞真的松了好大一口气。

乔妈准备了很多菜，三个人吃着实是多了点，但林远舟非常配合，愣是凭一己之力吃下大半。

等两人回去的时候，林远舟是真的被撑到了，牵着乔荞的手打算散步回家。

乔荞自然是没意见，对她来说，和林远舟在一起的每一次机会都很难得，做什么都好。两个人在一起，她就很知足。

街边有年轻学生打闹着走过，也有匆匆而过且面无表情的成年人，有亲昵相拥的情侣，也有坐在热气腾腾的小摊后看书的摊贩。

众生百态，乔荞看向身边的男人，忽然觉得有些委屈也是值得的。

这时已经快入冬了，晚上凉意重，于是他握着她小小的手掌一起揣进自己外套口袋里。

两人十指相扣，她用指甲挠挠他的掌心。林远舟蹙眉瞧她。

"你其实不用那么拼。"

"不是说过岳母很重要，要用心讨好吗？"林远舟还是那副古井无波的样子，但说话时依然无法放松的眉心透露了他真的很不舒服。

乔荞很想笑，但她忍住了，他这哪儿是用心讨好，简直是拿命讨好吧。

乔荞将自己的手拿出来，用另一只胳膊圈住他的腰，被他焐热的掌心伸过去帮他揉了揉胃："前面有药店。"

林远舟看她那又白又软的小手压着自己腹部，一下下揉着，身体产生一种很奇妙的感觉，想着想着，思路就朝不该去的地方发展。

他就着这个姿势将人拥进怀里，下巴抵住她头顶："那正好，再买点其他东西。”

乔荞狐疑地看着他，家里常备药不是都有，记忆里除了助消化的，好像没缺什么。

晚上回去，乔荞总算知道这人买的是什么了，居然还一次买了好多盒……

乔荞准备回房间画画，谁知他直接过来将她打横抱起。

乔荞不由瞪大了眼，心脏因为陡然腾空而乱掉一拍，也可能是因为他近在咫尺的眉眼太过专注。

他亲了她一口，眼底泛起笑意：“讨好完岳母，现在是讨好老婆的时间了。”

乔荞被他忽然说的“老婆”二字给惊到了，没回过神，人已经被他抱进了卧室。

这天夜里，乔荞被雷电惊醒，她已经许久没半夜醒过，这份好睡眠还得感谢某人不知节制的“骚扰行为”，每次结束，她总能顺利一觉到天亮。

所以，她睁眼看着偶尔被闪电照亮的屋顶走了走神，下意识伸手去抱身边的人。

她害怕打雷，和很多女生一样。

小时候，乔妈在医院当过一阵子护工，某天夜里值班，独自在家睡觉的乔荞被雷声吵醒。一声高过一声的响雷恨不能劈开天空，有时巨大一声雷仿佛就响在耳边。

乔荞那时才不过六七岁，哪怕有心坚强，也有无法克服恐惧的时刻。她跑去将灯打开，想着至少光明能让她好受一点。

谁知灯开了不过才几秒，忽然剧烈闪动，之后“嗞”的一声陷入了黑暗。

她用手使劲按开关，但不管按多少次，灯都没能再亮起来。

老房子的电路老旧，开关不好用，就连住户都不多了。

那晚乔荞躲在被子里捂住耳朵，浑身都湿透了，满头汗，最后都不记得自己是几点睡着的。

只是她从此就更怕打雷了，结婚前每次雷雨夜，她都是跑去和乔妈一起睡。

乔荞的胳膊伸过去，想抱抱身侧的人，却发现床畔早就空了，连被褥都是凉的。

她猛地坐起身，借着一闪一闪的光线发现床上的确只有自己一个人。

她到了客厅打开灯，再去书房、阳台，甚至连浴室、厨房，整间公寓都找了一遍。结果发现林远舟就是不见了。

乔荞完全傻眼了，她拿了手机给他打电话，发现关机。

这是乔荞第一次面对这样的场面，她甚至不知道该怎么办，和谁商量。

半夜三点，她的老公不知所终。

十块钱被她的动静吵醒，从小窝里起来走到她的身边趴下，昏昏欲睡，但时不时抬头观察她。

乔荞和它对视几秒，自言自语道："你主人失踪了？"

十块钱困倦地和她对视着，乔荞思索了几秒，打开手机搜索相关信息，最后她隐约有一个猜测——他应该是半夜出任务了。

只是乔荞不知道他为什么不通知自己，如果怕吵醒她，其实可以留张便笺。

剩下的时间，乔荞已经无心关注外面的天气如何，她躺在床上似乎什么也没想，但又似乎想了很多，最后所有的情绪又转变成：这样的天气他执行任务会不会有危险?

乔荞煎熬着一颗心，度过了一夜，直到第二天早上快出门上班时，林远舟总算回来了。

乔荞在玄关和他打了个照面，他身上的衣服脏了，沾着零星的泥点，短发下的五官还带着来不及收敛的凌厉锋芒。

林远舟见到她也有片刻的愕然，她看起来似乎精神很不好?

"不舒服？"林远舟本想伸手触碰她的额头，但想起来自己浑身上下还没来得及清理，于是作罢。

"昨晚临时有任务。"他还是交代了一句。

乔荞又上下打量他一眼，确定他完好无损后缓缓吐出一口气，但胸口依旧堵得慌。她只说："桌上有早餐，热一下再吃。"

林远舟应了一声，再看她已经换上鞋出门了。

这一天乔荞心情都很差，好在她本身课就不多，所以闲下来时就望着窗外的天空走神。

饶是她自我治愈能力再强，心里也不免要有些委屈，这场婚姻远比她想象的要艰难。

中午，她收到林远舟发来的微信，他说晚上依然不能回去吃饭，让她自行解决。

乔荞看了有好几秒，最后回复：好。

许是她表现得太过平淡，与往日的热情形成反差，几分钟后林远舟又发来一条：早上看你脸色不好，哪里不舒服？

乔荞正在想怎样回他，或许可以委婉地和他提一提意见，但思索间，他又一条微信已经发送过来。

林远舟：换季容易感冒，多喝热水。

下班以后，乔荞忽然就很不想回去，她站在学校门口很久，最后发现自己似乎也没别的地方可去。

给周小娅发微信问她要不要一起吃火锅，周小娅秒回：对不起啊宝贝，我晚上和初云约好了看电影。

乔荞只能回家。

她吃完饭和十块钱在外面散了很久的步，回去时屋子依然冷清清的，乔荞一时没了画画的冲动，洗完澡后很早就睡下了。

林远舟依然晚归，但他大概也非常累，所以只是将乔荞抱进怀里，闻着她身上好闻的沐浴露香就睡着了。

第二天一早，两人和平时一样一起吃早餐。

林远舟见乔荞一直很安静，低眉顺目地吃饭，整理收拾一切，但她平日里也是安静的，所以并没有多想。

只是当他提出要送她上班时，第一次被她拒绝了。

林远舟多少有点诧异："怎么了？"

乔荞低着头没看他："其实我坐地铁很方便。"

林远舟当时隐隐约约有种很古怪的感觉，但他没什么感情阅历，自然也不会深想，而且他今天早上还要回局里开会，时间也的确有些赶。

他便点头同意了："那你路上小心。"

乔荞："……"

林远舟直到下午才依稀察觉到不对劲，起因是田树在追着他要叶寻之的新住址。两人拉拉扯扯许多年，他看也看烦了，直接告诉田树："他搬家就是为了躲你。你去了，他以后还会再搬。"

田树听了这话，脸忽然就垮了，原本蓬勃的朝气瞬间蔫了下去。

“他最好别后悔。”田树扔下这么句狠话就走了，将他办公室的门摔得震天响。

林远舟压了压被震痛的耳朵，重新埋头于工作，只是——

不知道为什么，田树刚才某一刻的眼神和乔荞昨天早上出门时看他的眼神很相似。

他在脑海中快速过了一遍方才发生的事，有一种隐约的感知，难道是他做了什么让乔荞伤心的事？

但他自问最近都表现良好，已经尽可能地做好一个丈夫该做的事。

思忖再三，他起身走到办公室门口，朝田树招了招手：“过来。”

田树还在为刚才的事难过，眼圈泛着红，见林远舟忽然又喊自己，只当他终于良心发现要告诉她叶寻之的住址，立刻站起来跑过去。

谁知却是叫她来当感情导师。

田树一脸不解：“你自己的老婆为什么不开心，你不清楚？”

林远舟面无表情地看着她，答案很明显，他真的不清楚。

田树沉默了一下，有点为难：“是不是最近冷落了人家，没和她亲热啊。”

林远舟非常严肃地告诉她：“每天都有。”

田树：“……”

这么理直气壮可真了不起啊！

她抱着胳膊又说：“那你最近有没有和哪个女的暧昧？”说完略显凶狠地暗讽道，“像叶寻之那样，背着我和别的女人吃饭看电影！”

林远舟纠正她，“叶寻之是单身男性，相亲时吃饭看电影很正常。”之后又回答她关于自己的部分，“除了乔荞，我身边接触最多的异性只有张姐。”

田树没觉得这答案不对，也没意识到他将自己排除在异性之外，她点点头：“那就是鸡毛蒜皮的小事了，比如穿了新裙子你没发现，比如生病了让喝热水什么的。”

林远舟发现了重点。

田树见他神色微变，了然道：“难怪你老婆生气，喝热水什么的都被网友吐槽烂了。”

林远舟只是觉得不可思议，因为顺口说了句喝热水，乔荞就生气了？

晚上，林远舟特意提前回家，不管乔荞因为什么不开心，他都有义务和她好好谈一谈。

但是，他发现家里没有人。

他给乔荞发了消息，过了有一阵才回，她回复的是语音，背景音还有点吵："和同事聚餐，晚点回。"

乔荞是个交际圈极窄的人，这样的聚餐很久也不会参加一次，大多时候她都会婉拒。但这天是周五，加上最近实在是太不顺心，急需其他事分散下精力。

其实同事们每天都聚在一起也没什么好聊的，开始会吐槽几句工作上的事，后来都是闲聊。

乔荞听他们说着最近的某部电影不好看，又说寒假想去哪里旅游，偶尔也会抱怨老公不够体贴……

她默默听着，觉得这样的生活很精彩。

身边有女老师问她："你和你老公呢？结婚没多久，应该还在热恋期吧？"

乔荞想了下，不知怎样回答更贴切，只说："他对我挺好的。"

"可能是他们这一行太忙，所以就特别珍惜在一起的时间吧。"有未婚的单身女老师感叹，眼里甚是羡慕，"我是制服控，真的特别喜欢警察，梦想就是嫁给警察或者军人。"

乔荞闻言笑了笑。

感情这事果真是如人饮水。

聚餐结束时还不算太晚，只是前几天一场雨，气温连着降了好几度，蓦地从室内出来，大伙儿都觉得有一阵寒意。

周围有男同事开始问大家的地址，打算顺路送人回家。

乔荞想了下，准备自己叫辆出租车。

她正低头开软件，忽然感觉到身畔有人撞了撞自己胳膊，再抬头，竟是见林远舟从马路对面走了过来。

因为上午去开会，所以他这会儿身上还穿着制服，走在人群中尤为显眼。

年轻女老师用力拽了拽乔荞的胳膊："对不起，容我夸一句，你老公真的好帅啊。"

乔荞默默想了下，帅是挺帅的，就是有时真的很气人。

林远舟走到他们跟前，对众人点点头："你们好。"

“你好。”因着他这一身着装，大家都不自觉肃穆了许多，连说话的腔调都板正了。

林远舟看向乔荞：“可以走了？”

回去的路上，两人一时无话，车上播着首英文歌，让气氛不至于太过死寂。

乔荞想了想问他：“你怎么知道我在这里？”她并没有告知他地址，所以她其实很意外他会突然出现。

林远舟一直在专心开车：“你朋友圈。”

乔荞想起聚餐开始时是发了条动态，但她只发了美食而已，想不到这人根据极少的信息也能分析出她所在的地点。不过想想他的职业，其实也不奇怪。

乔荞看着窗外想，他真的是个很称职的警察。

等到了家楼下，乔荞拿了包打算进公寓楼，林远舟却喊住她，他微微偏了偏头：“后备厢有点东西，帮我拿一下。”

乔荞“哦”了一声，等她到了后备厢面前，还是被眼前的东西给惊到了。

满满一后备厢的玫瑰，在星星灯点缀下泛着如火般的红，扑面而来的花香沁人心脾，看得出他花了些心思。

他走过来站在一旁，双手背在身后，低了头看她：“听说女孩都喜欢，你喜欢吗？”

乔荞抬眼看着他。

他轻轻笑了下：“不喜欢？这个呢？”

他背在身后的手像变魔术似的递过来一样东西，一只超大的维尼熊出现在乔荞眼前，漆黑的眼和她四目相对。

乔荞觉得以林远舟的个性能做到这一步真的很难得。

她的笑也到底没藏住，接过他手里的玩偶，垂眸看着。

巨丑，但很可爱……

林远舟摸摸熊的脑袋：“以后我犯错了，你就蹂躏它。”

“想得美，”乔荞轻嗤道，“蹂躏你。”

林远舟点点头：“也可以。”

回去后，两人一熊坐在沙发上，而十块钱趴在地板上对熊目露凶光。

乔荞决定开诚布公：“你知道我生气？”

林远舟颔首。

乔荞反倒有点不好意思，之前觉得很郁闷的事现在想想忽然又都不重要了。

不知道是不是所有的小夫妻都这样。

她拽了拽熊的耳朵："虽然你很忙，但我想我们需要多了解对方。"

这点林远舟很赞同，经过这件事他发现自己确实对乔荞的了解还不够。至少她的"雷点"，他觉得很不可思议。

乔荞说："我希望你——"

话没说完，她先打了个喷嚏，大概是刚才突然从温暖的店里出来吹了冷风，还是有点受凉了。

林远舟下意识的话已经脱口大半："你要不要喝点——"

乔荞乌黑的眼直直看了过来，林远舟剩下的"热水"两个字生生转了个弯，淡定地吐出一个字："药。"

乔荞："？"

林远舟问："要不要喝点感冒药？"

他觉得自己这次真的机智了一回，不然不知道老婆又要生气多久。

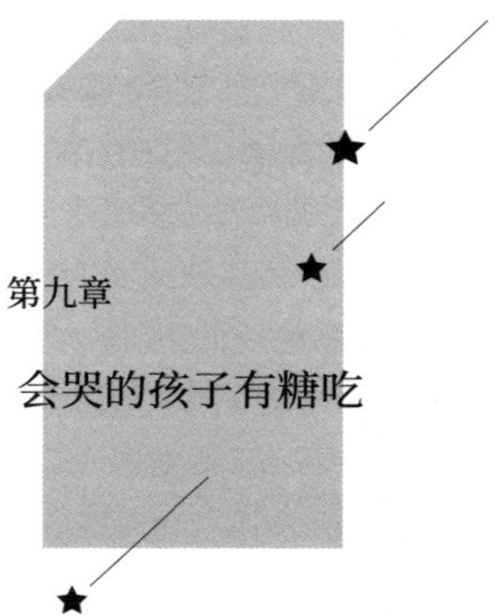

# 第九章

# 会哭的孩子有糖吃

乔荞虽然不善表达，感情的事也尚处于初学期，但是她心思十分细腻。所以林远舟这短暂的停顿和不自然的话语让她依稀觉得有什么东西不太对劲……

屋子里诡异地静谧几秒，乔荞问道：“你觉得我为什么生气？”

虽然觉得荒唐，林远舟还是如实说了自己的猜测。乔荞听完，很久都没有反应。

她向来都是温和乖顺的个性，所以表情大多亲切随和，此刻却难得地露出了几分郁闷。

林远舟终于察觉：“我说错话了？”

乔荞觉得是自己错了，她不该等着林远舟发现。林远舟的精力大多都在工作上，情感方面也一直空白，不可能花太多心思研究她的心理。

“那晚你执行任务为什么没告诉我？”乔荞决定实话实说，哪怕看起来很不懂事，她也不想再继续忍受，“我担心了一整晚。”

林远舟完全怔住了。

“我们住在一起，你难道没想过你半夜消失，我会害怕你出事？”乔荞一口气说了许多话，这对她而言极其困难，但说完之后发现始终堵在胸口的东西奇迹般地消失了。

林远舟静静听着，等她说完才抬起眼和她对视，目光里有些让人看不懂的情绪。

“对不起，我确实没想到你会担心。”

乔荞：“……”

“说起来或许很难理解，但……”林远舟语气非常平缓，“这对我而言只是很寻常的事。在你看来可能很危险的任务是我的日常生活，半夜离开也是经常发生的事。所以，我没想到你会担心。”

乔荞愣愣地听着，这是她完全没想过的答案。

“我觉得只是小事，所以疏忽了你的感受。”林远舟非常诚恳。

“至于没有告诉你，因为当时走得急，”他微微停顿，还是据实以告，“我忘了。”

房间瞬时陷入一阵窒息般的死寂。如果说前面的话还只是让乔荞觉得心情复杂的话，后面三个字真的让她心底发凉。

忘了。

忘了告诉她，忘了家里还有她这么一个人，忘了还有她这个妻子，是吗?

乔荞低着头没再说话。

林远舟看不清她的表情，只见她几秒后站了起来。

玩具熊因为她的动作也“啪嗒”一下落在了地毯上，孤单地躺在她的脚边。

林远舟看向乔荞，心里忽然有一丝不安。

乔荞握紧了手指，指尖微微有些颤抖，她极力克制着说：“我知道了，我想睡了。”

见她一言不发地回了卧室，将房门紧锁，林远舟知道自己还是把事情办砸了。

他其实知道有些话不该说，即便再迟钝也知道这话说出口是要让人伤心的，但他不想对乔荞撒谎。

这晚，两人毫无意外地分房睡了。

第二天是周六，周末总是乔荞最空闲的时光，她昨晚严重失眠，所以醒得不算早。她打开卧室见对面书房门开着，林远舟已经去上班了，走过去一看，被子枕头叠放整齐。

而那只玩具熊正安静地坐在床上看着她。

她和玩具熊对视了一会儿，十块钱到她的脚边开始撒娇，乔荞便抛弃了玩具熊，陪十块钱玩儿去了。

乔荞吃完早餐，打扫了一遍屋子。

林远舟是个自律又爱干净的人，所以屋子经常打扫，她这次并没有耗费太多时间。

等坐在书桌前，乔荞发现不是很想画画，于是打了个电话给乔妈。

结果乔妈的生活比她还精彩："我和朋友报了个旅行团，现在已经在机场了。去云南，大概五六天吧。"

"怎么不早点告诉我？"

"告诉你干什么，送我来机场吗？我和朋友一起搭车过来很方便。"

乔荞又和她说了几句话，交代她各种注意事项，乔妈最后还嫌弃她啰唆，迅速将电话挂断了。

乔荞看着窗外湛蓝的天，她书桌前方正是一大片落地窗，当初林远舟特意为她重新布置了房间摆设，给她留了一个观景位置极佳的地方用来工作。

此刻窗外云层很淡，飘逸得几乎看不清，无疑是个不该浪费的好天气。

乔荞看了眼手机，昨晚之后，林远舟也并没有联系过她。

乔荞叹了口气，打算自己找点事做，周小娅大概率周末也是在约会，不如自己去看场电影。

乔荞正在猫眼上看电影讯息，手机来了微信，却是张姐发来的。

张姐说警嫂群今天有活动，问她要不要参加。

乔荞将警嫂群打开，浏览了一遍未读消息，原来今天有个为单身警员举办的联谊活动。

反正没事可做，乔荞欣然答应，换了衣服就立刻出门了。

而林远舟整个上午都在出外勤，短短一上午跑了好几个地方，临近下午才有空回队里。他脱了外套坐在办公桌后，田树进来给他送午餐。

"昨天和嫂子怎么样？"果然小丫头一进来就开始打探。

林远舟打开餐盒，低头吃饭，但一脸不豫之色，答案很明显。

田树见状实在惊讶得很："不是吧，我都帮你准备到这份上了，你还能把事儿给搞砸？”

林远舟看向她。

田树稍稍收敛了下语气，拉开对面的椅子坐下来：“说说，是砸在哪个环节。”

砸在他不会甜言蜜语——

但林远舟自然不会和她说那么多，事实上这件事他自知理亏，他得亲自把人哄高兴了才行。

田树抱着胳膊感叹：“想不到嫂子看着挺温柔的，气性还挺大。”

林远舟闻言看向她。田树被他眼底的杀气震慑住，呵呵一笑：“我就随口说说。”

“这事是我不对。”林远舟终于开口说话，靠着椅背表情略显沉重，“她没错，结婚以来一直都是她在迁就我。”

昨晚他想了很久，将结婚以来的事回忆了一遍，虽然两人结婚时间不算久，但是他知道乔荞是在正经和他过日子的。她一直在试图融入这个家里，而他却兜头一盆凉水浇过去。

说什么忘了。

要多伤人有多伤人。

好像这场婚姻只有人家姑娘当真了似的。

田树见他走神，也不太懂他们这样的情感。她爸田海明是林远舟的师父，是位老刑警，她自小身边接触的也多是这一行的人，所以不太理解背后要付出的含义是什么。

田树只似懂非懂地点点头：“那你就好好认错，嫂子不是老师嘛，给她写份检讨什么的。”

林远舟已经决定不再听这小丫头的鬼建议！昨晚分析的喝热水到底是什么玩意儿，而他居然真的信了！

田树抬手看了看腕表的时间，猛地站起身：“糟了，要迟到了。”

“什么？”林远舟看不得她成天一惊一乍的。

“我下午请会儿假。”

“做什么？”

“相亲。”

林远舟：“……”

田树抱着胳膊冷冷一笑：“叶寻之都能去，我为什么不能。”

林远舟真的对这两人相当无奈：“你们能不能约在一起好好谈谈，要么打一架，或者一起跳海？不要祸害其他无辜人士。”

田树气到颤抖：“这话你跟叶寻之说啊。”

说完，田树起身就走了，林远舟一看那背影，得，今天还特意打扮了，穿得挺像个女孩儿。

林远舟拿着手机给叶寻之发了条消息，然后找出乔荞的微信。他已经思索了很久依然想不到什么合适的开场白，只问她：在做什么？

然而这条消息一直没收到乔荞的回复。倒是过了大约二十分钟，林远舟同时收到两条微信。

叶寻之：你老婆为什么在相亲？

田树：林队，出大事了，嫂子在相亲！

林远舟：“……”

这两人要说不是一对，谁信？

乔荞其实只是来帮忙而已，地点就在离刑警队非常近的一个露天咖啡厅，来的还有几位警嫂，其中有两人婚礼上还都见过，大家都很温和好相处。

“咱们就负责帮忙安排联系，主要还是他们自己私下聊，到时候帮着给牵牵线什么的。”张姐给她解释工作内容，乔荞点点头，专心听着。

张姐见她很感兴趣的样子，不由笑了起来：“昨天和林队和好了吧？”

“嗯？”乔荞有点意外连张姐都知道。

张姐像是想到了什么有趣的事，眼睛都眯了起来：“他啊，因为知道你生气以后，愣是把队里几个有对象的小年轻都召集到了一块儿开了个小会呢。”

乔荞：“……”

“毕竟没什么经验，所以怎么哄你，他真的参考了很多意见。”张姐说，“就那个玫瑰花你千万别嫌俗，他真的花了不少心思。”

乔荞是想过他费了些精力哄自己，但没想到背后做了这么多。

张姐平时就很热情，这会儿嘴一快说得也有点多：“林队吧，工作在一线，又是个领导，自然是特别忙。有时候难免会让你受委屈，你别怪他。”

乔荞安静片刻：“我知道。”

她一直秉持着这个心态，也是一直这样做的。只是昨天还是不可避免地有些失望。

害怕到头来，这场婚姻只有她一个人在意而已。

见她又陷入沉默，张姐也非常能感同身受：“林队应该和你说过我们家子昂的爸爸是缉毒警？”

“说过。”

“我们都是警察，其实在一起的时间非常少，但哪怕是普通夫妻也有矛盾啊，老吵架。后来他没了，连吵架的时光我都很怀念。”张姐说着，目光悠悠地看向远方，最后长长叹了口气，“要珍惜能在一起的时间啊。”

乔荞思索着这番话，忽然看到面前有道身影出现，抬头一看竟是叶寻之。

“乔荞，你怎么在这儿？”叶寻之很意外她会出现在这里，打算和她聊几句，余光却瞥见另一个人出现，脸色陡然变了变，脸都不自觉绷紧了。

乔荞也发现了他神色异常，沿着他的视线一看，发现是田树。

田树今天似乎还化了妆，平日里素净稚气的脸此刻看起来多了几分女人该有的妩媚。

她四处看了看，见到叶寻之后很快移开目光，然后朝一位年轻男警官走去。

乔荞看了眼叶寻之，见他脸色非常难看。她依稀觉得自己发现了什么不得了的事。

“你们……”

“抱歉，我先离开一下。”叶寻之率先开口，然后就径直朝田树走去了。乔荞见他在两人桌前站定，说了几句什么，本以为会发生什么两男争一女的戏码，结果……叶寻之加入了他们。

乔荞忽然就想起了林远舟当初教农子昂那一套。

乔荞发现自己竟然又想到那人，心里烦躁，她打算起身去找张姐。

方才叶寻之出现，张姐正好有事走开。

却不想对面有人坐了下来，是位年轻警员，长相清隽帅气。他观察了乔荞很久，这时候终于见她落单，于是把握住机会和她搭话：“你好，我留意你很久了，我们可以聊聊吗？”

她这是被搭讪了？

乔荞意识到对方将自己误认为是来相亲的单身女士，急忙解释：“我不是……”

话没说完，身边的椅子被拉开，有人重重地坐了下来。

林远舟看着对面的小年轻，无比温和地笑了：“周凯，准备和我老婆聊什么？”

周凯：“……”

乔荞：“……”

这事儿其实也不能怪周凯，他不是林远舟队里的，虽然听说对方结婚了，可也从没见过他太太长什么样啊！

此时见林队一双眼睛灼灼地盯着自己，恨不能将自己放在炭火上烘烤一般，周凯也异常尴尬。

他讪讪地挠了挠头：“林队好！”

林远舟没说话，依然似笑非笑地瞧着他。

周凯脑子灵活，迅速叫了声“嫂子”，然后就溜之大吉了。

乔荞是自始至终都没能说上话，这下倒是省了工夫。她转头看林远舟，见林远舟也意味不明地正看着自己。

“你为什么在这儿？”

“帮忙而已。”

两人在昨晚的事情发生后忽然见面，气氛多少有些诡异，乔荞是完全没调整好心态，不知怎样面对他，而林远舟的内心可谓相当复杂。

他是从来都不知道自己老婆桃花运居然这么好！遛个狗有人要微信，帮个忙也有小年轻搭讪，对，还有那个杜鸣宇……

他仔细将乔荞打量一番，确实看起来太显小，长得白白净净又话少，怎么看都是许多年轻男孩喜欢的类型。

乔荞见他也不说话，只奇奇怪怪地上下看自己，有点莫名其妙，目光找到张姐的位置就要站起身，结果手腕被他扣住了。

林远舟问：“还在生气？”

乔荞也老实回答：“还在生气。”

林远舟也知道这事儿没那么容易顺过弯，刻意放低了声调：“对不起，不管出于什么原因，我都让你难过了。要不你打我一顿出出气？”

乔荞被他的直球操作给整无奈了：“没兴趣。”

林远舟还想说点什么，乔荞已经挣脱他的手离开了，掌心里徒留那一点余温，他坐在座位上一时无解。

他不是个擅长甜言蜜语的人，想说点好听的话，却不知道该怎样开口。

倒是叶寻之带着田树走了过来。

田树被他推到对面的椅子上，小丫头的手腕被勒得通红，揉着腕子怒目而视："叶寻之你有病啊！"

叶寻之风度不减，在林远舟的身边款款落座，根本不理会田树正在气头上："小两口闹矛盾了？"

"我相个亲你查户口吗？把人家祖宗十八代都问一遍，以为你是我爸啊！"田树的怒气并没消减，全然不顾有旁人在场，对着叶寻之一通数落。

叶寻之本来无波无澜的眼神微微变了变，终于看向她："你算是我带大的，我多问一句有问题？"

"有问题，咱俩又不在一个户口本上，你这样就是管太宽！"

"这是看上人家了？"叶寻之冷笑，"就这么喜欢？"

两人剑拔弩张。

林远舟的目光在这两人间平静穿梭，无奈地摇了摇头。

又来了。

打从他十八九岁开始，就已经看腻了这两人的把戏。

林远舟的目光又追随着乔荞，她和张姐还有几位警嫂聚在一桌聊着什么。面对别人的时候，她的笑容终于多了起来。

叶寻之观察他的反应，拍拍他的肩膀："惹着人家了？你这个性，我就知道早晚的事。"

"这么会算。"林远舟淡淡瞧他一眼，"怎么不算算你自己。"

叶寻之被噎到，心知他此刻心情不好，于是大度地不同他一般见识，只说："哄女生呢，不只要花心思，也要花时间。"

"说得像你多有经验似的。"田树嗤笑道，"自己还不是大龄单身汉。"

叶寻之将她无视得很彻底："人家嫁给你是跟你一起生活的，可不是一个人搬来你家生活。平时忙也就算了，再忽视人家，怎么可能不生气？"

道理林远舟都懂，只是眼下乔荞根本不愿理他，他就是想哄都无处下手。

叶寻之见他一脸郁闷，朝他招了招手，两人凑在一起耳语。

田树疑心这人又要给林队出馊主意。

周日的时候，乔荞从卫生间出来，看见林远舟竟然罕见地没去上班，一身休闲装扮安静地坐在沙发上。这种场景实在太少见，所以乔荞不由多看了他两眼。

林远舟像是在看电视，但握着遥控器的手指一直在换台。

乔荞不知道他又在做什么，绕过他回了房间继续画画，打开有阵子没登录的微博，上面除了很多粉丝留言外，也有一些来自版权方面的私信。

她正逐一翻看，目光忽然被其中一条吸引了。

那是个昵称全是数字的账号，她打开一看内容，表情有些僵。

*为什么突然结婚？你不是一直单身吗？*

乔荞皱着眉头点进这人的账户主页，只能看出是个男性，但他的主页一片空白，什么有用信息也没有。再看关注，竟是只关注了她一个人，粉丝也很少，个位数，看起来完全是僵尸粉的样子。

乔荞确定自己不认识这样一个读者，也从没和他交流过，只当对方发错了私信，删除后便不再理会。

房门被敲响，林远舟站在门口问："想出去走走吗？"

乔荞能感觉到林远舟在示好，其实那晚之后，她又听了张姐的一席话，已经渐渐没那么生气了。或许她心里还有个疙瘩，但又能怎么样呢？

她不可能就此和他长久地冷战下去。

依然是个难得的好天，林远舟的车径直朝郊外开去，乔荞并没打听他要带自己去哪里。

此刻笔直的道路两旁是空旷无垠的农田，一望无际的广阔视野，让人的心情也变得豁然开朗。

乔荞拿手机拍风景照，然后分享给微博读者。林远舟偶尔看一眼她的反应，见她脸上始终挂着笑，这才暗暗松了口气。

目的地是一个农家乐山庄，林远舟和主人家似乎很熟。对方是位有点年纪的妇人，见了林远舟非常热情，甚至给了他一个拥抱："你可有阵子没来了。"

林远舟介绍身边的人："这是和您说过的，乔荞。"

妇人眼底登时满是惊讶和欣喜，拉着乔荞左看右看："原来你就是小远的新婚妻子。长得真好看，难怪这孩子一直惦记着。”

乔荞完全没摸清眼前的状况，但从对方对林远舟的称呼来看，恐怕关系并不简单。

果不其然，林远舟说：“这是小时候照顾过我的阿姨，你叫她桂姨就行。”

桂姨非常和蔼，对林远舟的态度更多的像是对待子女一般，张罗着给两人准备了酒菜。

“还是老样子，都是你爱吃的。”桂姨又看向乔荞，“小远和我提过你的口味，所以我简单地备了两样，不要嫌弃。”

乔荞摇摇头：“您太客气了。”

桂姨话里话外都透露着一个讯息，即使两人没见过面，但林远舟已经将她介绍给了自己最亲的人。

乔荞打量林远舟，他依然是坐姿笔直，吃东西时显得很有教养。

桂姨慈爱地看着他，眼底都是温和的光：“你们结婚的时候我在外地，没赶上，还想着过年让你带乔荞来聚一聚。这下好了，提前了。”

“最近身体好吗？”

“年纪大了肯定要有点小毛病，但都不是大问题。你工作还忙？”

“嗯。”

两人简单地叙旧，乔荞专心尝桌上的菜，虽然都是家常菜，但是味道非常好，想来桂姨厨艺很是精湛。

林远舟夹了一块鱼放进她碗里：“桂姨的拿手菜。”

桂姨在边上笑眯眯地看着，小两口感情似乎不错，心下感叹：小远长大了，会疼人了，也有家了。

真好。

吃完饭，乔荞对院子里的一棵古树产生了浓厚兴趣，拿着手机拍照研究。

林远舟就坐在窗口看她，话却是对着桂姨说的：“当年那个案子你还能想起什么吗？”

桂姨愣了下：“怎么？”

林远舟将最近又发生新案子的事简略一提，桂姨表情异常严肃：“那时我只负责照顾你日常起居，当天做完饭，收拾了屋子就走了。太太她一直在卧室睡觉，实在没什么异常。”

林远舟也猜测不可能问出什么，要是有线索，桂姨早几年就想起了，何必等这么多年过去。

但到底还是不死心。

见他沉默，桂姨叹气道：“那孩子不是见过凶手吗？”

“她当时太小了。”林远舟并不将希望寄托在这条线上，“加上受了刺激，什么都不记得了。在国外治疗了很久，最近刚回来。”

桂姨点点头，随后又伸手打他：“我还当你今天特意带乔荞来见我！”

林远舟正打算说话，见乔荞已经推门进来，两人神色微敛。他伸出手，乔荞也自然地将手递进他掌中，顺势在他的身边坐下。

“一棵树而已，也能看这么久。”

“这是一种乐趣。”乔荞已经打算将树画进自己的漫画里，嘴角始终向上翘着，“你不会懂的。”

林远舟想，这样简单的乐趣他的确是不懂，但见她开心，连日来的郁闷也消散不少，提议说：“想去钓鱼吗？”

“嗯？”

“附近有个人工湖，可以打发时间。”

说是打发时间，但钓鱼这件事真的太考验耐心，乔荞觉得完全不适合自己。钓了会儿鱼，见鱼钩总是没反应，她就脱了鞋跑去玩水了。

她坐在一块石头上，一边踢着水一边看风景。

林远舟本来始终安静看着湖面，注意力渐渐被她吸引，看着看着，竟然也觉得钓鱼似乎真的很没劲。他走过去在她身畔坐下，垂眸看着她白皙的双脚。

圆润可爱的脚趾浸在湖水里，显得越发白净好看，她踢水时带起一阵小水花，发尾也在微风中轻轻飞扬。

这是女孩子特有的美好。

“冷吗？”他轻声问她。

乔荞摇了摇头。

正是下午两三点，阳光充沛，水温也恰恰适宜。她侧过头看他：“要不要试一下？”

“不了。”林远舟拒绝，他有其他更想做的事情。

乔荞眨了眨眼睛，唇上忽然传来的温软触感让她的大脑有短暂的空白。两人四目交接无法对焦，她只能迷迷糊糊地扑扇着睫毛。

明明在和他正经说着话，这人怎么……

林远舟一手扣住她的后脑勺，另一手将她抱得更紧了点。她软软地待在他的怀里，真奇怪，刚才明明和她吃的一样的东西，为什么她的嘴巴似乎甜甜的？

他干脆将她抱过来放在膝盖上，水花“哗啦”一声，她白皙的小脚蹬在岩石上。

他研究得更彻底，吻得也更深入。耳边只有初冬山谷里的习习风声，四下无人，他们可以放肆沉浸其中。

“偷得浮生半日闲”，不知说的是不是眼下的状况。

乔荞和林远舟一起躺在草地上，天空格外蓝，风都变得更轻柔。这是他们结婚以来难得放松的时刻。

她忍不住说：“能住一晚就好了。”

明天是周一，这对两人来说显然都不可能，乔荞也没预想林远舟会答应。

可等回了山庄，林远舟却真的告诉她，他们要在这儿留宿一晚。

乔荞很惊喜，反复确认：“你说真的？”

“嗯。”林远舟看她开心的模样，眼神也不自觉变得温柔。她的快乐真的很简单，可他却一直无法满足她。

桂姨当然很乐意他们俩留下来，为两人收拾了房间。

夜晚的郊外静谧安逸，不同于市区的嘈杂，两人躺在陌生的客房中却一直没睡着。

大概是前几天闹别扭，忽然又重新睡在一起，彼此都多了几分紧张。

至少乔荞是这样。她盯着屋顶某一个虚空的点看了半晌，问他：“你睡了吗？”

“嗯。”他含含糊糊地应了声。

乔荞皱眉看过去，发现他侧枕着胳膊，黑而明亮的一双眼正一眨不眨地盯着自己，含笑呵斥道：“骗子。”

一夜荒唐，代价就是第二天要起很早回城。

桂姨竟然也起特别早来送他们，三人踩着晨曦走到山庄前的停车场。林远舟将桂姨给他们准备的东西一一放进后备厢。

桂姨拉着乔荞说："小远妈妈的事，相信你已经知道了。"

乔荞点点头。

"那你可能不知道，"桂姨陷入短暂的犹豫，"他妈妈其实从小也是不大理他的，几乎都是我在带。"

乔荞有点不太明白，不大理他是什么意思……

桂姨却没有再说更多，大概觉得这些事由自己开口不太合适，只用心交代她："他其实不太明白家的意义，所以你们能结婚我真的很开心。小远变了，或许变得还不够好，你等等他，给他点时间。"

回去的路上，林远舟安静地开着车。

车子驰骋在山路间，朝阳的光慢慢从山间照满了大地。乔荞半睡半醒间睁开眼，看到男人清隽的侧脸。

乔荞在这一刻忽然想，就这样吧，谁让自己喜欢他呢。

虽然这男人依然很木很气人，但是喜欢就是件没道理可讲的事。

乔荞醒来后就再也睡不着了，干脆打开微博想看看新闻，谁知私信再度收到了那个账号发来的消息。

和你老公去哪里玩吗?

乔荞看了眼时间，正是她分享风景照之后几分钟发来的。她忽然头皮发麻，也终于确定这人不是发错了，就是在骚扰自己。

乔荞将那个账号加入黑名单，短期内没再分享任何私人相关的微博，新发的也大多都是漫画和实体书转发宣传的消息。

那人也终于没再出现，她不由松了口气。

其实乔荞以前也遇到过个性偏执的读者，尤其是她断更期间，私信里谩骂诅咒的也不在少数。如今网络环境复杂，什么样的情况都可能发生。

过了几天，乔妈从云南旅游回来了，给乔荞打了电话让她下班回去一趟。

等乔荞到的时候，刚进门就被玄关处堆满的快递纸箱给惊到了，仔细一看全是从各个旅游景点寄来的，看来她妈这次出去玩儿收获颇丰。

再一看乔妈，心情也似乎特别好，身上穿着一件极具民族特色的裙子，正哼着歌浇花呢。

“乔女士，这是发生好事啦？”即使结婚了，乔荞在乔妈跟前依然有孩子气的一面，换鞋的时候不忘打趣她。

乔妈闻言瞧了她一眼：“几天不见，胖了。”

乔荞：“……”

“看起来和小林挺好的吧？”乔妈乐呵呵地放下喷壶，走过去仔仔细细看女儿一眼，“这婚姻生活幸福不幸福，看状态就能看出来。”

“你这一趟学看相了？”

“看相没学成，倒是给你们带了点东西。”

乔荞见乔妈在一堆快递箱里翻找，找了半天拿来一个佛像，她接过来端详，还真看出点门道。乔妈适时解释：“求子的，当地人都说可灵了！回去好好放起来。”

乔荞无话可说，老人家怎么都兴这一套？但她也没忤逆乔妈，依言将佛像收好，嘴里嘟囔道：“结婚才多久。”

“甭管多久，孩子早晚都得要。”说完表情一滞，乔妈试探道，“还是说你们不想？”

“没，就想先过一过二人世界。”乔荞和林远舟从没谈过这个问题，因为林远舟每次防范措施都做得非常好，所以乔荞想，他应该也还没打算要孩子。

何况，确实太早了。

但这些事没必要和老人解释那么多，省得引发无端猜测和误会。

乔妈也没揪着这问题不放，老一辈的想法很简单，无非就是想看孩子结婚生子，在他们的观念里人生大事就那么几件。

乔荞陪乔妈吃了一顿饭，乔妈说了些在旅程中的趣事，出去玩这一趟后她的心情似乎变得特别开朗，整个人比从前还要健谈。还给乔荞说在路上认识了几个同城的朋友，约好以后一块儿去爬山。

见她生活安排得很好，乔荞心里也踏实许多。

乔荞吃完饭回去的时候，特意绕路去买了几本书，可拎着书袋往家走，总觉得身后有人跟着自己。

但这是条路人挺多的道，回头也没发现什么异常，乔荞觉得是上次那个骚扰信息让自己变得过于敏感了。

乔荞快到家楼下时，脚步声却又离得更近了，乔荞的心脏猛地一跳，后背忽然“唰”地冒出了一层汗。她抱紧怀里的书袋，已经做好了对方一旦靠近就往他脑门上招呼的准备。

保安室离这里也不算远，她跑步过去完全来得及。

果然下一秒，就有只手掌搭在了她的肩膀上。她深吸口气，使尽了全身力气将书袋砸过去。

“是我。”幸而林远舟反应足够快，轻轻松松将她那一袋子书给拦住了，否则明天早上脑袋上一准得顶个包。

他看着大口喘气的乔荞，显然很惊讶她反应居然如此大，但还是轻轻帮她顺着脊背：“吓着你了？”

乔荞缓了缓呼吸频率，脸色依然煞白：“不是跟着我吗，干吗不吭声？”

林远舟晃了晃手里的电话，刚才他一直在和叶寻之谈事情，站在车边的时候刚好看到她经过，讲完电话几步跟上来，谁承想会吓着她。

乔荞没再讲话，思绪还处在混乱中，直到进了电梯才觉得事情不太对。

“你在小区看到我？”

林远舟点头，发现她一直处于惊魂未定的状态，以为是自己真的将她吓得不轻，把人搂进怀里轻轻哄道：“怎么了？”

乔荞便把事情同他说了一遍，林远舟听完神色严峻，让她将那个账户给自己，随后叮嘱她：“这事我会解决。以后太晚就在妈那里等着，我会去接你。”

乔荞“嗯”了一声。

林远舟垂眸看她，光洁的额头上隐隐还覆着一层薄汗，想来从小本分如她，什么时候遇到过这种事？他将人抱得更紧了点，吻了吻她额头，仿佛在哄一个孩子：“没事，你相信我吗？”

“信。”

“那就行。”林远舟低头看她，“我能保护别人，难道还保护不了自己老婆？”

乔荞不由轻笑：“知道，林队很厉害。”

回去后，林远舟给她放了洗澡水，让她先去泡澡。

乔荞进浴室之后，他便立刻给相熟的负责网络安全的同事打了电话，他并不确信这只是个疯狂读者，还是自己曾经负责的案件的相关的人暗中报复。

乔荞泡完澡出了一身汗，心情好了许多，出了浴室却见林远舟正拿着乔妈买的佛像若有所思。

她连忙跑过去将东西收好："妈随手买的。"

林远舟将胳膊搭在沙发背上，一副认真好学的姿态："这好像不是一般的佛像。"

乔荞装傻："那就是二班的。"

林远舟挑起眉，大概是这烂梗让他不屑再接这话茬，反倒是将她抱过来。她刚洗完澡，全身上下香喷喷的，让人忍不住很想咬一口。他向来是想了便做，捏着她下巴咬了咬她的唇，软软糯糯的，像小时候吃的糖。

自从山庄回来以后，两人关系更融洽了，尤其是某些方面，他比之前放肆许多。

但十块钱歪着头在打量两人，目光如炬，显然很不满自己一直被忽略。

林远舟撑着额头笑了下："你先陪它，我去洗澡。"

等他离开，乔荞才揉了揉狗："真能刷存在感。"

十块钱丝毫不觉得自己打扰了别人的兴致，反而欢快地在她面前蹦来蹦去。乔荞将头发随意束起来，拍了拍手掌："好，陪你玩会儿。"

茶几上，林远舟的手机刚好响了，乔荞随意瞟了眼，发现是洛溪打来的。

她自然不方便接，可电话一直响，第一次断了，对方很快又再拨进来，那架势看起来像是有十分要紧的事。

乔荞迟疑了下，只好去敲浴室门。

但浴室里边花水声太大，林远舟并没回应。乔荞只得将门推开一条小缝，提醒他："洛溪电话。"

热气氤氲中，林远舟"嗯"了一声，也不知道什么意思。乔荞走神的时候，他忽然靠过来，紧接着她就被一只胳膊给拽了进去。

再出来已经是一小时后的事，乔荞累得只想倒头就睡。

他倒是精神十足，这会儿才拿了手机去阳台回电话，乔荞思绪混乱地躺在那里，也不知道他讲了有多久。

等他再回来却是告诉她："我出去一趟，你先睡。"

乔荞睁开眼，忽略心里一阵异样，尽可能平静地问："去见她？"

"洛溪有点事，"他说完后也意识到不该让她误会，解释说，"是工作上的事，和案子有关。”

乔荞没再追问下去，如果和案子有关，有些相关的信息是不能随便向人泄露的。但她从来都不知道洛溪和他会有这方面的交集。

林远舟在她背后穿好外套，俯身在她的额头吻了下：“我很快回来。”

按理说，乔荞不该乱想的，哪怕两人了解还不够深，但她相信林远舟的为人。他向来在男女方面很有分寸，当初和自己相亲时就能看出来。

但想起洛溪对他的心思，乔荞多少还是有点不舒服。

因为之前被他折腾得太厉害，乔荞到底是没能扛住困意，等她再醒来时，林远舟已经躺在她的身边了。他安静地合着眼，胳膊霸道地搭在她腰间，难得一见地睡得很沉。

乔荞不知道他几点回来的，但此刻看着他，心里依然是甜蜜的。她循着他的温度钻进他怀里，轻轻蹭了蹭他的下巴。

他便将她搂得更紧了些。

第二天中午放学，乔荞和往常一样打算去学校餐厅吃饭，去的路上却接到林远舟的电话。

这个点接到他的电话，乔荞就已经够惊讶了，他竟然说自己在学校门口，她真是受惊不小，见到人忍不住问：“你为什么……”

“想你我就来了。”

乔荞一点也不信他的话。他提醒乔荞上车，果然她一上车便告诉她那个骚扰的人找到了。

“是个疯狂读者，看你的漫画自己脑补了很多。”林远舟说这话时眸光微沉，似是在克制怒意，“但他只承认发了私信，不承认跟踪，加上没实质性证据，只能教育下就把人放了。”

乔荞当然懂，她其实也一直疑心是自己太敏感，这会儿甚至有些抱歉：“给你朋友添麻烦了。”

“这是他的工作，不用有负担。”林远舟说完，心里依然有些隐隐的担忧，但他没告诉乔荞，只说，“以后不管去哪里都告诉我一声，太晚一定等我去接你。”

乔荞没想到他比自己还要紧张，还是听话地点点头：“好。”

车里一时安静下来，说完了正事忽然就莫名地冷场了。这也不怪他们，两人平时更多的是在家里碰面，这个时间偶然见了，竟然不知做点什么好。

乔荞想了下："你待会儿……"

"一起吃饭吧。"林远舟开口打断她，说完伸手捏了捏她的脸，"我们是不是很久没一起去餐厅吃饭了？"

乔荞抿唇笑了："对。"

林远舟便提醒她系安全带，然后开车驶离学校门口。

乔荞看了看林远舟，心想，自从上次两人冷战过后，林远舟对她似乎越来越好了。

果然是印证了那句老话，会哭的孩子有糖吃。

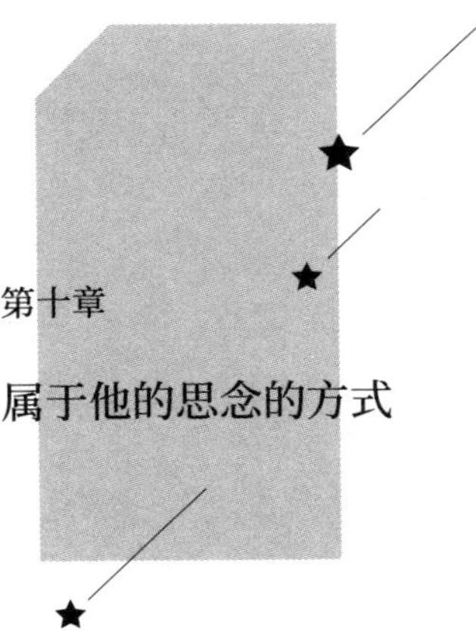

# 第十章

# 属于他的思念的方式

餐厅是林远舟认真挑选过的，来之前他竟然已经将导航调好，乔荞不得不对自家老公另眼相看。

大概是她今天之内惊讶的次数实在太多，林远舟感觉到，竟还有些不满：“所以我平时表现很差？”

“不算差，只是今天表现太好。”乔荞如实评价。

林远舟认真想了下，点点头：“表现太好的事偶尔做一次就好，不然对比之下会有落差感。”

乔荞对他的歪理嗤之以鼻。

本来一切都好，如果没在餐厅遇到林逸笙和洛溪的话。

因为昨晚林远舟才见过洛溪，所以这个时间点实在太过微妙。乔荞侧头看身边的男人，见他的眉心不易察觉地拧了拧。

林逸笙最先发现了他们，主动邀约一起坐。纵然乔荞心里别扭，但还不至于当场让林逸笙下不来台。于是两个人的约会变成了四人聚餐。

“最近怎么样？”林逸笙已经很久没见过乔荞，所以上来便很热络地和她聊天，“太久没回家吃饭，也不知道你们最近过得如何。”

“我们很好。”乔荞留意到自己这么回答的时候，洛溪拿餐具的动作稍稍停了下。

林逸笙并没注意这一点，只发自内心觉得能和林远舟相处挺好不是件容易的事，由衷称赞乔荞道：“你脾气真好。”

林远舟正好点完餐，淡淡瞧他一眼：“皮痒了是吗？”

林逸笙一笑，笑过之后，沉默了。他是个玩世不恭的个性，脸上极少出现这样正经深沉的表情。

乔荞觉得他有重要的话要说。果然没几分钟，林逸笙双手交叠撑住下巴，十分郑重地看着林远舟：“虽然你不喜欢，但是我不得不和你谈一下爸的事情。”

林远舟并没任何反应，只端着杯子喝了口水。

林逸笙道：“爸这次情况不太好，家里的生意也一团糟。我的诊所已经关闭，完全接手了公司的事。”

难怪他刚才说很久没回家吃饭，乔荞还以为是指她和林远舟，原来是说自己。乔荞也并不知道林家竟然发生这么大的事情，怪不得最近连爷爷都极少找他们。

“你知道我对家里的生意没兴趣。”

“我知道。”林逸笙说，“你也知道我什么意思。”

林远舟看向他，依然是那副冷而抗拒的模样。大约是职业习惯，他不说话且目光转冷时，气场着实骇人。

林逸笙并没退缩，接着说道：“做警察是你的理想，为了什么我也清楚，所以没有想逼你辞职的念头，只是想你回家看看爸而已。”

餐桌上一时陷入某种诡异的安静中，只有乔荞和洛溪始终没说话，但洛溪的目光自始至终都黏在林远舟身上，担忧的情绪很明显。

乔荞想起上次在商场，洛溪也曾帮着冯卿岚劝自己，她对林家的事非常清楚……又是这样，一桌人，只有她什么都不知道。

正好服务员来送餐，所有人都仿佛从默片中抽身出来，又恢复了动作。

林远舟甚至递给乔荞一杯温水，乔荞观察他的反应，却从他脸上看不出任何有用讯息。

饭局结束，林远舟要送乔荞回学校。他去取车时林逸笙也跟了过去，想来是还有话要对他说。

乔荞就等在餐厅门口不远处。洛溪本来和她离得有段距离，这时候也慢慢走了过来。

“你会不会觉得自己不够了解他。”她倒是开门见山，丝毫不迂回地问乔荞。

“我们认识不够久。”乔荞也坦然回道，“不了解很正常。”

“或许是很正常，但不觉得这样的婚姻一点也靠不住吗？没有感情基础，彼此陌生，你们靠什么维持？”

乔荞觉得这位洛小姐真的很有意思，仔细想想，这算是两人第一次单独待在一块儿，没想到她这样沉不住气。乔荞慢慢地回答道：“靠彼此想在一起的心。”

洛溪愣了下。

“如果没有这份心意，了解也好，陌生也罢，都不能长久。”乔荞尽可能地将话说完整，“倒是洛小姐这么关心别人的丈夫，是不是越界了？”

洛溪的脸色终于挂不住，一阵青一阵白的，显然是没想到平日嘴巴笨拙的人今天会如此牙尖嘴利。

她笑着呼了口气，目光直直地看向乔荞：“我想你并不知道我对远舟来说是很特别的人，他妈妈的案子我是目击者。那件事以后我们一起度过了很艰难的一段时光。”

乔荞安静了一瞬，洛溪将她的神情收入眼底，终于有种还击的快感。

林远舟的车正好开过来，他微微偏头看向她。

乔荞准备上车，要迈出步子时还是停住，她回头看洛溪，声音很轻，但语气格外坚定：“但在他身边的人现在是我。”

洛溪：“……”

回学校的路上，两人难得都很沉默，乔荞看着窗外走了会儿神，将目光重新落在开车的男人身上。

他显然也在想事情，不管从前多么不可原谅，血缘依然是个神奇的东西。乔荞当时一口拒绝了冯卿岚，现在反而不确定那时的想法对不对了。

到了学校门口，林远舟替她解了安全带，同时在她的侧脸吻了下：“下班就回家，有事给我打电话。”

乔荞答应着，沉默了一会儿还是说："如果你犹豫就说明在意他，既然在意就去看看。"

林远舟一怔，明白她是在指什么事，摸摸她的脸颊："我知道。"

乔荞朝他挥了挥手："小心开车。"

结果，林远舟晚上却回来很早，乔荞正在厨房烤蛋糕，见他进门，立刻拉着他尝刚出炉的新品。

"确定吃了不会中毒？"林远舟这样说着，但见她将一小块蛋糕喂到自己嘴边时还是乖乖张嘴。

乔荞期待地仰头看着他："怎么样？"

林远舟吃完之后，非常认真地给出评价："焦，而且苦。"

乔荞气到嘟起嘴巴："我今天是第一次尝试。"

别人家的老公都嘴甜地说各种"彩虹屁"，她家林队是真的很实诚。

林远舟从身后抱着她，看她将蛋糕从烤盘拿出来，又慢慢地将奶油往上涂抹。他沉默着，过了会儿才说："我去看过他了。"

乔荞知道他说的"他"是谁，"嗯"了一声，继续听他说。

林远舟几不可闻地叹了口气："他瘦了很多，想骂我的时候都提不起气。"

乔荞想象着那样的画面，林远舟当时一定很不好受。她回身，正好撞上他的胸口："但他见了你一定很开心。"

林远舟失笑："开心？每次都很生气是真的。"

乔荞笑着没再说话，她不信林远舟真的不知道他爸的心思。不承认或许只是不想面对而已。

林远舟见她重新开始装饰蛋糕，就那样抱着她待了好一会儿，奶油的香气混杂着水果清香，让他之前烦躁的心情好了许多。

乔荞把蛋糕做好之后，慢慢点了支蜡烛，时间正好显示快十点。她将厨房的灯按灭。

微小却温暖的一簇光在眼前晃动，林远舟迟疑了下，不解地看向乔荞。

"生日快乐。"乔荞站在料理台前，小心翼翼地捧着蛋糕看向他，"许个愿吧，林先生。"

林远舟："……"

生日这件事是快乐的人才过的。林远舟从没告诉过乔荞他前二十七年的人生并没认真过过生日，因为他的母亲不喜欢他。

所以，林远舟看着眼前的一切，有好一会儿没反应过来。

乔荞见他走神，不明所以，只当他被眼前情况弄得有点蒙，于是出言提醒道："我举着很累的。"

林远舟露出点笑，和她一起将蛋糕捧在手心里，打算吹蜡烛。

乔荞说："许个愿。"

林远舟稍稍迟疑了下，还是闭上眼。

如果非要找一件事向神明许愿，他希望乔荞永远快乐，永远保持此刻的笑容。

林远舟再睁开眼，她眉眼弯弯的样子出现在烛光里。

晚上他尤其热情，乔荞几乎要受不住，好几次都伸手捂住嘴巴，却又被他握着将手拉开。

"我喜欢听你这样的声音。"他在她耳后说着。

乔荞觉得自己此刻一定全身都红透了。

临睡前，乔荞想，现在他们很好，现在也才最重要，不该被洛溪随便的一句话而影响。

对，就是这样。

虽然平静的表象下似乎总有暗涌流动，但是生活还是朝着美好的方向发展。两人在小吵小闹中渐渐找寻到了更好的相处方式。

又过了几天，乔荞忽然接到学校的通知要到邻市参加教研培训，时间不算长，大概就三四天。这是她第一次婚后出差，所以她和林远舟说的时候，他明显愣了下："你也要出差？"

"什么叫也？"乔荞对他这种语气非常不满，觉得自己受到了轻视，"只有你可以？"

"我只是不习惯，"林远舟原本在看书，这会儿将书放下，黑眸沉沉地望着她，"不习惯没你在家。"

乔荞眨了眨眼睛，心不可控制地被他撩拨了一下，脸上依然很严肃："我又不是给你看家的。"

"看家有十块钱。"林远舟捏捏她的下巴，"你别有他用。"

“什么？”乔荞直觉这人嘴里没好话。

他却不说了，反而起身帮她收拾行李。衣服一件件叠放整齐，小小的行李箱里塞满了各种随身用品之外，他还贴心地给她带了常备药，自然也没忘记反复提醒她不许喝酒。

乔荞一一答应着，看着他认真帮忙整理东西的背影，第一次有种舍不得离开的感觉。

不知道这人会不会也舍不得她。

想想他平日的表现，乔荞其实也不抱什么期待。毕竟是根朽木，难道还真以为能化腐朽为神奇吗?

出发那天，林远舟开车将乔荞送到高铁站。已经有不少同事等在大厅里，其中就有肖晴，而她身边站着杜鸣宇。

两人正说着话，见林远舟和乔荞走过来，谈话便中断了。

杜鸣宇始终是生意人，无论之前有怎样的不愉快，这会儿也能和颜悦色地和林远舟打招呼：“林队，又见面了。”

“你好。”

林远舟又和其他几人颔首问好，当中有人在聚餐那天见过他，所以都十分热情。

大家的注意力难免都落在小两口身上，有纯无聊打发时间的，也有好奇八卦的，自然也有酸味十足想看好戏的。

“那我走了。”林远舟放下行李，深深地看她一眼，多余的话也没怎么说，“你路上小心。”

“哦。”乔荞心里难免有些空落落的。

她其实也不渴望林远舟多么情绪外露，毕竟公众场合，他也说不出太多甜言蜜语。但见他立刻就要走，她还是有些不舍。

已经入冬，林远舟穿着黑色羽绒外套，整个人看起来越发清冷英挺。他看着乔荞微微嘟起的嘴巴，明明已经退开两步，还是伸手摸了摸她的脸颊。

他戴着手套的掌心有些粗糙，但蹭着她的脸蛋儿时很舒服，乔荞不自觉笑了下。

林远舟心里有种很奇妙的感觉，像小猫的爪子在心尖上挠了挠。他轻咳一声，扔下句“走了”，便当真头也不回地走掉了。

围观的几个人默默地扭过头去。肖晴嘴角也露出一丝轻嘲，转身继续和杜鸣宇讲话。

杜鸣宇还在看着乔荞出神，仓皇中收回视线。肖晴有点不高兴："那说好了，我回来的时候你来接我。"

"知道了。"

肖晴又说："这几天每天都要给我打电话，别忘了。"

"好。"

杜鸣宇每件事都顺着她，可肖晴还是听出了些敷衍的味道。她紧了紧手指，对他挥挥手："你走吧，时间差不多了。"

杜鸣宇正要走，她又不开心了："你真就这样走啊？"

杜鸣宇无奈，表情略显煎熬地看着她："还有什么没说吗？"

"你不亲亲我吗？"肖晴说着，也不等杜鸣宇反应，走过去就踮脚往他唇上贴。

在场的人起哄一声，稀稀拉拉地走开了。乔荞刚才正在检查车票和身份证是否都带了，完全没留意他俩的动静，这会儿见了也有些尴尬，红着脸背过身去。

杜鸣宇眼底有一瞬的不悦。他握着肖晴的胳膊将她拉开，神色已经恢复如常："进去吧，开始安检了。"

肖晴和他挥手告别，乔荞也拉着行李刚巧从他身边经过。杜鸣宇忽然对乔荞说："最近还好吗？"

乔荞愣怔了下："挺好的。"

"天冷，多穿点衣服。"他说完，冲她微微一笑就走了。速度很快，周围人流穿梭，并没人注意这一幕。

乔荞站在原地看着他的背影，轻轻叹了口气，然后就跟上大部队出发了。

林远舟同往常一样，上午回局里开了个会，被领导狠狠一通批。案子进展缓慢，上边不断在施压。

回去的路上还接到了师父田海明的电话，田海明也将他一顿数落："我看你就是被当年的案子影响了，心急有什么用，越急思路越狭窄。"

林远舟乖乖挨训，一早上到处是训孙子似的话，听得他都快免疫了。

说到最后，田海明只道：“罢了罢了，我一个退休的还得天天替你操心。那什么，过几天带你媳妇儿来家里吃顿饭，我有事和你们说。”

林远舟有点糊涂：“什么事？”

什么事还得带上乔荞一起说?

田海明“啧”了一声：“你管那么多。”

林远舟也没心情打听，只告诉他乔荞去外地学习，过几天才回。

田海明说“知道了”，然后就将电话挂断了。

他拿着手机摩挲，心里也不知道在想什么，等回过味儿的时候，发现自己居然点开了乔荞的微信。

林远舟怀疑自己魔怔了。

白天，林远舟回队里重新整理案情，一上午大伙儿都处在一种焦灼又躁郁的情绪里，上面一施压，他们又得开启疯狂加班模式。

中午吃饭的时候，林远舟收到了乔荞的微信。她说：我已经到啦。

附带一张出站时，微笑比“耶”的照片。

林远舟看着她露出整齐洁白的牙齿，不自觉也笑了笑，一上午的阴霾一扫而空。他慢慢地回复道：我在吃饭。

然后也拍了午餐的照片传过去。

乔荞看着他发来的食物，真的是拍得一点也不美观，但直男的拍照方式也只能如此了。

一行人先到预订好的酒店，大家各自拿了房卡入住，结果乔荞很不幸地和肖晴分到了一个房间。肖晴看着她，慢条斯理地晃着手里的房卡：“你要是不愿意，可以找个同事换换。”

乔荞：“没什么不愿意的。”

虽然肖晴一直有点阴阳怪气，但以前是因为杜鸣宇，现在她都结婚了，乔荞觉得也没避开的必要。

乔荞短暂休息之后，他们吃完中饭就开始上培训课。她拿了本子认真记录，快走神时就努力提醒自己集中精神。

如此这样，白天倒是没什么机会想起林远舟。

到了晚上，肖晴一回房间就拿着手机给杜鸣宇打电话。她躺在床上一直抱怨这里住宿条件差，水不够热，饭也不好吃。

乔荞仔细回忆了下，觉得好像也没有她说得那样差啊……

周小娅给她发微信，乔荞就忍不住说了这件事。

周小娅立刻嘲笑她：这你就不懂了吧，这样说是在和男朋友撒娇，想让男朋友心疼啊！

乔荞深以为然：原来如此。

周小娅：原来如此个屁啊，你平时都怎么和你老公相处的？不知道撒撒娇让他心疼你一下吗？

乔荞回想了下，觉得自己似乎没这方面的天赋。

周小娅又问她：你老公没给你打电话吗？

乔荞一看时间才七点半，这个时候林远舟大概还在忙。

结果林远舟到十点多也没联系她。乔荞拿着 iPad 追了会儿剧，然后就洗洗准备睡了。

反倒是肖晴在边上始终留意她的动静，这时候一脸惊讶："你不和你老公联络下吗？"

乔荞稍稍沉吟了下："他今天加班。"

肖晴有点同情她的样子："行吧。"

乔荞："……"

培训的第二天一切如常。

乔荞早起出发时依然拍了张照片发给林远舟，是走出酒店时拍的，还是万年不变的"剪刀手"，加了一句文字消息：我出发啦，你也努力工作。

林远舟是等红绿灯时收到的消息，这会儿正在堵车，他便将手臂搭在车窗上，仔细地将她的自拍放大认真看。她今天只穿了件呢子大衣，里面套了件条纹衬衫，乌黑的发丝在阳光下看起来如墨一般，眼睛更加清澈。

他忍不住轻轻触碰她的脸，随后还是板着脸回复：穿这么少，小心着凉。

一整天的培训内容安排得很满，结束时，乔荞比昨天累多了，她回酒店先去洗了个澡，然后躺在床上戴着耳机听歌。

肖晴还是在和杜鸣宇打电话，乔荞没偷听说的什么，只是中途去卫生间时听到她在抱怨培训特别累。

而杜鸣宇似乎说了什么不好听的话，肖晴脸色特别难看，起身拿着手机出门了。

不过乔荞快睡觉的时候，林远舟忽然给她发了条语音，居然有五十九秒那么长！

乔荞盯着那长长的信息条，心跳居然有点快。

她戴上耳机，将被子拉高盖住头顶，自己躲在里面，黑暗让手机的光亮更加明显。她的指尖轻触点开消息，然后林远舟低沉的声音从耳机里传出来，好像在和她耳语一样。

“今天青州下雪了，很小，也很短暂，可惜你不在。下一场雪，我们一起去堆雪人，好不好？”

因为中间停顿的时间比较长才显示时长那么久，但他的话其实很少。乔荞抱着手机偷偷笑了起来，即使他没说，但她也听出了想念的感觉。

属于他的思念的方式。

第二天培训的时候，乔荞精神很足，因为再过一天就可以回去了。

她听课时好几次没忍住在傻笑，被身边的老师捅捅胳膊：“怎么像傻子一样？”

乔荞：“你才傻子。”

反观肖晴好像有点不开心，一直沉着脸，吃饭时也没吃几口就回房间了。

有人和她八卦：“好像和男朋友吵架了。”

“不会吧，杜老师脾气那么好，而且很顺着她啊。”也有人表示怀疑。

“哎呀，脾气再好也经不住她那么作啊。你没看成天什么都不干，就一直拿着手机讲电话，男人都不拼事业的？”

乔荞静静听着，没插话。

因为明天就要走了，晚上开始有人提议出去逛一逛，这个城市的美食街很出名。

乔荞其实有点懒，不是很想去，但一想回房也是要看肖晴和杜鸣宇打电话，于是就和同事们一起去了。

去的人一共有五个，其中有两位男同事。乔荞和另外两位女同事一起走在后面，女生逛街总是比较慢一些，这儿看看，那儿瞧瞧，很快就和两位男同事拉开了距离。

那两位女老师对吃的没什么兴趣，倒是见了路边的饰品店比较好奇，一家家进去看，挑挑选选，一路晃悠。

乔荞起初还跟着她们进店瞧一瞧，后来有点累，就站在门口安静地等。

明明是陌生的城市，她总觉得有道视线一直盯着自己，那种如芒在背的感觉让她很不舒服。

乔荞疑心是自己想多了，好像上次骚扰事件之后她就一直很敏感。何况这是人流格外密集的街道，也不可能有什么事发生。

乔荞又陪那两位女老师逛了几家店，她的手机响了，是林远舟打来的。乔荞接通后，站在街边一棵树下和他讲电话。

“背景这么吵，你没在酒店？”林远舟开口就这样问。

乔荞踢了踢脚边的小石子：“嗯，在逛街呢。就那条很出名的美食街。”

林远舟自然也是听说过的，还问她都吃了些什么。

乔荞一一和他说着，低垂的眼眸望着路边自己的影子，等她讲了会儿电话，再回头发现那两位女老师不知道逛去了哪里。

她只得一边和林远舟聊天，一边沿着街边寻找。但是那种被什么人盯上的感觉也逐渐强烈。

乔荞忽然生出一股莫名的恐惧感，虽然周围都是人，但是她忽然开始害怕，如果那个坏人就是这些人中的某一个，或者……不止一个呢？而且，假如上次不是她的错觉，真的有那么一个人一直跟着她怎么办？

平日里，乔荞看过的各种新闻在这一刻全数都涌进了脑子里，恐惧感堆叠，她连和林远舟说话的音调都变了：“林远舟——”

“嗯？”他沉声应道。

“我……”乔荞颤声说着，“我有点……”

话没说完，周围忽然传来一阵尖叫，她吓得浑身一颤，手机也差点没拿稳，目光迅速朝着声源看过去。

被人群注视的地方，一个男人正被按倒趴伏在地上，表情痛苦。而另一个穿着黑色羽绒服一脸冷峻的男人单膝压在他的脊背上，手狠狠拧着地上那人的胳膊。

乔荞和他四目相对，他手里还拿着电话，屏幕显示正在通话中。

他竟还冲她笑了下，无声对她说了句什么。

乔荞忽然很想哭。

他的唇形很好看，轻轻一动，他说："别怕，我在。"

不该出现在这里的人忽然出现了，还是以一种保护者的姿态。乔荞当真怀疑是自己太想他而产生的幻觉！

否则怎么可能呢?

那么忙的人居然会无端出现在这座城市的街头……

周围灯火辉煌，人声嘈杂，乔荞感觉自己的耳朵也一直在嗡嗡作响。她慢吞吞地走过去，直到有几个民警同志从人堆里挤进来。

乔荞看着林远舟和他们说话、握手，最后再将那个男人交给他们。一系列动作做完之后，他才抬眼朝她看过来。

人潮渐渐散去，有人在悄悄指着他们说些什么，乔荞紧攥着手机，愣愣地立在原地。

林远舟率先朝她走过来，他竟还在笑，低头看了她一会儿才张开胳膊："要不要抱抱？"

乔荞直接钻进他怀里，感受着他结实的身躯和体温，激烈的心跳频率才慢慢缓和下来。她吸了吸鼻子，忍过刚才那阵惊慌不安："你怎么会……"

"发现不对劲，我就来了。"

乔荞疑惑地抬起头，他却没说太多，理了理她微微凌乱的发丝："还要去做个笔录，你可以吗？"

乔荞点点头，和他一起去了附近的派出所。也是这时候乔荞才知道，原来是自己发给他的两张自拍照里都有那个人的身影！

林远舟将照片放大认认真真地观察，其中一张不细看根本发现不了，毕竟背景都是火车站和酒店门口这种人员最多的地方，而另一张，那人只是侧影出现在角落罢了。

"这个人是她的读者，大概半个月前发私信骚扰过她，当时我见过这人，所以记得他的样子。"林远舟向民警反映。

对方听完点点头，后来又问了乔荞一些问题。但乔荞从始至终都没和这个人正面接触过，所以也说不出什么重要信息来。

这样细细一想，虽然产生过恐惧感，但是因为有林远舟在，她被保护得非常好。

民警调出了乔荞接电话时的监控，画面颜色晦暗，但看得非常清晰——那个跟踪狂一路尾随，在她和同事逛街的时候就盯着她们了。

乔荞喉间发紧，再往下看，发现自己接电话的时候，那个跟踪狂几次想走上来。幸好她一直在移动，那人大概是看路人多，几次都没机会下手。

乔荞不知道他的意图到底是什么，只是这种始终被人窥伺的感觉太吓人了。

画面继续播放，终于看到了林远舟，他个高腿长步伐稳健，从入镜开始就非常醒目。

他居然一路和她讲着电话，慢慢地跟在那个尾随者之后，像蛰伏在暗夜里的猎豹一般。

于是这一幕就变得非常诡异，跟踪狂跟着乔荞，而林远舟无声地睥睨着这一切，伺机掌控全局。

当乔荞在某一处站定之后，那个跟踪狂终于有了动作，但他根本没机会走近乔荞。

因为当他鬼鬼祟祟迈出两步时，林远舟已经大步上前，长腿一跃便将他踢翻在地。

后来就发生了乔荞看到的那一幕。

“他手机里有很多这姑娘的照片，看来跟了挺久了。”审讯结束之后，民警告诉他们，“据他自己交代，他参加过姑娘你的一次签售活动，觉得你冲他笑得特别甜，看起来很喜欢他。”

乔荞：“……”

说到这儿，民警也觉得后边的话让人十分无奈：“之后你漫画里出现的情节也让他觉得是你在暗示喜欢他，然后就总跟着你，想和你交朋友。”

“交朋友”三个字成功让林远舟的脸色变差。

只听民警又道：“他跟了你一段时间之后，发现你虽然声称自己结婚了，但是很少看到你老公，所以他觉得你的婚姻可能不太幸福。”

林远舟已经完全冷了脸，任谁都看得出他极度不爽。

民警也觉得这话太气人，轻咳一声缓解尴尬：“总之他自己脑补了一出大戏。”

“不管他脑补些什么，上次证据不够才让他侥幸跑了。这次既然已经全部交代，希望能严肃处理。”林远舟冷声说完，冲对方微微颔首，“辛苦你们了。”

民警和他客气几句，表示会继续跟进。

等两人从派出所回了酒店，同行来学习的同事却都等在大厅里。尤其是和乔荞一起逛街的两位女老师一脸担忧地迎上来：“乔老师，你没事吧？”

“没事。”时间已经不早了，又是很冷的冬夜，大家全都聚在这里让乔荞觉得很不好意思，她不想因为自己的事给大家添麻烦。

但同事们是真的担心，七嘴八舌地议论：“没事就好。谁能想到在这会儿遇上精神病，幸好林队来得及时。”

“对，要不是林队，真的不知道会怎么样。”

之前大家都还背地里议论，说乔老师嫁了个刑警后平时如何受冷落，机场那天看到林远舟送她也是显得冷淡又疏离的，大伙儿只当她过得一点也不好。

如今看起来倒根本不像这么回事。

这安全感能有几人可比的？

肖晴也和众人等在一起，她没围上去关心乔荞，反倒是看乔荞的眼神里有那么点羡慕。

晚上，林远舟自然是要在这儿住一晚了，虽然他在青州依然堆了一堆工作，但是这个点显然来不及赶回去。

开了房间以后，乔荞陪他走到门口，犹豫道：“我还是回自己房间。”

虽说夫妻俩住一起再正常不过，但周围都是同事，总觉得被他们盯着很不好意思。

林远舟垂眸瞧着她，因为在走廊上，光线并不充足，所以神色难辨。

乔荞牵着他的手，指甲在他的掌心轻轻划着：“你明天什么时候走？”

“明早。”

乔荞这会儿才得了空仔细观察他，见他风尘仆仆的模样里藏着几分不易发觉的疲倦，想到他特意跑这一趟的原因，终归是心疼得不行。

“那你好好休息。”

说完，她就准备回房间，林远舟很贴心地将房间开在她们隔壁，大概也是怕她晚上害怕。

但乔荞还来不及打开房门，人就被他轻扯了回去。

林远舟低头寻到她的唇，顺手刷了门卡。

房里漆黑一片，感官的刺激尤为强烈。

“明天不是要早起？”她还有空担心他，推拒着。

他却只是含糊地说：“没关系。”

他当然没关系，最后累的好像永远只有她一个人。

后来乔荞也不想回房间了，躺在他怀里睡得无知无觉。迷糊中似乎听见他在自己的耳边说了句什么，却因为她太困完全没听清。

林远舟撑着脑袋看她，不由得想笑。跑这么远来，除了担心她，当然还有想她啊。这傻姑娘居然还想和他分房睡。

真是笨得可以。

第二天林远舟很早就走了，乔荞重新回到自己房间，总疑心身上全是他的味道，明明已经洗过澡的……或许所谓的做贼心虚正是如此。

她悄悄躺回床上，结果肖晴居然早醒了，忽然将床头灯打开。

乔荞有些抱歉：“吵醒你了？”

肖晴古怪地看着她，末了说：“这房间不隔音。”

乔荞：“……”

“你们一直都这么好吗？”肖晴面无表情地看着她。

乔荞脸颊发烫，完全拿不准她是在嘲讽自己还是怎样。

“所以互相喜欢其实也不是天天在一起就能证明的。”肖晴像是自言自语一样，瞬间变得失魂落魄，“杜鸣宇果然一点也不喜欢我。”

乔荞本不想掺和他俩的事，但看肖晴这副样子，还是没忍住说了一句：“但他选择和你开始，应该是认真想交往的。”

肖晴闻言多了几分神采：“是这样吗？”

乔荞点点头。

肖晴靠着床头，还是有点沮丧：“我之前一直想和你比，看林队忙没时间管你的时候还总笑话你。现在想想，林队只是用自己的方式爱你而已。”

乔荞听她提到“爱”这个字，神情恍惚了下，只说：“男女吵架很正常，我们也会吵，你别多想。”

“虽然吵架正常，但是他真的一点也不上心，完全没想着哄我。”肖晴本想再和她聊聊天，却见乔荞拉过被子开始补觉。想起昨晚隔壁的动静，她的脸也瞬间变得通红，只好闭上嘴不再打搅她。

回青州已经是晚上的事了，乔荞没让林远舟来接，想着他昨天跑那一趟，恐怕又要积攒下不少工作。她打算自己叫车，谁知却遇上了杜鸣宇。

乔荞仔细一看，肖晴竟然没在他车上。

“她还在生气，自己走了。”杜鸣宇猜到她在想什么，主动答道，甚至有些疲惫地揉了揉眉心，“我送你？”

乔荞刚要拒绝，他便开始失笑：“你不用这么忌惮我，我只是顺路送你而已，这个点你叫车不会比我送你更安全。”

这个点确实不好叫车，而之前那场骚扰事件也令她心有余悸。

乔荞迟疑了下：“那麻烦你了。”

车子一路朝市区开去，车里很安静，杜鸣宇沉默片刻，忽然说：“听肖晴讲了你们在邻市的事，被吓到了吗？”

“起初有一点。”乔荞说完，嘴角扬起浅浅的笑意，“后来就不怕了。”

“因为林队吗？”杜鸣宇的话却是有点自嘲的意思，“他确实不错，换了我未必能做到。”

不管是细心也好，及时也罢，他大概很难做到那一步。对于林远舟这一点，他是服气的。

乔荞沉默了下，却道：“其实，尽力就好。”

“嗯？”

“尽力而为。”乔荞说，“对肖晴耐心一点，选择了开始就尽力做好一切。”

杜鸣宇没立刻接话，其实他当初会和肖晴在一起，也是被乔荞拒绝给刺激的。这些话面对乔荞，他反而说不出口。

乔荞很简单，看起来不善言辞，但说出来的话却总有几分道理。

就譬如她此刻说的，甚至让他有种自惭形秽的感觉。

他看了眼乔荞，她沉浸在夜色里的侧脸温柔乖顺，完全是他理想的类型，可惜总是差了一点……

“其实我……”他的话没说完，乔荞的手机响了。

杜鸣宇有点气馁，正在沉淀情绪，忽然见身边的人神色微变。通话结束后，乔荞稳了稳心神，随后对他道：“你能送我去趟医院吗？”

# 第十一章

# 以后，我给你撑腰

杜鸣宇问了哪家医院之后就调转车头朝目的地开去。

路上乔荞一直心神不宁，频频低头看手机，又不时朝车窗外张望，杜鸣宇还是关心地问了句："是家里人出事了？"

"对。"

杜鸣宇看她不欲多说也就没再追问下去，她此刻心绪混乱，自己刨根究底只会让她更加烦闷。

于是一路无话到了那家私立医院门口，乔荞心急，车堪堪停稳就打算下车，但还是不忘感谢他："麻烦你了。"

杜鸣宇摆摆手示意她快进去，乔荞便匆匆离开了。

乔荞准备去护士站询问的时候，已经有人率先看到了她，林逸笙朝她招了招手："嫂子，这里。"

这一声立刻吸引了手术室门口一群人的注意，齐刷刷的目光刹那间向她投过来。而一众人里，乔荞最熟悉的竟只有林逸笙和洛溪。

林老爷子心脏不好，今天忽然再度病发正在急救。林家来了一堆人，当然也包括林远舟的父亲林康耀和继母冯卿岚。

乔荞第一次和林远舟的父亲见面，没想到是在这样的情况下，并且更要命的是，林远舟却不在场……

乔荞在车上给他发了信息并没收到回复，想来家里人也早就联络过他。

这简直比任何时候都尴尬，好在林逸笙向来机警，简单地帮着介绍一番。

乔荞略微别扭地喊了声“爸”。

林康耀长了一张不是很好相处的脸，不说话时气场骇人，他虽没过分打量乔荞，但眼神里自始至终有几分不易察觉的琢磨意味。听她叫人也只是几不可闻地“嗯”了一声。

周围还有林家的一个长辈，乔荞依然不太熟，好在还有林逸笙在。他低声向乔荞说了下此刻的情况，乔荞点点头，安静地等在那里。

倒是洛溪很会来事，时不时安慰下冯卿岚和林康耀，她本就是健谈的个性，加上和林家人熟稔，面对这种情况也驾轻就熟。

“她和我们一起长大，和我爸妈会熟悉一点，”林逸笙不愧是心理医生，一眼洞悉她心内所想，“不用介意她。”

“我知道。”

林逸笙又说：“她只是爱做梦而已。”

乔荞觉得这个形容非常有深意，但林逸笙说完这话依然是平日里那副吊儿郎当的模样，并不能看出什么。

正在说话间，听到有人喊自己名字，乔荞回身一看，发现是杜鸣宇。

他手里拿着她的包和行李。

乔荞完全忘了这回事。

因为他忽然出现，林家人再度向他们行了一场注目礼。

“本来想打电话问问，或者过几天再给你，但怕你急用。”杜鸣宇起初只当是乔荞家人生病，但此刻被一群人意味不明地看着，忽然有点后悔上来这一趟。

不知道他贸然的行为会不会给她带来不必要的误解。

“林队没在吗？”

“他有点事。”

杜鸣宇本来还想说点什么，但被这么多人看着当真是如芒在背，于是放下东西就离开了。

“这是？”冯卿岚见她居然还带着行李，不免好奇地问。

“我出完差刚回来。”乔荞解释，“同事顺路送我。”

“早知道这样，你就不用特意跑一趟了，爷爷这里我们在就可以。”冯卿岚又责备林逸笙，“都是你，非要给你嫂子打电话。”

“爷爷很疼大嫂的，醒来看到她会很高兴！”林逸笙非常会讲话，言语间就将乔荞的尴尬化解了，丝毫不让她有局外人的感觉。

乔荞非常感激他。

折腾一晚上，乔荞可以说非常累了，是身体和心理的双重疲惫，她在走廊长椅上坐了很久。不知是不是错觉，医院的气温总是比别处低许多，她开始后悔今天为了好看只穿了件大衣，早知道该穿件羽绒服的。

乔荞坐了有一会儿，手术依然在进行中，她有点困了，眼皮正在打架的时候身上忽然多了样东西——一件熟悉的男士外套。

乔荞欣喜地抬起眼，心里瞬间涌上一股热流，林远舟正单手插兜，垂眸站在她面前。

因为将衣服给了她，他身上只穿了件黑色高领毛衣，五官更显深邃俊朗。

乔荞几乎是立刻握住了他的手，宽厚而干燥的手掌，指节修长分明，抓住之后她有了满满的安全感。

那一刻，再没有什么比林远舟忽然出现更让她心安的事了。

林远舟在她身侧落座，看着她困倦的眼神，手背蹭了蹭她略微发凉的脸颊：“累了？靠着我睡会儿比较舒服。”

他来到身边，她哪里还会想睡，只牢牢抓着他的手不肯松。

“晚上有事做，来晚了。”感受到她的依赖，林远舟还是解释了一句，然后舒展身体，长胳膊长腿轻轻一伸就占据了大半空间，顺带动了动肩膀，非常疲惫的样子。

林康耀在对面注意着两人的一举一动，忽然冷笑一声：“一天到晚忙，不知道在忙什么，那份工作就那么重要？”

林远舟并不接他的话，英俊的五官没有一丝一毫的波动。

林康耀却并没有就此作罢，而是继续说道：“明知爷爷最疼你，偏偏要搬出去独住，家那么大容不下你？今天要是阿姨没在，知道会有什么后果吗？”

“说起来，你是他儿子吧？”林远舟言语间都含着一股冷意，“自己不尽孝，倒一味指责我。也对，你向来都不知道‘责任’二字怎么写。”

“你！”林康耀重重喘了口气，“你倒是知道，那你对谁尽到责任了？娶个老婆放在家里做摆设？出差回来还是让其他男同事送回家。”

“我不是学你吗？”林远舟气定神闲地回答他，“你以前对老婆不就是这样，老话也说，有其父必有其子，错也不在我。”

两人你一言我一语，真是唇枪舌剑。

乔荞看得瞠目结舌，她从来不知道林远舟可以这么巧舌如簧。

大概父子俩的相处模式就是如此，在场的其他人竟然也没有太惊讶。反倒是等两人都沉默时，冯卿岚才抚了抚林康耀的胸口：“好了好了，这是医院，注意影响。”

乔荞也小心地握着林远舟的手，将他的指节攥得紧紧的。

林远舟沉默着，须臾，反手将她软软的手掌回握住，心里的躁郁开始慢慢平复。

父子俩终于没再继续吵，手术也恰好结束了。

主治医生和林康耀似乎认识，和他讲了手术情况。手术很成功，但因为老人年纪大，所以结果还未可知，需要再观察。

老爷子还没苏醒，但时间已经很晚了，所以林逸笙选择留下陪床，让他们都回去休息。

乔荞和林远舟打算离开，林康耀却将林远舟叫到了一旁。

乔荞本无意偷听的，但父子俩说话的声音实在不算小，每个字都分外清晰地蹦进她耳朵里。

“你这个老婆我很不喜欢。”林康耀非常直接，“林家的长媳怎么也要大方得体，小门小户的孩子完全不适合你。”

“适不适合我自己知道。”

“你其实就是故意娶她来气我的吧？明知道我心里有理想的儿媳人选。”

“可惜不是我的理想人选。”林远舟不打算和他继续废话，“你觉得理想，不是还有一个儿子吗？”

“你是不是打算气死我？”

“祸害遗千年，放心，你一定长命百岁。”

乔荞等在走廊拐角处，有穿堂风呼呼地刮过来，她不自觉地裹紧身上的衣服，大概是从昨晚就没睡好，这会儿已经累到脑袋都昏昏沉沉无法思考了。

好在林远舟很快就走了过来，他帮她拿了行李，一手揽着她走向电梯方向。两人谁也没说话，尤其林远舟，看似平静，但他搂着她肩膀的力气极大。

直到上了他的车，林远舟仿佛才完全冷静下来，只是坐在驾驶座上并没立刻发动车子。

因为太过安静，时间便显得格外漫长。不知多久后，林远舟才开口："不用在意他想什么说什么，他谁也代表不了。"

原来，他猜到她听到了谈话内容。

乔荞沉默了会儿，忽然笑了笑："没关系，其实我习惯了。"

林远舟无声看着她。

"小时候，学校选年级之星，学习好的同学都轮一遍。"乔荞慢慢地说给他听，"但要上台发言啊，于是到我的时候就跳过了。"

那时她学习成绩非常好，小小的孩子本就敏感又自卑，但也知道那是本该属于自己的荣耀。于是她老早就期待着，甚至早早准备了漂亮裙子，让乔妈给自己梳了漂亮的小辫子。

可是老师说："下次，下次再把这个奖状颁给你。"然而这个下次，不过是成年人无法兑现的一个期限罢了。

对于童年的乔荞而言，或许是很难过的事吧，或许因为这件事而使她变得更加内向不敢表达，可现在想起来居然也没什么感觉了。

乔荞好像在讲别人的故事一样："中学的时候，我因为说话笨拙被同学孤立过。"

其实她也没伤害谁，但就是莫名地被看轻，被视为异类。仿佛她不爱讲话，说话不够利索，是件多罪恶的事一样。

乔荞上大学的时候有男孩子主动追求她，看到她如此说话，和人相处不够自然大方，背后竟和其他男生一起嘲笑她。言谈间，好似自己追求过她是件多么丢脸的事。

工作了也如此，像之前肖晴去见喜欢的男人也会拉她去做衬托……

这样的事太多了，乔荞已经习惯被人用奇怪的眼光看待。如果有人愿意给她一些善意，她反而惴惴不安，觉得一定要好好回报别人的善意才行。

所以林康耀不喜欢她，她也觉得是件很正常的事。非要说难过，大概也只是因为他是林远舟的父亲，所以内心还是不可避免地有一点点失落。

林远舟始终静静听她说着，他向来就不是会出言安抚人的个性，所以乔荞说完，预料中地见他没什么太大反应，只是一言不发地久久望着她。

“你也不需要生气。”乔荞说，“我都没生气。”

是没生气啊，可心里——

林远舟在她出神的时候，忽然说：“那是以前，现在不一样。”

“嗯？”

“现在你嫁给我了。”林远舟摸了摸她柔软的头顶，看着她惶惑的眼睛，一字字缓慢说道，“我的老婆不该委屈，也不能受委屈。”

乔荞：“……”

尤其这份委屈更不该来自他的家人。

“以后，我给你撑腰。”

有些话根本不需要过度渲染，脑子里怎样想就怎样脱口而出了，所以林远舟并不知道乔荞此刻心里有多震撼，只沉声告诉她：“爷爷这里，等我有空了再一起过来。”

他准备发动车子，乔荞却忽然扑了过来一把搂住他，双臂软软地缠着他脖颈。

她的声音轻轻在他耳边响起：“以后多说点这种话，好不好？”

“什么？”林远舟是真的没反应过来，只下意识回抱住她。

乔荞笑了下：“情话。”

来自直男的情话，杀伤力原来这么大。

其实以前很多事她早就不难过了，也许是没人心疼的缘故。乔妈那里，她当然是有委屈也要瞒着，可现在有个人忽然说以后要给她撑腰，仿佛在告诉她——从此以后，你做什么都有我，我可以成为你的底气。

这种话在她听来完全是陌生的，可第一次听，发现原来可以这么好听。落进心里，心脏都是温暖的。

林远舟看着她感动到一塌糊涂的小脸，心情复杂：“听说过吗？英雄作为主角出现的时候，最早都是被欺负的对象。”

乔荞还真没听说过。

“所以我们乔荞将来会是个很厉害的人。”林远舟摸摸她脑袋，“比如现在，是个厉害的漫画家；以后还可能会是更厉害的人，比如像神奇女侠一样可以拯救世界。”

乔荞成功被他逗笑了，一本正经的男人说着这么滑稽的话，但一点也不觉得傻。而且他覆在她头顶的手掌很大很暖，她下意识蹭了蹭。

林远舟：“……”要不要告诉她，这么蹭很容易擦枪走火！

乔荞一直搂着他，这样猫儿似的蹭着，真的很考验他的耐力。

结果，这没心眼的姑娘还瞪着一双无辜的眼睛望着他：“你爸说的理想的儿媳是洛溪吗？”

林远舟的心思早就往别处跑了，高挺的鼻梁摩擦着她的，慢慢抬起她的头，低头吻她的唇：“我们要不要去后座做点别的？”

乔荞：“……”

接下来几次，乔荞都是和林远舟一起去医院，不知是不是他有意的，反正每次都没遇到过林康耀。

乔荞猜想或许林远舟私下找过对方，但具体说了些什么就不得而知了。

林老爷子虽然已经清醒，但是明显没什么精神。

人年纪大了，经历这么一场手术，到底是耗损不少精气，连心态也变得不太好，时不时就叹口气：“这人老了，身体的各个零件就都要出问题。修修补补，不知道什么时候是个头。”

林远舟听不得他这副认命的语气，一边削苹果一边道：“现在很多年轻人身体不见得比你好。”

“对啊，这一层好多年轻人。”乔荞也安抚他，“而且养病这件事看心态。”

这番话让老爷子很受用，歪头看着病床边的两人：“你们要是给我添个小曾孙，我大概就能立马好起来。”

“您这曾孙比医生还厉害。”林远舟看他一眼，“好好歇着吧，想多了不利于身体康复，尤其这种超出现实的幻想。”

说完还把一直没断的苹果皮往他眼前一晃：“许愿都不可能实现。”

老爷子瞪大眼：“你个浑小子。”

“吃苹果。”林远舟把苹果切成小块，拿叉子递到他嘴边，“尝尝？”

老爷子咬咬牙还是张嘴吃了。林远舟表情未变，又叉了一块喂到他嘴边："甜吗？"

"不甜。"老爷子哼哼道。

林远舟皱了皱眉头，又拿了根叉子投喂乔荞："好吃吗？"

"嗯。"乔荞嘴巴小，只咬了一半。

剩下的一半苹果，林远舟自然地喂进自己口中，得出结论："明明很甜。"

乔荞："……"她怀疑这人又在暗中撩拨她。

老爷子在边上看着，虽然还是故意摆脸色给林远舟看，但是见小两口感情好，心里别提多高兴了。

乔荞出了趟差回来，两人感情似乎升温不少，旁人眼里觉着这夫妻俩倒是比在蜜月期还甜蜜。

乔荞也能感觉到林远舟的变化，比如他依然忙，但还是会抽空陪她，有时候还会特意跑一趟接她下班。

乔荞一度受宠若惊："你是怕再有人骚扰我？"

林远舟不咸不淡地说："我是怕再有男同事送你。"

乔荞："……"这醋坛子是不是也翻得太晚了点。

林远舟是那天晚上帮着她放行李时才想起问这事的，当时他只顾着和林康耀吵架，完全忘了这茬儿。得知是杜鸣宇送她时，他心里多少有点不痛快。

这种不痛快和当初看到乔荞遛狗时有学生问她要微信，或者周凯搭讪她，是全然不同的。林远舟不知道这算不算吃醋，他长到这么大没有过吃醋这种体验，所以也不确定自己此刻的心情。

反正，他特别不愿意别人惦记他老婆。

不知是不是应了墨菲定律，这边才提了下那人，结果就在学校门口看到了杜鸣宇和肖晴。虽然在车上听不到双方在说什么，但是根据表情动作，猜想两人还在吵架。

林远舟是无法理解到底有什么事值得吵这么久的。

他和乔荞唯一一次闹别扭，乔荞也只是生了两天气就原谅他了，所以他很不懂这种因为一件事大动肝火的情形。

乔荞听他说起，沉默了一瞬间："所以，我太容易原谅你了？"

“我是说你善解人意。”林远舟立刻转移话题，“送你回家？”

林远舟还有事要回队里，来这儿一趟也只是特意接乔荞下班，到了小区门口，在车上和她卿卿我我了好一阵才放她下车。

乔荞上楼以后，在家门口看到了不速之客。

林康耀一个人站在那里，也不知道等了多久，他身上穿着件做工上乘的灰色呢子大衣，头发用发胶固定住，整个人都透着一股不怒自威的气场。

乔荞也只是有一瞬间的紧张，很快就放松下来，径直朝他走过去。

“我想和你谈谈。”林康耀依然是开门见山的个性。

乔荞也猜到早晚会有这样一场见面，点点头：“进屋说。”

林康耀像是第一次来林远舟住的地方，进门之后居然四处打量，看到在他的脚边转圈的十块钱也微微一愣。大概是没想过林远舟这样的个性还会养宠物。

“是林远舟捡来的。”乔荞说给他听。

林康耀若有所思地看着十块钱，到了这一刻他发现自己似乎一点也不了解这个儿子。

乔荞把包放好，还是给他拿了双拖鞋，顺便泡了茶。

林康耀在沙发上坐下，端起面前的茶喝了一口。味道或许不对他胃口，他眉心不自觉微皱，之后才抬头看她：“前两天他来找我，和我说了一些话。”

乔荞坐在他对面，安静听着。

“他说上次之所以回去看我是因为听了你的劝。如果我做不到对你保持起码的尊重，以后他就再也不踏进林家的门。”

乔荞知道林远舟指的是生日那天回家的事，但当时她一直以为林远舟是看在林逸笙的面子上才回去的……原来竟是因为她？

林康耀认真打量起她来，像是对她刮目相看一样：“这么多年，你还是唯一一个说话能让他听进去的人。”

乔荞心想，林远舟又不是怪物，为什么他们个个都把他说得好像没有情感，听不懂人说话一样。

但林康耀已经自顾自又说：“既然他认定你，我当然不会再说什么。”

这下乔荞倒是有点意外了，她以为林康耀今天来会像电视剧里一样，摔下张支票让她离开自己的儿子。

林康耀见她盯着自己走神，也不知道她在想些什么，但这都不重要。他只是将自己的话说完："既然你说的话对他有用，那我希望你帮我一个忙。"

乔荞直觉这个忙不是什么好事，果然林康耀开口就是："我希望你帮我劝劝他，不要再继续当刑警。"

那副高高在上的语气，哪里像是让乔荞帮他的忙，倒像是让乔荞听他的安排。

"你应该知道，他妈妈在他小时候出了事，从那以后他就立志当警察。"林康耀说着，脸上难得有些怅惘，"我这么说，你或许觉得我很自私。但他妈妈的死我有很大一部分责任，我不想他再做这么危险的职业，我已经不能再承受失去一个至亲的痛苦。作为一个父亲，我希望你理解我的心情。"

他说到最后，声音微颤。

乔荞想，或许这是他真实的想法，只是那些往事让父子俩见面就像仇人一样，所以谁也没法展露真实的情绪。

但——

"对不起。"乔荞如实说，"我帮不了你。"

林康耀直直看着她。

"我理解你。换了我，想到他会有危险也无法承受。"

每次听说他执行任务，她如何煎熬没人能懂，可是林远舟有他追求理想的权利，他们谁也没法替他做决定。

"他是独立的，哪怕是你的儿子，我的丈夫，我们也没权干涉他。"乔荞又说，"他决定做这件事，背后付出的努力我们看不到，但也能想象有多艰辛。即使这样他也没放弃，你该为他骄傲才对。"

其实她还想告诉林康耀，林远舟做的事很有意义，从前她不知道，可是在她被变态跟踪的时候，他从天而降那一刻她是真实地感受到了。

并不是每个遇到危险的女孩都会幸运地遇到一个林远舟。

如果她的丈夫不是林远舟，不是一个观察入微、思维缜密的刑警，可能那天她的结局就不一样了。

但这些话说了，林康耀也未必会理解。

乔荞觉得还是不必浪费彼此的时间为好，余光一扫，猛然发现林远舟已经不知道什么时候站在玄关处了。

大概是刚才林康耀没有将门关好，说不定他已经进来很久了。

刚才那一番话也不知被林远舟听去了多少。

比起乔荞，林康耀的神色自然不太妙，虽然他也找叶寻之私下劝过林远舟，但是这样当面被揭穿，难免还是有些窘迫。

林远舟却神色坦然："回来取点东西。"

说是这样说，但他那样子分明不像是打算去取东西，反而直接坐在乔荞身侧，加入到两人中来，他甚至冲林康耀抬了抬手："您继续。"

"既然听到了，那也没什么好掩饰的。"林康耀终归是强势惯了的人，很快恢复如常，"我做这一切都是为了你好。"

"为你好"是个非常完美的借口，任何事一旦冠上这样的理由，如果对方还拒绝，会显得相当不识抬举。

乔荞看向林远舟，见他慢慢拉开了外套拉链，身体完全放松之后才说："难道不是你以为的为我好？我真正需要的，你从没用心了解过。"

林康耀皱着眉头，对他这番话很不屑："你还年轻，现在觉得需要的，未必是对你好的。"

他说完，深深地看了眼乔荞，那没说出口的话也很明显——乔荞不适合他，他早晚会明白。

林远舟大概觉得话不投机半句多，已然没有心情再和他继续谈："算了，谈来谈去还是老一套。你慢走。"

被儿子下了逐客令，林康耀的脸开始挂不住，但又不甘心就这样走掉，又说："我懂你的抱负和追求，但你也要考虑一下家人，就算我们不重要，那乔荞呢？有没有为她想过。"

"她是单亲家庭，而且将来你们还会有孩子。"林康耀总归是生意人，如今知道乔荞在林远舟心里的地位，谈判技巧升级，处处抓准了他的软肋。

果然这话让林远舟的神色稍稍开始动摇。

乔荞握了握他的手，发现他的指尖冰凉。

最后这场谈话以林康耀的离开为结束。等人走了，林远舟依然坐在原位没有动。乔荞没打搅他，只提议："一起吃晚饭？反正你现在回队里也要吃。"

林远舟点点头，乔荞就准备晚餐去了。

因为知道他还要回队里，所以乔荞只是简单炒了两个家常菜，又煮了一个汤，于是晚餐很快上桌。

乔荞给他盛了一碗汤：“这个能让身体暖一点。”

林远舟看着她，本就黑亮的眸子闪动着某种情绪。

“辞职的话他说过很多次，爷爷和舅舅都劝过。”林远舟双手交叠，撑着下巴缓缓说道，“我以为你也会劝。”

毕竟他们结婚以来，因为他的职业问题确实冷落了乔荞很久。

“让你失望了？”乔荞还有心情同他开玩笑。

林远舟却笑不出来：“其实我和他很像，都很自私。我不会考虑别人的看法，谁喜欢，谁不喜欢，都和我没关系。”

乔荞认真听着，觉得这样自我的态度的确是林远舟的风格：“坚持你的想法就好。”

林远舟心情复杂地看着她：“你觉得这是对的？”

“坚持的事有意义就是对的。”

“以前我从未怀疑过，但就在刚才……”

乔荞心脏一颤，意识到他要说什么，果然他语气沉重地开了口：“我有你了，有了软肋，居然也开始害怕。”

这番话，林远舟或许并不懂，但在乔荞看来无疑和告白差不多。他说自己是他的软肋，比说最常见的那三个字杀伤力还要强，让她的心在很长一段时间里都软得不可思议。

餐桌并不大，所以乔荞伸手便可以握住他垂放在桌面上的手，她的语气还是一贯的软糯：“可是我也想成为你的铠甲。”

林远舟的手不自觉地微颤了下。

“对于你一直想做的事，我应该是勇气，而不是累赘。”

乔荞说的话让林远舟心里涌动着一股灼热的暖流，这个平日里看起来文文静静，甚至有些㞞的姑娘，这一刻却给了他完全不同的感受。

仿佛两人相处得越久，她印在自己心上的痕迹就越重，他对她的认识越深，就越想靠近她。

他依然是想了便去做，起身靠近她，抱住她，然后狠狠地吻了她。

她身上好闻的气息让他不自觉想要更多，原本只是俯身短暂地亲吻，后来却渐渐无法自控。

乔荞被他抱起放在沙发上，脸颊发烫，但还知道抗议：“喂，还没吃饭！”

林远舟并不给她时间拒绝，双臂撑在她身侧，将她困在沙发一角，继续做脑海里想做的事情。可十块钱依然是最坏最八卦的狗，歪着头目光灼灼地打量两个人。

乔荞捂住脸：“不要在这儿。”

他依言抱起她去了卧室，十块钱被他踢上的卧室门隔绝在外。

乔荞想不通好好的一场谈心，为什么谈着谈着就从餐桌到了别处。

林远舟后来告诉她，他选择做刑警不完全是因为他母亲。

“她对我并不好。生下我以后，林康耀对她就开始冷淡，其实是他的事业到了关键期，但她觉得错都在我。”林远舟说这些话的时候正在穿衣服，把衬衫纽扣一粒粒从下往上扣好，目光清冷，仿佛在和她谈论明天的天气会如何一样。

“所以，我是桂姨带大的。她每次见我都很生气，大概是产后抑郁吧。”林远舟将衬衫穿好，坐在床边看着她，“上次你帮我过生日，其实是我第一次过生日。”

乔荞：“……”

林远舟似乎没觉得这有什么，长期在那样的环境下长大，或许他觉得这一切都很平常。

乔荞终于明白为什么林家的人都说他和谁都不亲近。

“后来她去世，我应该是难过的吧。”林远舟仔细回忆了下，“但我并没有哭，倒是消沉过一段时间。只是后来，我还是想做警察。”

他说到这儿便沉默了，乔荞觉得他此刻的表情就是难过啊。母亲的去世还是给年幼的他留下无法抹去的阴影。

乔荞起身抱住他，给他一些力所能及的安慰。

但脑子里回响起他的那句“消沉过一段时间”，正好应对上了洛溪曾经说的，他们度过了很艰难的一段时光……

乔荞的心脏还是不可控制地被什么东西细微拉扯着，在他那么重要的一段时光里，洛溪果然还是扮演了很重要的角色。

林远舟摸了摸她的脸，亲昵的动作让她回过神来。

"这就是林家全部的糟心事了。"他说完，目光里带着一种怅然和温柔，矛盾且有几分不该有的脆弱感。

这让灯光下他的五官又透着一股难以形容的性感，乔荞扶住他的肩膀，亲了亲他的嘴唇："都过去了。"

"嗯。"林远舟说，"早就过去了。"

这之后，林康耀没再出现过。林家那边，乔荞已经完全知晓了前因后果后反而就没那么在意了。

日子往后推移，林远舟依然忙碌，甚至有大半个月都住在队里，而乔荞也有很多事要做，虽然她回家依然只是和十块钱作伴，心态却比从前要释然许多。

她偶尔约周小娅吃饭逛街，但周小娅将"有异性没人性"的准则贯彻得很彻底，乔荞约她五次也至多来一次。

倒是乔妈也有很长一段时间没给乔荞打过电话了。

乔荞仔细想了想，似乎从她旅游回来就不太像以前一样黏着自己了？于是乔荞趁着周末回了趟家，结果刚打开家门一眼就看到了玄关处多出来的一双男士皮鞋。

她盯着那双鞋反应了几秒，心里已经有了大致的猜想。

果然，乔妈从厨房出来时还正在和身后的人说笑，而紧随她之后出来的是一个男人。

男人大概六十几岁，长得十分精神，个高身材匀称，看起来就是常年运动的样子。两人见到忽然出现的乔荞俱是愣了下。

"你今天怎么有空回来？"乔妈很快回过神，倒也没觉得尴尬，自然地给两人介绍，"这是我女儿乔荞。"

"知道。"那男人朗声道，"之前见过。"

乔荞仔细看他的模样，的确是有些眼熟，但她完全想不起在哪儿见过。幸而对方微笑着好心提醒："你和远舟的婚礼。"

乔荞："……"

那男人主动伸出手："我是远舟的师父，田海明，也是田树的父亲。"

"我就说这鱼还得提前炸一下吧。"吃完饭，乔妈收拾东西的时候对田海明抱怨，"这样做真的很腥。"

“好好好。”田海明一味迁就道，“下次你来，我不是想让你尝尝我的厨艺嘛。”

“算了，反正鱼也是你钓的。”

“那不成，做得不好吃不是苦了你。”田海明和林远舟一样有着刑警的特质，面相冷峻，但说起话来倒是有几分体贴入微。

两人言谈间也能听出相处得融洽自然，乔荞无声看着，心情相当微妙。

之前她也提过想乔妈找另一半的事，但乔妈一直拒绝，现在找了，而且还是相熟又靠谱的人，可她又很难形容那种感觉。

可能还是太意外了。

以前还很随意的家，现在反而变得要有所收敛。

乔荞吃完饭想帮着乔妈洗碗。田海明大手一挥将母女俩推了出去：“我来，你们好久不见了，去聊聊天。”

乔荞和乔妈坐在客厅里，乔妈偷偷观察乔荞的反应。

乔荞：“田叔叔挺好，不过你是不是该和我说说怎么回事？”

乔妈终于松了口气：“一直想和你说，这不前阵子林家老爷子住院，没赶上合适的机会吗？”

原来乔妈当时去云南旅游报的是个老年团，而田海明中年丧妻之后一直没再娶，退休后总无事可做，田树就也给他报了个团出去散心。

结果两人就在那旅行团遇上了。

本来婚礼上也见过，这下倒是路上可以结个伴。

旅游结束后，两人没事约着去爬爬山，起初只当是老年结伴打发时间，后来就……

“你田叔叔是想改天叫上你和远舟一起吃饭的。”乔妈生怕女儿多想，“但是远舟最近很忙。”

乔荞见乔妈一副小心翼翼的姿态，没忍住笑了：“我没多想，你开心最重要。”

看两人这样子，她觉得田海明是个不错的人。

乔妈辛苦半辈子，这时候遇到个真心待她的男人很好。

只是这下，乔荞反而又少了一个去处。乔妈好不容易开始一段感情，她是尽可能地能不打扰就不打扰。

好在时间已近年末，很快就要迎来新的假期，但这往往会是事情最多的时候，偏偏在这个节骨眼上乔荞感冒了，而且这场感冒尤其严重，一直没有好的迹象。

起初乔荞只是买了感冒药吃，但连着吃了两天也没好，到了夜里甚至发起烧来。

她并不知道自己发烧了，只迷迷糊糊地一直在做梦。等她惊醒的时候发现自己身上的衣服完全湿透了，发烧的同时又浑身发冷，冷热交替间难受得厉害。

屋子里很安静，就连十块钱也趴在窝里睡得安稳。冬天的夜晚，连外面都是寂静无声的。

乔荞撑着床垫坐起身，脑袋一阵阵眩晕，她想喝点水，喉咙干涩地想开口，忽然想起林远舟并不在。

她只好自己去倒水喝，走路时才发现腿都是软的，扶着墙一路走去厨房，中间还绊到了十块钱掉落在地板上的玩具。

终于把贪睡的狗给吵醒了。

十块钱懒散地走到她的身边，大概也察觉她很没精神，始终关切地跟在她周围。

但它总归是帮不上什么忙。乔荞自己找了体温计，发现已经烧至四十摄氏度，到了不得不去医院的地步。

这会儿正是凌晨一点多，她本想撑到天亮，但身体实在太不舒服了，此刻连带着胃都开始一阵阵犯恶心。

手机在掌心里牢牢攥着，染着她的汗。她迟疑了下还是给林远舟打了个电话，但那边无人接听。其实这是常态，她想想只能作罢，最后还是自己叫了辆出租车。

原来夜晚的医院依然有很多人。尤其是急诊室，护士给她量了体温，让她去验血。

乔荞自己跑上跑下，缴费开单子，末了等验血结果。

乔荞坐在化验室门口一个人静静等化验单的时候，看着安静又空旷的走廊，忽然觉得在这一瞬间很想林远舟。

如果他在的话，其实也不需要做什么，她就只用借他的肩膀靠一靠就好了。

但是她不该这样黏人的。前几天她才刚刚立下豪言壮语要支持他的事业，现在只是一个小小的感冒而已，居然就开始委屈。

乔荞觉得自己太不应该了，其实只是孤单而已吧？

她深深吸了口气，打起精神，拿了结果去找值班医生开了药，在去往输液厅的时候觉得这一切其实也并没有那么难。

虽然她觉得此刻自己已经头昏脑涨，快要看不清眼前的路了。

要不然，她怎么会觉得从门口进来的一个人很像林远舟呢？

大厅门口走来三个人，其中一个人正和高个子的男人说着话，随后去了导医台。而那个像林远舟的人正押着一个双手背在身后，头上却明显有伤的男人往里走。

他们本来朝着另一个方向去，但那个像林远舟的男人顷刻间像是感觉到什么似的，忽然驻足停在原地。

他停下之后，慢动作一样地回过头，随后才发现了几步之外的乔荞。

林远舟追捕的一个犯人在逃窜过程中受了伤，只得直接送进医院先处理伤口。本来他烦得要命，可是他怎么会在大厅里看到乔荞？

已经快凌晨三点了，本该在家睡觉的人……

乔荞一个人孤孤单单地站在那里，因为羽绒服过于厚重，显得她的小脸格外清瘦。她手里拿了一堆东西，有装药液和药片的小筐，还有病历本和几页单据。

可是周围一个陪同的人也没有，就那样傻乎乎地望着他。

眼神迷茫，好像以为自己在做梦一样。

第十二章

# 娶到乔荞，何其有幸

林远舟朝她走过去，速度很快，但感觉每一步都格外沉重，他忽然觉得自己连呼吸都变得急促起来。

“哪里不舒服吗？”走得近了，林远舟才发现她脸色红得吓人，嘴唇也是干涩的，甚至有些轻微的脱皮。认识乔荞以来，他从没见她的气色这样差过。

一直都温顺又精神十足的姑娘此刻却病恹恹的，好像一只没了生气的小兔子，眼眶红红地望着他。

“有点感冒，不要紧。”她只是这样说。

先不论大半夜乔荞一个人出现在这里，就是这有气无力的嗓音也不像是不要紧的样子。

林远舟想摸摸她的脸，一抬手，牵动了被他押解过来的嫌犯的胳膊，手铐冰冷清晰的声音在寂静的大厅里响起，瞬间将两人拉回了现实。

乔荞慢半拍地看向他身边的人，嫌犯满头满脸的血，可怖瘆人，双手被反铐在身后，此刻正皱着眉头，满眼不耐烦地打量着两人。

原来他在工作。

“你先做事。”

“看过医生了吗？”

两人几乎同时开的口，空气再度凝结。林远舟注视着她湿漉漉的眼眶，生病的人眼睛里总像是含了一层薄薄的水雾，看起来非常可怜。

但她还是善解人意地让他先做事。

而自己好似只问了句废话。

在那一刻他清楚地感觉到胸口有种难以名状的情绪涌动着，心脏阵阵发紧，又像是有什么东西扼住了他的喉咙，让他异常难受。

这种感觉以前从未有过。

“看过了，现在去输液。”乔荞因为嗓子不舒服，回答的时候音量很低，语速也非常缓慢。她不想因为自己影响到林远舟工作。嫌犯的血一直没止住，没时间由着他们继续聊。

她示意他：“你去忙。”

说完，不等林远舟反应，乔荞已经转身离开了。

陪同一起来的另一位刑警恰好从导医台折回，原来是秦亮。他狐疑地看着乔荞匆匆离开的背影，挠了挠头：“我好像看到嫂子了？”

林远舟的五官沉寂在背光的阴影里，谁也不知道他在想什么。秦亮回头看他，只听到他冷硬的声音传来：“走吧。”

医生给嫌犯做完检查，告知伤口要缝针，医生处理嫌犯伤口的时候，林远舟和秦亮都在场，一秒也松懈不得。秦亮偶尔看一眼身边的林队，虽说表情依然是一如既往的冷厉，但他紧抿的唇角隐隐在克制着一些怒意。

联想之前看到的，秦亮迟疑着还是问：“是不是嫂子病了？你要不去看一下？”

甭管这合不合规定，人心都是肉长的，搁这儿守着个十恶不赦的匪徒，自己媳妇病了却一眼也不能去瞧瞧。

换谁心里都不好受。

他们的义务是守护这个城市的和平，可自己爱的人谁来守护呢？

秦亮自己也是有女朋友的，平日里因为值班不能陪着她，她没少和他闹矛盾。两人分分合合纠缠好几年，彼此爱得很深，但女朋友至今也没下定决心嫁给他。

究其根本，和他们这样的人结婚是需要勇气的。

他私心里是希望林队的婚姻能美满幸福的，生怕因为这件事，回头嫂子再和林队发脾气。

林远舟没说话，只从口袋里摸了烟盒出来，知道这里禁烟，也只是含着没点燃，像是这样能多少平复下他此刻的情绪一样。

最后林远舟也没离开，等一切事宜处理完毕的时候已经很晚了。

他们经过大厅，秦亮发现林队的脚步还是变慢了，他目光深沉地盯着输液厅的方向看，终归还是放心不下嫂子一个人吧。

秦亮忍不住叹气，他又怎么会看不懂林队心底的挣扎。

“等我一下。”林远舟终是扔下一句，疾步朝着输液厅走去，最后更是变成了跑的。

秦亮舒展眉心，嘴角翘了翘，安静地押着嫌犯等在那里。

林远舟跑得很快，不到一分钟就到了输液厅门口。谁能想到大晚上输液的人居然这么多，乌泱泱一群，周围更是混杂着各种声响，嘈杂万分。

他穿梭在一排排座椅间，目光极快地扫视一圈，立刻就在角落里发现了乔荞。

她一个人很安静地坐在那里，微垂着眉眼像是在闭目休息，脸色倒是比之前好多了。

许是周围有人一直在说话，她休息得并不安稳，眉心始终拧着一个结。林远舟走过去，缓缓地蹲下身看她。

从来都不觉得她居然这么小、这么单薄……

感觉到身前有阴影落下，乔荞警觉地睁开眼，见是林远舟之后，眼底忽然就有了神采：“你……”

“我马上要走。”林远舟并不想这样扫兴，但事实是不能放秦亮一个人面对嫌犯太久。

他的话让乔荞安静了一瞬，但她并没有生气，反而努力挤出点笑：“知道。”

林远舟见她小脸上挂着笑，终于有机会伸手触碰她的脸颊，滚烫滚烫的，和他手背上的冰凉完全相反。

“好点了吗？”

“嗯。”

大概是他手背的温度让她觉得舒服，她下意识轻轻地蹭着，又是那副小猫撒娇似的娇憨模样。

林远舟的心情很难形容，有点痒，又有点痛。他说完刚才的话之后，发现自己居然丢脸地词穷了，明明来之前有很多话想对她说。

他抬眼看着正在缓慢往下滴的透明药水。

乔荞说：“马上结束了，我待会儿自己回去。”

他深深地看着乔荞，知道这是她在暗示自己放心。

乔荞：“已经好多了。”

林远舟还是没忍住伸手抱了抱她，小心谨慎地怕触碰到针头。这样仓促的碰面，周围全是人，有老人有孩子，他想对她亲密点都不行。

不来看她一眼他不放心，看了好像也没让自己好受点。

林远舟都不知道自己为什么会有这么矛盾且婆妈的情绪。

乔荞被他抱得很紧，他不善表达，她却敏锐地捕捉到了他那点小心思，轻轻地拍拍他的脊背，近乎安抚似的：“去吧，别让人久等。”

他们见面不超过五分钟，林远舟立刻就走了。

如果不是他特意将自己的手套留下给她暖手，乔荞甚至怀疑这只是一场幻觉。

秦亮也没想到林队回来得这样快，嘴唇动了动，还是将话都咽了回去。

天空依然如墨一样黑，这个城市的灯火影影绰绰，他们押着嫌犯迅速回了队里。林远舟始终没表露出太多情绪，但他做事利落干脆，甚至带着股极罕见的狠劲儿。

秦亮还是敏锐地感觉到了，林队今天心情很不好。

特别不好。

乔荞输完液自己打车回家。她在车上时忽然很想喝乔妈熬的粥，虽然时间尚早，但是她还是直接回了乔妈那儿。她偷偷摸摸地开了门，溜回自己房间，打算等天亮了再让乔妈给自己做好吃的。

谁知道蜷缩在熟悉的床上，她居然一下睡着了，不知道是困顿了一夜太累，还是鼻端都是家里熟悉的气味，她这一觉睡得尤其沉。

她是被乔妈拍醒的。

乔荞睁着眼看了她好一会儿才想起自己为什么在这儿。

乔妈是又气又无奈："你怎么在家？"

"想你就回来了。"乔荞还有点迷糊，觉得乔妈的语气不太好，一脸迷茫地看着她。

"远舟找了你一早上！"乔妈气急败坏地瞪她。

乔荞完全傻眼了，林远舟不是在队里吗？而且找她可以打电话啊。

乔妈翻了翻她扔在床尾的包："你手机怎么关机了，是不是没电了？"

乔荞找到手机一看，的确是没电了，昨天白天她就没顾上充，昨晚输液时又看了会儿新闻打发时间……关键是她没想到林远舟会急着找她。

毕竟昨晚他们俩刚见过。而且，她也只是打算短暂睡一下，吃完饭就回去……

乔荞看了眼桌上闹钟的时间，竟然已经中午十二点。

乔妈一边帮她收拾床铺，一边道："赶紧跟他说一声，别让他着急。"

"哦。"乔荞把手机充上电，开机，然后给林远舟打电话。那边接得前所未有的快，快到乔荞都没反应过来。

"我在妈这儿。"不知为何，听着他那边略微有些重的呼吸声，乔荞的心跳频率也不由加快，不知道是不是做错事的心虚感，"手机没电了。我……我也没事，别担心。"

林远舟很久都没讲话，最后只道："知道了。"

他将电话挂断，乔荞很难猜测他是不是生气了。

乔荞在乔妈这儿吃完饭就准备回去了。乔妈不知道她昨晚生病的事，临走还教育她，以后不可以太任性。

乔荞一一答应，拿着包下楼，却在楼下看到了林远舟的车。不知这人什么时候到的，竟然也完全没通知她。

乔荞走过去，见林远舟正靠着椅背盯着前方出神，她疑惑地顺着他的目光看，发现什么也没看到，只好抬手敲了敲车窗。

他这才转头看过来，见是她后神色松缓，倾身替她开了车门。

"你怎么忽然来了？"

"接你。"他说完看了她一眼，像是想说什么，最后又闭了嘴，只帮着她系好安全带。

乔荞观察他的反应，疑心他是不是还在为她忽然跑回家的事不高兴，正想着向他解释下。他忽然说："对不起。"

乔荞："？"

"我说不想让你受委屈，但似乎根本没做到。嫁给我，本身就是会让你委屈的一件事。"林远舟看起来很累，但依然用灼灼的目光望着她。

乔荞没想到他会想这么多，只是生了场病，他好像比她还要难受。她转念一想，或许是自己忽然回乔妈这儿让他误以为她在生气？

乔荞真的被这木头逗得又心疼又无奈。

"我没生气，也没难过。"乔荞说，"反而觉得老天待我还不错。"

林远舟显然不太明白。

乔荞握住他的手，无比认真地道："昨晚，我正想你要是出现就好了。老天就很巧地让你出现了。"

虽然只匆匆一面，但是她很满足啊。

人生太多苦楚，诸多艰难，但乔荞觉得老天还是善待她的，不是吗？在想着这个人的时候就将他送到了身边，她其实很幸运了。

林远舟那些内疚的、心疼的、煎熬的情绪都因为乔荞这简简单单的一番话消失了。困扰他一整天的不安就这样被她神奇地安抚了。

他看着面前的人，忽然觉得娶到乔荞是何其有幸。

从前，林远舟只觉得婚姻是累赘，如今他反而觉得会那样想是因为还没遇到对的人吧？

乔荞只觉得林远舟过于紧张，可回了家一看，餐桌上摆放着各种新鲜蔬菜和水果，还有牛奶鸡蛋，似是大采购了一番。

但想也知道一定是林远舟专门买来的。

所以他将犯人带回队里，匆忙处理完公事后就跑去早市买东西？

然后他一路赶回家，却完全找不到她的身影……

乔荞脑补了一番这些画面，这下是真的内疚了，回身就扑进跟着自己进屋的男人怀里："对不起，我不知道。"

"我们在开道歉大会？"他才说完对不起，这下又换她来？林远舟将她小脸抬起，亲昵地碰碰她的鼻梁，"但是以后不可以手机没电，联系不上你，我真的会担心。”

他是真的以为昨晚自己又让她伤心了。

就连秦亮也说，这事儿要换了自己女朋友是不可能一点怨言也没有的。

可他的乔荞实在太懂事了，懂事到还反过来安慰他。

林远舟看着面前的人，这会儿总算有机会和她好好待在一起，认真地看着她，认真地触碰，认真地……

他想着就要低头亲乔荞，却被她拒绝了，她双手捂着自己的嘴，态度非常坚决：“我感冒，会传染！”

“我身体素质很好，没关系。”

他刚低下头，又被她推开，一双眼瞪得圆圆的：“不行！”

在乔荞的严厉拒绝下，林远舟没能得逞，第一次想找老婆亲热被拒绝了，这种心情很不爽。尤其这会儿看着她的脸颊粉粉的，穿着贴身的羊绒毛衣和牛仔裤，每一寸线条都被勾勒得很完美。

要不是因为她生病，怕她身体受不了，林远舟是真想把人按在床上好好亲热一番。

“你不回去工作?”被他强迫躺着休息，却见他迟迟没离开，乔荞吃惊地问。

林远舟给她倒了杯温水，正拿着药盒看说明：“不回了，陪你。”

乔荞抿唇笑了，整个人安心地窝在被子里，不知道这是不是所谓的被宠爱的滋味?如果以前她觉得林远舟对她的好大多只是出于“责任”，那么现在她真的感觉到了他对自己的不一样。

果然爱情是根本没法隐藏的东西。

林远舟侧头就见她乐得跟个小傻子似的，自己也被感染笑了下，伸手敲她脑袋：“怎么?”

“没事。”乔荞说，“我好像中了大奖。”

这种被自己喜欢的人喜欢着的感觉，简直比中了大奖还令人欣喜若狂。

林远舟伸手摸她额头：“昨晚发烧，烧傻了?”

“滚。”乔荞将他的手拍开，眼角眉梢却依然是喜悦的。

林远舟果然哪儿也没去，安心在家陪了乔荞一天，喂她吃了药后就和她一起躺在床上说话。没什么可聊了就一起玩手机，难得消磨大好时光，惬意地和所有小情侣一样。

只是乔荞发现他们家林队真是个业余爱好相当贫乏的老人家，不玩游戏不聊天，也不看各种短视频。

想来也是，以前他一贯自律克制，除了工作就是陪十块钱，休息时至多也是看看书、睡觉而已。

眼下这个自律惯了的男人却主动要求她给自己注册一个微博。

乔荞抽空看他的手机界面，发现他竟然在看自己的漫画。

看着自己老婆在网络世界被一群人喜欢着，那种感觉很奇妙。虽然林远舟也觉得不管是作为漫画家的乔荞也好，还是作为现实中的乔荞都有被人喜欢的人格魅力，但是……

他指了指其中一个昵称，脸色阴沉："这是男生？"

乔荞定睛一看，原来是一条在她的作品下疯狂表白的评论，其实在网络世界再常见不过。

啊啊啊，大大我爱你，你简直太棒了！

然而这个昵称好巧不巧就是……

乔荞来不及说什么，林远舟已经点进了那人主页，然后发现了微博里的个人照片。看着熟悉的五官，林远舟食指一动，点了关注对方，嘴角还带着意味不明的笑："原来是林逸笙。"

乔荞："……"

她是不是该给林逸笙透个信，总觉得会有什么不太好的事发生在他身上。

冬日的午后，阳光暖暖地落在被子上。

乔荞玩了会儿手机就开始困了。身边的人昨晚也没休息好，见她打哈欠，放下手机，自然地将她拥进怀里："一起睡。"

然而五分钟后，乔荞被他闹得气喘连连。

就知道这人不会老实午睡！

因为昨晚没休息好，林远舟的下巴上有短短的胡茬，这会儿扎得她微微刺痛。

乔荞出了一身汗，比昨晚还累，委屈地说："欺负病人。"

"明明在疼你。"他义正词严，表情严肃，嘴巴却一点也不老实。

十块钱守在卧室门口，只能隐约听到屋内偶尔发出的声音。

乔荞想，果然男女间的事也和爱情有关，比如现在这人腻着她做这事儿的劲头比从前还要过分。

休息了两天，乔荞的身体好多了。不知是不是情场顺遂，事业上也开始有了好消息——她的漫画被影视公司看中，有意向拍成电影。

IP 影视化在如今的娱乐圈不是什么稀罕事儿，尤其是乔荞的漫画热度不错，也算是大 IP。老早就有不少影视公司来和出版社接洽过。

但老陶很有想法，没有贪图一时利益，一心想把这个 IP 做成精品，所以对选择影视方也是相当谨慎。

这次她主动联系自己，想来是遇到了理想的合作对象。

果然老陶开口便激动道："知道沈思域吧？"

乔荞当然知道对方，确切来说，但凡爱看电影的人，没一个不认识他的。沈思域是电影圈的传奇人物，他导演的每部电影都拿了奖，并且是主流媒体承认的含金量十足的大奖。

他个性古怪，听说本人非常难相处，但作品即实力，所以依然有很多人推崇。

"他不是只拍原创剧本？"

听说他有"御用"团队，编剧也是合作多年的老友，他居然也会有拍 IP 作品的一天，乔荞不仅仅是受宠若惊，更觉得不可思议。

虽然乔荞的漫画本来也不是以情爱为主线，的确也符合一些文艺电影导演的胃口，但是……沈思域，还是太夸张了。

老陶对此反而看得很开："也许他想换换风格呢，本来就是个怪人，想法当然不是我们常人可以理解的。而且他这几年一直没拍什么新作品，可能是个新尝试。"

乔荞觉得匪夷所思，但她向来极少管这些事："你决定就好。"

她和老陶合作多年，信任和默契一直都有。乔荞本来就不是擅长与人沟通的个性，何况是和这样复杂的人接触，更是能推就推。

老陶也知道她的性子，打电话只是知会她一下，后续还是由出版社全权代理。

只是谈到最后，沈思域居然提出要见乔荞。

乔荞有点为难："一定要去吗？"

"说是关于剧情的一些改编，想听听你的想法。"老陶说，"我会和你一起出席，别担心。”

看得出老陶很想把握这次机会，乔荞的漫画如果改编成功被沈思域执导，拿奖的概率也有九成。再不济，也镀了一层沈思域的金边，对她的事业无疑加成很大。

乔荞想了想，就答应了。

但是和这样的人打交道，乔荞心底还是有些发怵。晚上林远舟回家，她立刻把这事和他说了。

林远舟的表情居然有几分古怪：“沈思域？”

“对。”乔荞也迟疑道，“怎么了吗？”

“没事。”林远舟这样说，但他的表情实在不像没事。

乔荞一时拿不准眼下的情况，林远舟像在思考什么，片刻后问她：“这次机会很重要？”

乔荞觉得林远舟这话背后的意思似乎是不希望自己和沈思域合作？她自己其实无所谓，画漫画是爱好，已经收获了一批真正爱好的读者追随，但老陶那边……

她是出道就跟着老陶了，这几年老陶对她非常不错，如果能合作，给出版社带来好的收益，何乐而不为？

“是不是有什么问题？”

面对乔荞的追问，林远舟并没有回答，只是摸摸她的头顶：“重要的话就去做吧，凡事还有我。”

乔荞点点头，许是心里有事，也压根儿没细想他这话里的意思。

等到了约定见面那天，乔荞和老陶一起去的。饭局约在一个相对私密的会所，看得出来沈思域是真的很不喜欢出现在公众视野里。

沈思域看起来五十岁左右，气质阴郁冷漠，说话总有种无法掩饰的优越感。但他毕竟有骄傲的资本，所以即使这样也不会令人生厌。

陪同他一起出席的是他的“御用”编剧康桥。两人合作多年，年龄看起来也差不了几岁，所以说话十分随意。

“没想到乔小姐这么年轻。”康桥很客气，言谈间始终带着和煦的笑意，“果然是青出于蓝而胜于蓝，现在的年轻人很厉害。”

"你年轻时也不错，很有创作想法。"沈思域忽然接话，"只是现在年纪大了，逊色不少。"

这话说的，隐约像是有在指摘康桥如今江郎才尽一样。

康桥像是没听到，依旧保持着得体微笑："这次约乔小姐来是想和你谈谈部分情节改编，毕竟创作不易，随意改动你的心血一定要先征求你的意见才行。"

果然写原创剧本的人就是不一样，乔荞瞬间就对康桥很有好感。

老陶本以为这次见面很容易冷场，没想到康桥和乔荞一见如故，倒是难得能聊到一起。

乔荞中途去了趟卫生间，在折返途中忽然撞见个人，那人皱眉看了她一眼，但很快低头走了。乔荞总觉得对方很眼熟，直到快到包间门口才猛然驻足，这不是林远舟那天晚上押解的疑犯吗？

乔荞越想越觉得不对，回家以后，她就和林远舟说了这事。他听完却反应平平："没事，那人我们放了。"

放了？乔荞本想再问点其他，可一想，又怕多说会涉及案件机密便没再追问。

反倒是林远舟问起她今晚和沈思域见面的情况："沈思域怎么样，和传说的有差别吗？"

"比传说的还傲慢。"一整个晚上话没说几句，光在那儿吞云吐雾了。吞云吐雾间也没闲着，一双眼睛晦暗不明地打量乔荞和老陶。

总之，令人很不舒服。

林远舟笑了下，乔荞被他拥在怀里，两人一起靠坐在沙发上，所以乔荞看不到他的表情，只能听出他话里有几分讽刺："恃才傲物。"

乔荞非常赞同："倒是他的编剧还可以。"

"康桥？"

"嗯。"乔荞回忆了下那个人，"很随和，很谦逊。"

林远舟没发表意见，但听得格外认真。乔荞就继续说："不过他俩的关系有点奇怪。"

"怎么奇怪？"

"说不好，沈思域好像挺嫌弃康桥。"照理说两人是多年好友，又搭档着拿了那么多奖，关系应该不错才是。转念一想，乔荞又觉得可能自己想多了，毕竟沈思域本来就脾气古怪……

她说完才发现林远舟一个平日完全对娱乐八卦不感兴趣的人竟听自己絮叨了这么久。

乔荞奇道："你什么时候这么八卦？"

"哪里八卦？"他的下巴埋在她颈窝处，说话时，气息总是落在她耳侧，"老婆的事当然要上心，万一遇到坏人怎么办？"

如今他一口一个"老婆"叫得异常顺口，乔荞被他逗笑："我和他们不会常见面。"

"那样最好。"说完，他歪头打量她的头发，修长的手指慢慢从她发丝间穿过，"头发长了，剪一点。"

自从两人心意相通，乔荞觉得林远舟的目光停留在她身上的时间越来越长，表达爱意的方式也非常亲昵。比如好奇她洗发水或者沐浴露的味道、她看的书是什么类型，比如她内衣裤的颜色……

乔荞将头发从他手里抢救出来："不剪，这样很好。"

见自己的小妻子很有想法，林远舟也不强求，继续抱紧她，高挺的鼻梁若有似无地摩擦着她嫩白的脸蛋："也好，某些时刻，你头发飞舞的样子也很美。"

乔荞："？"

这人最近流氓的程度真是与日俱增啊。

成年男女待在一起久了，心思难免就会往某件事上跑。林远舟的手已经从她毛衣下摆往里钻。

乔荞动了动："你干什么呀？"

又软又无力的一声，哪里像是拒绝。

"回房间？"他轻哄她。

说完，他像是想到了绝佳答案，哄着她就把人抱了起来："书房不错。"

根本容不得乔荞拒绝，他动作极快又目的性极强。十块钱趴在地板上，面无表情地眯着眼睡觉，对室内渐渐升高的温度熟视无睹。

林远舟让乔荞少和沈思域见面，事实上她也的确极少和对方碰到，偶尔有剧情需要讨论也只有康桥联系她。

恰好寒假开始了，学校的事告一段落，乔荞有大把时间和对方讨论剧本。

康桥多是约她在咖啡厅见面。他和沈思域不同，没什么包袱，并不介意在公众场所出没。

这次带来了剧本初稿让乔荞看。乔荞惊讶于他的效率：“你好厉害。”

康桥闻言，喝咖啡的动作一顿，讪笑道：“只是在你的内容上稍加改动，不费什么工夫。”

“术业有专攻。”乔荞发自内心道，“还是需要你专业的把控。”

乔荞看了几页剧本都有点入迷了，虽说是自己创作的故事，但到了康桥笔下，随意几笔改动加巧妙转场，瞬间变得吸引人许多。

不愧是金牌编剧。

乔荞抬起头，发现对方竟然一直在看自己，有些不好意思：“我回去看完，晚点给你意见。”

“不着急。”康桥又抿了口咖啡，开始闲聊，“听说你先生是位刑警？”

乔荞疑惑地看向他，这个“听说”就很有意思了，实在想不到会是听谁说的。

“思域的司机前阵子被请去配合调查，说和一起案件有关。”康桥解释道。

乔荞脑子里几乎立刻就浮现出那个嫌犯的脸，难怪那天会在吃饭的地点碰上……她生出一股古怪的感觉，但又说不好哪里怪。

可能一切太巧了？

但林远舟也说那人没问题，所以才放了他的。

“你先生没告诉你吗？”康桥见她走神，有点惊讶，“毕竟和思域一起合作，我以为他会提醒你。”

“我们很少谈公事。”乔荞不想再继续这个话题，“剧本看起来很棒，我很期待。”

康桥含笑表示：“我也是，这会是个不错的故事。”

乔荞向他告辞，准备回去了。康桥却又提议顺道送她。

“你知道我去哪儿？”

“青州能有多大。”康桥扬了扬手，已经随着一起站起身，“一定顺路的。”

结果他却对青州似乎并不熟，绕了条远路，加上临近春节，到处都堵得一塌糊涂。被困在车里十五分钟后，康桥很抱歉：“前几年都在国外，没想到现在变化这么大。希望不会耽误你。”

“没关系，我没要紧事。”乔荞拿着剧本在看，权当换了个地点工作。

“说起来，思域的那个司机应该是给你先生添了不少麻烦。”康桥说，“他当时受了伤，最后又查出和他没关系，你先生应该没少受牵连。”

乔荞立时抬起头，康桥已经在看车窗外了：“是不是快下雪了，天气实在太干了。”

“你怎么知道？”乔荞觉得康桥知道得实在太多了，又或者说是自己知道得太少了？

但她觉得林远舟工作上的事，自己不知道很正常。

“哦，听那个司机说的。”康桥耸耸肩，“搞创作的人很爱和人闲聊，我喜欢听身边人讲故事。不过，你先生应该不至于犯这么低级的错才是。”

乔荞默默听着，真的像在听故事一样。如今想想，倒是理解了林远舟一直对沈思域的事情那么好奇的原因。

“我不太了解他的工作。”她依然是这样一句。

路况在十分钟后开始变好，康桥见她频频走神，迟疑道：“我似乎说了不该说的话？”

“没有。”乔荞微笑，“我本来话就很少。”

康桥点点头，识趣地没再打搅她。

只是在经过一个广场时意外地看到了熟悉的人。

林远舟正不耐烦地皱着眉，神色冷淡地看对面的人，而洛溪正着急地同他说着什么。

车速很快，一闪即过。她只得挺直脊背回过头看，但除了能猜到两人吵架以外，什么都来不及看清了。

下车时，乔荞接到林远舟发来的微信，他说晚上不回家吃饭。她看着信息沉默良久，回复了个“好”字。

他过了几分钟又发来一条微信：不如你去妈那儿吃饭，晚点去接你？

乔荞想，回去也是自己一个人，去乔妈那儿也好，便听了他的建议。

到乔妈那儿一看，田海明也正好在，两人在客厅追一部老片《金婚》，一边看一边择菜，非常老夫老妻的相处模式。

见她进屋，田海明很热情：“乔荞回来了？”

“田叔叔好。”距离第一次见面已经过去有段时间，乔荞之后又和田海明吃过两次饭，现在对他多了几分熟悉。

田海明微笑颔首，就将时间交给了母女俩，自己去厨房忙活了。

“晚上想吃什么？”

“都可以。”

乔妈打量她，见她有点心事的模样：“不会是和远舟吵架了吧？”

“没有。”乔荞无奈，又忍不住揶揄，“是不是嫌我当电灯泡了？”

乔妈“哼”了一声，但表情罕见地多了几分赧然。乔荞觉得自家老妈现在浑身上下都散发着幸福的味道。

两人一起在客厅看电视，田海明偶尔来问乔妈一句哪种食材怎样处理，切片还是切丁，乔妈嫌他烦，但还是耐心教他。

最后他们两人一块儿钻进厨房准备晚餐了，乔荞一个人看着电视，剧里正演到夫妻俩闹别扭的戏码。张国立饰演的佟志和蒋雯丽饰演的文丽互相指责对方。

佟志看起来义正词严，可他刚才明明还在和另一个女人见面。

尽管如此，两人吵吵闹闹，依然没走到离婚的地步。

婚姻真是件难懂的事情。

天气冷，晚餐吃的火锅，三人围坐在一起看着汤底滚滚冒着热气，屋内暖黄的灯光很温馨，气氛非常融洽。

田海明给自己倒了酒，问乔荞：“远舟最近怎么样，还忙吗？”

“还是老样子。”

“他手里这个案子很重要，拖了有些时间了，最近好不容易有眉目，忙是正常的。”

乔荞“嗯”了一声，夹了块土豆放进碗里，咬了口却发现根本没熟。她心里免不了想，林远舟都那样忙了，还有空出去和洛溪吵架。

晚上，林远舟来得很早，乔妈给他开的门。他进屋后，发现乔荞居然一直在看电视，自己和田海明说话时，她的目光也都没分过来半点。

等田海明和乔妈去厨房准备水果时，林远舟就伸手在乔荞的腰间拧了下：“怎么了？进门理都不理我。”

乔荞转头面对他，很认真地看了看：“现在理了。”

林远舟：“……”

他还想问点什么，乔妈端着果盘出来，对他道："你要早半小时还能赶上吃饭。晚饭吃了吗？"

"吃过了，和朋友一起。"他卷起袖口，用叉子叉了块梨准备递给乔荞，却发现身边的人莫名其妙气鼓鼓地瞪着自己。

林远舟正满眼狐疑，乔荞忽然伸手给他胳膊上"啪"地来了一下。

林远舟："？"

乔妈："！"

乔荞眼睛都没眨一眼，接过叉子的同时淡定地说："有蚊子。"

林远舟怀疑自己听错了，这大冬天的哪里来的蚊子？

乔妈是真的惊呆了，这孩子怎么还学会打人了！等小两口一走，她就跟田海明抱怨："你说这是在哪儿学的毛病？"

要知道，乔荞长到现在二十五岁是真没干过啥出格的事，打人更是从没有过。什么蚊子，也就林远舟惯着她！

对此，田海明反而淡淡一笑："这是好事啊。"

"好事？"

"乔荞要是一直隐忍才不好，有脾气发一发，也是男人惯出来的底气。"

乔妈听得一愣一愣的，毕竟她的教育方式和田海明完全不同。单看田树和乔荞就是截然不同的性子。

不过乔妈想想，觉得他的话似乎有几分道理，她试探道："你看出来乔荞有心事？"

"从进门开始就心不在焉。"田海明眼睛一向狠毒，"远舟这个人有什么事不爱主动说，乔荞又不爱主动问，这样闹一闹倒是好事。"

乔妈一时怅然，以前只盼着好好挣钱把女儿拉扯大，根本顾不上她的心理问题，越长大越发现自己亏欠她太多。

孩子太懂事，这个懂事背后得是流了多少眼泪、咽了多少苦楚才养成的。

如果可以，她当然希望乔荞以后能活得恣意潇洒些。

田海明忽然拍拍她的脑袋，像对待个孩子："你也可以有气就朝我撒，别忍着。"

剩下没说完的一句——他也愿意惯着她。

乔妈笑了笑，低头时笑意更深，这人绕了半天，合着在这儿等着她呢。

而这边，林远舟开着车，时不时侧头观察下乔荞，心里其实并不确定乔荞刚才是不是在使小性子。毕竟和乔荞唯一的一次冷战，她表现得还挺明显的。

但乔荞这一路也不太愿意理他，为什么说不太理呢？林远舟和她说话她也会回，就是话不多，也不热情……

林远舟莫名就很不舒服，平日里都是乔荞找话题，眼下到他自己真是没话找话说："你今天都做什么了？"

"见编剧。"

"康桥？"林远舟又问，"聊剧本吗？"

"嗯。"他一提，乔荞又想起康桥说的那些话，再联想他和洛溪，气更不打一处来。

其实康桥言语间暗示的意思，无非就是林远舟调查的案子和沈思域有关，而林远舟却没提醒她一句。按理说他工作上的事她不知情不奇怪，但偏偏好像所有人都知道，唯独她一个最亲的人什么都不晓得。

似乎从认识他以来，就总有这种无力感包围着她。

何况这次，她也算是当事人之一吧？她是不懂他们刑警队内部的运作，但他什么都不提，却又私下总向她打探沈思域的事，反正——很不舒服。

好像她是个不折不扣的外人，他始终冷静纵观全局。

再加上看见了洛溪，她只觉得一整晚心里都燃着一团火。

"你呢，今天做什么？"她直接问他，决定给他一个坦白的机会。

林远舟专注开车，只简简单单吐出三个字："办案子。"

办案办到和小青梅在广场上吵架，可真是办得一手好案啊！

林远舟抽空瞧她，见她眼神犀利如刀，似乎对自己的回答很不满，皱了皱眉想说话，乔荞直接抬手制止："我困了。"

她径直闭上眼，一副"别再找我说话"的拒绝姿态。

林远舟只得配合地不再讲话，但心里有件事可以确定了，他老婆今天的确心情不太好。

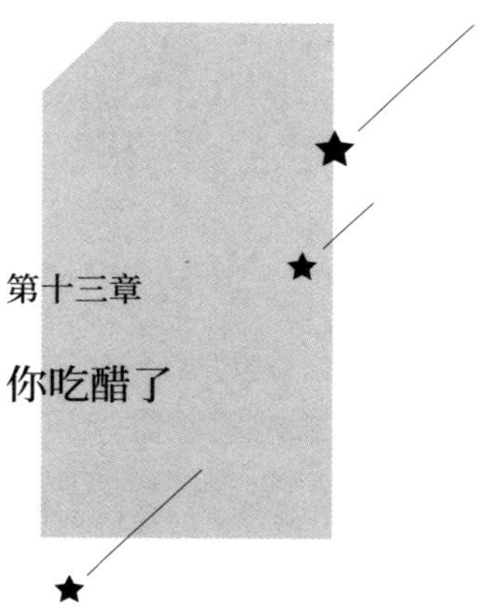

# 第十三章

# 你吃醋了

两人到家以后，乔荞去洗澡。

林远舟就一边揉着十块钱的脑袋，一边打开手机搜索引擎，慢慢输入：老婆心情不好，怎么哄她开心？

成年人压力大，有点小情绪很正常，他只当乔荞今天谈事情不太顺利。

其实想想，他似乎极少关心乔荞的工作，平时他很忙，私下有空和她一起便会下意识就想避开这些问题。他只想和她好好待着，乔荞给他的感觉很温暖，即使什么都不说，和她在一起也是开心的。

他不想浪费在一起的每一秒，每一秒都该是美好的。

搜索出来一堆答案，林远舟随便点进一个答案比较醒目的页面。出现的第一条就相当没建设性：如果你老婆在气头上，你又不敢问，你可以等，等她心情好……

当然不能等，等不是让问题更严重吗！

林远舟立刻排除这一条，再看第二条：你可以学动物在你老婆面前走来走去，逗她开心，哪怕她骂你几句也不要反驳。

林远舟看了眼趴在地毯上，姿势妖娆的十块钱，默默又将这条也排除掉。

这都是什么人想出来的建议?

他再看后面，每条都没什么实用性，看来哄老婆这件事还是得靠自己。

乔荞正好洗完澡出来，一身湿热的雾气里，整个人又白又香，她身着棉质的睡裙，露出她细白纤长的四肢，头发湿漉漉的，一张小脸越发地素净。

林远舟看得喉结微微一动，这时候哪还有多余的精力思考什么浪漫招数，只想用最传统的古训——床头打架床尾和！

床头折腾到床尾，再从床尾把人弄热了折腾回床头，他不信还不能把她哄乖顺了。

林远舟立刻去把自己洗干净，速战速决，拿出了在警校洗战斗澡的架势，几分钟就将自己弄香香。

可是……

他看着紧锁的卧室门满脑袋问号。

十块钱也歪头看着他，眼里满是同情。

两人自打冷战之后，已经两三个月没分房睡过了。他抬手敲了敲门，乔荞也只是以一句“要赶画稿”为由将他赶去了书房睡。

想到老婆今天心情不好，林远舟也不好再去打扰，只是之前一个人睡没觉得有什么，现在一个人躺在书房竟然觉得哪儿都不舒服。

空间不够大，床过于小，翻个身都不爽快。

林远舟盯着屋顶看，满脑子都是乔荞刚才洗完澡的样子。嫩得如同鸡蛋似的皮肤，软软滑滑的大腿……

老婆就在对面，偏偏什么都干不了！怀里少了香香软软的那个人，莫名有种空虚感无法填满。

第二天，林远舟起得很早，但乔荞正是假期，作息时间自然和他不一致，所以两人没能碰上面。

林远舟回了刑警队，秦亮竟然一大早就在秀恩爱：“看到没，我老婆买的，好看吧？”

秦亮逢人就秀他身上那件毛衣，见了林远舟也不例外，恨不能三百六十五度旋转展示女朋友的爱意：“林队，不错吧？是不是特帅？”

秦亮说完才发现他们林队精神不太好，眼神也略显阴鸷，像是要吃人似的。

林远舟开口，果然就异常毒舌：“老婆？你女朋友答应嫁给你了？”

秦亮："……"捅刀就算了，为什么要直捅人心窝？

林远舟揉了揉太阳穴，神情紧绷，对看热闹的田树道："给我杯咖啡。"

田树应了一声，对秦亮挤眉弄眼："踢到铁板了吧？"

"莫非是欲求不满？"秦亮小声和她八卦。

田树到底是小姑娘，脸颊一红，胳膊用力撞他的胸口一下："滚，以为林队和你一样！他肯定是在想沈思域的案子！"

秦亮觉得小师妹可真单纯，摇了摇头没忍心打破林队在她心里的美好形象。

中午的时候，林远舟抽空给乔荞发了条微信，提醒她好好吃饭。

乔荞回了个"好"。

可就这样并没让林远舟心里舒服点，他真怀念平时老婆撒娇听话的小模样。

林远舟正出神呢，办公室门开了，秦亮脑袋往里一伸："林队，嫌犯画像出来了，你要不要来瞧瞧？"

……乔荞？

林远舟脸色不耐烦："什么乔荞？"

"瞧瞧……"秦亮舌头差点打结，就差手脚并用地解释了，"瞧一瞧，看看？"

林远舟静默片刻，意识到自己过分敏感，对他摆摆手："马上去。"

秦亮一脸刺探到军情的样子，立刻去和田树八卦："绝对是和嫂子出问题了，听到和嫂子名字有关的字眼时那眼神太吓人。"

"真的假的？"田树满脸怀疑。

"你要不试试？"

"算了。"田树才不想去触这霉头。

林远舟去看嫌犯素描。洛溪配合着拼了大半晚，这会儿已经完全没精神，撑着下巴瞧他："我大概能想起的就这样，毕竟当年我太小了。"

林远舟没接她的话，看完之后才说："辛苦了。"

"能帮上你忙就好。"她说完，犹豫了下，"我熬了一晚，现在不能开车，你要不要送……"

"秦亮。"林远舟直接开口，目光一直在人物素描上，手指了指洛溪，"送洛小姐回去。"

洛溪："……"

秦亮摸了摸鼻子，将姑娘满眼的失望看在眼里，觉得他们林队果然是"捅刀"一级好手，对洛溪道："洛小姐，走吧。"

洛溪有点生气，眼眶红红的，赌气似的说："不用了，我找别人接我。"

秦亮也没坚持，将人送到门口，等她上了洛家的车之后才折回来，然后和林远舟一起看那个嫌犯素描，却越看越觉得眼熟，最后手指一哆嗦："这不是那谁！"

林远舟点点头："倒是很能装。"

秦亮后背都在发凉："果然和你猜的一样，那……"

林远舟知道他要说什么，沉吟片刻："我有分寸。"

乔荞看了一整天剧本，下午才开始觉得肚子饿，打开外卖软件点了个比萨。手机适时收到了康桥发来的消息，问她有关初稿的意见。

乔荞回道：很精彩，我没什么意见。

康桥：不用应酬我，说实话没关系。

乔荞一笑：是实话，真的很好。

康桥过了会儿才回复，却是问她：昨天和你先生没事吧？现在想想，我似乎太多话了。

乔荞看着手机屏幕不知道怎样回复，康桥的信息又发过来：希望不要影响你们夫妻感情。

乔荞没再回他，而是坐下认真想了想，自己是不是单纯受康桥影响了？其实，她似乎一直很介意洛溪，尤其知道林远舟母亲遇害后，洛溪陪伴他度过那段艰难的日子后。

自己内心是有点嫉妒和羡慕的。

她从小羡慕过很多人，可是从没有过嫉妒。

可她打心眼里嫉妒洛溪，洛溪大方得体、能言善道，很招林家人喜欢，而且她知道那么多和林远舟有关的事，反观自己呢？

想得多了，乔荞忽然觉得自己很像个妒妇，果然爱情能让人变得疯狂。

乔荞不再想这些事，准备画会儿画平复心情，手机忽然响了，连续发出好几声微信提示音。

乔荞打开微信一看，竟是林逸笙拉了一个群，而群里除了他和自己，还有林远舟。

乔荞顿感无奈，这人是开始走家庭路线了吗?

果然林逸笙闲聊几句就开始直奔主题：嫂子，我微博前阵子不知道被哪个神经病举报了，都好久没关注你动态了，你最近好吗?

林远舟忽略“神经病”三个字眼，一边在办公桌后抽着烟，一边围观两人的聊天记录。

乔荞觉得这兄弟俩的套路也太明显了，本想回复“挺好的”，可脑子一转，删了重打：是有点烦心事。

林逸笙眼看要套出乔荞的话，立刻给林远舟发了个私聊过去：说好的啊，成了记得发个大红包。

林逸笙正乐滋滋地等着呢，只见乔荞慢慢地发出一条消息：家里的狗不听话，老想去外面撩！

林逸笙端着的水杯差点掉在地上，而林远舟的烟灰也应景地落了半截，烟头险些烫到自己。

林远舟看着这句话，为什么总有种怪怪的感觉。

林逸笙难以置信地私聊林远舟：闹了半天，嫂子是为十块钱不高兴?

说完，林逸笙自己都觉得这答案可笑，狐疑地又敲过去一句：其实她是在内涵你吧，你最近干吗了?

林远舟看着一条条蹦出来的消息，眉头紧锁。

但林逸笙的话无疑有醍醐灌顶的功效，让他脑海里瞬间浮现了那晚车上的对话，还有乔荞锋利的眼刀……

原来一切都有迹可循，是他没仔细留意她的反应。

他迅速给林逸笙回了句：我知道了。

林逸笙：“……”

知道什么了？让他也知道一下啊！

然而林逸笙没机会再问，他哥已经利落地将他从群里踢掉了……丝毫不给他和嫂子多余聊天的机会。

对于自己哥哥这种明显的过河拆桥的行为，林逸笙相当无奈，背后默默诅咒他，活该老婆和他闹矛盾，最好嫂子争口气，让他憋屈个十天半个月的！

林远舟想清楚缘由之后，反而松了口气，虽然他不知道乔荞是不是看到他和洛溪在一起，但如果事情和洛溪有关，他完全可以解释。

而且，乔荞之所以生气，大概还是因为他当时撒了谎。

想到问题很好解决，他整个人都轻松不少，正赶上叶寻之叫他过去开会，他决定先将这事放一放。

叶寻之也拿到了嫌疑犯画像，从局里赶了过来。此刻正长腿交叠地坐在一把椅子上，对着案情分析的黑板想事情，见他进来，顺手摘了眼镜："怎么样，有什么想法？"

林远舟拉了把椅子在他的身侧坐下："洛溪的证词没什么参考价值，别说她当时年纪小又时隔多年，就她这几年在国外治疗心理疾病的事也能被对方拿来做把柄。"

叶寻之点点头，姐姐的案子毕竟过去很多年了，从洛溪这方面下手显然也不可能，有张画像只是多个调查方向而已。

"还是从9·14案着手。"既然作案手法一致，林远舟相信总会找出蛛丝马迹。

案情有了进展，大伙儿瞬间打了鸡血似的，迅速集拢，又一次地重新分析案情。这一忙，不知不觉就到了晚上十一点多。

还是田树小声提醒道："林队，你要不要跟嫂子说一声？"

小丫头知道他和乔荞吵架，到底是女孩子心细，还记得提醒他一句。就算加班不回去，也得给人一个交代，缓和一下才是。

林远舟也是这时才回过味来，可都这个点了，再发消息也没什么用。

叶寻之看大伙儿也该累了，干脆散会让各自回家休息，收拾东西时问林远舟："怎么，又惹你老婆不高兴了？"

林远舟无奈："大概是看到我和洛溪了。"

"洛溪的事早该跟人家好好解释下。"叶寻之点了支烟叼在嘴里，"那小丫头对你的心思长了双眼睛的人都能看出来，偏偏你什么都没对乔荞解释过。"

林远舟一时无声。他不说，是因为自认为行得正坐得端，本以为乔荞不会介意的……

"婚姻里最忌讳猜忌，你不说，她只能一直猜。"叶寻之眯了眯眼，拍拍他的肩膀，"没准哪天累了，人姑娘就不跟你过了。"

林远舟："……"

看林队被震慑住的表情，田树在边上颇为无奈：“你干吗咒人家夫妻俩。”

叶寻之瞧她一眼，没接她的话茬，反倒是直直将手伸过去，一把将她含在嘴里的烟给拿掉了：“像什么话。”

“关你屁……什么事！”田树怒瞪着他。

“早点回去，哄老婆宜早不宜迟。”叶寻之交代完，将田树刚才叼着却没点燃的烟揉成了渣，扔进了旁边的垃圾桶。

这丫头为了吸引他注意，最近的行为真是越来越幼稚！

田树立时拿了包追上去：“送我回家。”

“答应戒烟。”

“……”

“嗯？”

“那你以后都送我回家，我就戒。”

“看你表现。”

“你不也抽，要不一起戒吧！”

走廊上隐隐约约传来那两人的对话。

林远舟一笑，果然是旁观者清，叶寻之教育自己一套一套的，换了自己还不是当局者迷。

一支烟没抽完，林远舟到底是按捺不住，迅速收拾了东西回家。

他这个时间回去，乔荞自然已经睡下了，只是依然在客厅给他留了盏夜灯。

他脱了衣服准备去洗澡，发现餐桌上还留了夜宵，手指一碰还能感觉到丝丝余温，他的嘴角忍不住扬了扬。乔荞还是心软，生着气也不忘别扭地关心他。

第二天，乔荞依然起得不早也不晚，洗漱结束，忽然听到客厅门响动，从洗漱间出来恰好和林远舟撞了个正着。

她奇怪地又看了眼时间，林远舟这个时间怎么会忽然回来?

“桂姨身体出了点状况，我们待会儿去看看她。”他手里拿着车钥匙，人也还站在玄关处，开口就这样对她说。或许事出紧急，一副亟须出门的架势。

乔荞一听这话，也顾不上还在和他闹别扭，连忙追问：“怎么了？”

“老毛病。”林远舟拍拍她的脑袋，“去换衣服，我帮你收拾东西。”

“好。”她很快找了衣服打算换，可林远舟就在边上帮她整理随身衣物，虽说是夫妻俩，可她还是不习惯这样大剌剌地当他面脱光衣服。

更何况，两人眼下还在冷战。

乔荞拉开衣柜门挡住自己，干脆躲在衣柜门后面开始脱衣服。

“这个要带吗？”林远舟忽然走过来，拿着条羊绒披肩问她。

两人四目相对，乔荞的睡衣脱了一半，脊背雪白晃眼，琵琶骨微微凸起，有着别样的性感。

这将脱未脱的架势，继续脱不对劲，不脱重新穿整齐更奇怪……乔荞小脸顿时憋得通红：“你转过去。”

到底是职业关系，林远舟这人自带一身浩然正气。他走过来，贴着她，坚实的身躯稳稳将她拢住，顺势帮她将进行到一半的动作做完。

“我们赶时间。”他说。

可谁来告诉她，说着赶时间的人，手怎么又开始在她身上忙活！最后更是将她抱进怀里仔仔细细吻了一遍。

她像条小鱼，滑溜溜又不安分地被他禁锢在怀里。

这些天闹的别扭，藏着的思念，全在缱绻温存里了。

“对不起，洛溪的事我不该撒谎。”他贴着她额头，低哑地说，“我觉得没什么可说的才刻意不提。”

乔荞被他闹得脸颊更红，心跳不规律，可依然瞪着眼觑他：“该不该提是从我的角度出发，不是你。”

林远舟微怔，他的确不懂这一点，在爱情这件事上他要学的还有很多。

“你说忙，可还有时间和她在广场见面。”作为他的老婆，林远舟也只是在相亲时陪她逛过唯一的那一次商场。乔荞现在想想也还是很难过。

林远舟见她气到嘴唇微微嘟起，心念一动：“你吃醋了？”

乔荞不吭声，心里自然也清楚她确实是吃醋了。

这种感觉她从前没经历过，仅是想到两人的名字挨在一起，别管他们做了什么，心底就火烧火燎的，酸酸胀胀地难受。

“是公事。”林远舟说，“已经结束了，以后不会和她有多余接触。”

这样说着，他心里其实有些窃喜，乔荞别扭这么久竟然是在吃醋。被人在意着的感觉原来这么好。

乔荞原本还想问其他事的，但眼下到底不是个闲聊的好时机，又被他腻着亲热了会儿，是真的不能再耽搁了。

看起来，林远舟是打算让她在山庄小住些时日，不仅行李收拾了不少，还将十块钱送去了熟悉的宠物店。

乔荞虽然觉得这事儿仓促，有些奇怪，但是想到桂姨和他的关系也能理解几分。在林远舟心目中，桂姨算是他半个母亲一样的存在，可惜一生无儿无女，现在生病了，他们去照顾一下也很正常。

可到了山庄，乔荞看到居然连农子昂也在。

小家伙背着书包在一口古井边上好奇地张望，被桂姨牵着手带离危险区域："虽然里面没有水，但是井很深。"

小朋友立刻一脸严肃："我知道了，淹不死也会摔死，总之不得好死。"

桂姨是又无奈又好笑，笑的时候牵动胸口，连着咳嗽好几声。正好见林远舟带着乔荞进来，笑就更加收不住："来了。"

乔荞向桂姨问好，这会儿仔细瞧着对方是有些精神不济，但似乎也没他描述得那样严重，低声问道："到底怎么回事？"

"你和小农好好在这儿待着，过几天来接你。"

乔荞一言不发地看着他，大有不说清就和他没完的架势。

"康桥，你最近不要和他接触。"他只是这样说。

乔荞完全愣住了，她是怎么都没想到有问题的不是沈思域，反而是一直看似和善的康桥。

林远舟理了理她的发丝："有些情况不方便多说，但你在这儿很安全。"

原来，林远舟把她送到这儿是为了更好地保护她。想来也是，康桥似乎从一开始就知道她是林远舟的妻子，谁知道他背后会不会有什么危险动作。作为家属，她不会拖林远舟的后腿，会乖乖听他安排。

只是乔荞还是没忍住问他："会有危险吗？"

林远舟愣了愣，随后一笑："不会。"

话是这样说，可哪儿有完全保证没危险的任务，到了这一刻，乔荞也不想再和他生气闹别扭，只有一个念头："你要准时来接我。"

"好。"

林远舟看向边上一直在仰头看自己的农子昂。张姐最近也忙，所以他才提议让小家伙来这里。有小家伙陪着，乔荞至少没时间乱想。

他揉了揉农子昂极短的发茬：“我把老婆交给你了，你负责陪她玩，别让她无聊。”

农子昂哼了哼：“我是打发无聊的玩具吗？”

“这孩子。”倒是桂姨先笑了，对林远舟说，“放心吧，这不还有我呢。”

冬天的山庄生意略显萧条，没什么人特意跑到这深山老林，所以对乔荞和农子昂的到来，桂姨自然是开心的。

乔荞想，就当是度假好了，只是她在度假，林远舟却在拼命。这样一想，她整颗心都揪得难受。

林远舟只待了半小时就离开了，他特意休息半天，只为将她送到这里来。乔荞和农子昂一起送他出门，在停车场看着他挺拔的背影，心底终归是不舍得。

但他有许多事要做，她要做的，唯有等他回来。

在他满身疲惫时给他一个温暖的拥抱就好。

乔荞低头看了眼身边的小家伙，农子昂也正抬头望着她，她捏了捏小家伙肉乎乎的小手：“走吧，带你抓鱼去。”

都是刑警家属，没道理她一个成年人还被个孩子比下去。

乔荞往回走的时候，手机响了，拿出一看有条信息，是来自林远舟。乔荞狐疑地回身看，发现那人将车子发动，却没像从前那样头也不回地离开。

他竟然问：“所以，我们和好了吗？”

乔荞没忍住笑：“当然没有，等你回来继续哄我。”

林远舟想象着她傲娇的小模样，嘴角的笑意也深了：“也好，先欠着，回来任由老婆发落。”

乔荞回头看他，只见他的胳膊从车窗探出，背对着自己挥了挥，然后车子就驶入主干道，慢慢消失在阳光尽头里。

在山庄的日子很清静，但因为有农子昂在，乔荞的生活一点也不无聊。

张姐特意拜托她辅导小家伙的寒假作业，乔荞自己也是小学老师，知道这个年纪的孩子的作业有多少，于是安排了一张合理的作息计划表。

农子昂看完，惊愕得小嘴半天都没能合上：“我现在回去还来得及吗？”

“显然来不及。”

“乔老师，林队说你是来度假的。”小家伙振振有词，“度假就应该随心所欲，不按计划行事啊！”

看看现在的小学生，反驳起来的逻辑一套一套的！

乔荞不慌不忙地说：“我们要劳逸结合。”

虽然有写作业的安排，但是午休和娱乐她可一样都没落下。

农子昂沉默了，终于意识到自己的寒假生活已经无法拯救，无奈地叹了口气：“提前心疼下你和林队的宝宝。”

乔荞：“……”

“你和林队什么时候生宝宝？”

“先写语文吧。”

“我有好多奥特曼，到时候可以分他一个。”

小家伙话多起来真的活脱脱一个小话痨，幸好他只是嘴上抱怨，实际上还是很听乔荞的话。乔荞看他埋头写作业的认真姿态，心想，作为一个年龄极小的刑警家属，小朋友真的非常合格了。

一点也没给张姐拖后腿。

一大一小的两个家属有点相依为命的意思。农子昂写完作业，然后和乔荞一起去山谷摸鱼抓虾，也会和桂姨一起进山玩耍，生活其实很惬意。

但农子昂毕竟只是个孩子，白天如何坚强，到了晚上难免还是会想家和妈妈。农子昂睡觉时偶尔还能听到山谷里未知的鸟鸣，夹杂着各种奇怪的声音，他有些不安，将被子蒙到下巴处，只露出一双乌溜溜的眼睛。

“乔老师，你想林队吗？”

乔荞本打算等他睡着再离开，这会儿见他没睡觉的意思，放下书和他聊起天来：“想啊。”

“我也想妈妈。”农子昂沉默了一会儿，又道，“还想爸爸。”

乔荞也想起他爸爸的事，有些不是滋味儿，将他的被子掖好：“好羡慕你还有爸爸可以想。”

农子昂瞪大眼睛，不可思议道：“老师你没有爸爸吗？”

乔荞摇摇头：“没有和他有关的记忆。”

农子昂忽然就很可怜她，这样一想，他想起的全是和爸爸的快乐往事：“我爸爸给我留下好多好多记忆，还给我做了很多飞机、汽车模型。”

“你爸爸好厉害。”这是一句真话，并不是安抚孩子。

“他是最好的爸爸了。”农子昂很骄傲，又给乔荞讲了许多他爸爸了不起的事迹，小孩子很单纯，轻易就被乔荞化解了悲伤的情绪。

说着说着，农子昂打了个哈欠，声音渐小，终于沉沉地睡了过去。

乔荞将他的小手塞回被子里，看着他的睡脸发了会儿呆。

爸爸……真是个陌生又熟悉的称呼，她连想念都无从下手，脑子里并没有具体的形象可以参考。

乔荞关上门打算回自己房间，口袋里的手机短促振动了下，她拿出手机看到了林远舟发来的微信，极简短的一句：想你了。

乔荞嘴角弯了弯，刚刚升起的那点怅然忽然就消失了。

林远舟走了三天，每天都会联系她。大多数时候都是微信，因为方便联系。乔荞在山里，信号时强时弱，而林远舟忙，也做不到准时回复。

所以信息什么时候发，对方什么时候看到，都是不可预测的。

但看到了再回复，如此往返，两人倒是一直都没断过联系。乔荞很喜欢这种感觉，好像随时打开手机都会有惊喜。

走廊上有风吹过，山林间的温度尤其低，乔荞缩了缩脖子，连忙溜回房间，整个人窝进被褥间才回复他：忙完了？

林远舟：快了，吵醒你了？

乔荞能感觉到自己一直都在笑：没有。

他竟然说：那你为什么不说想我？

乔荞莫名觉得这话有点撒娇的意味，林远舟现在和初识时的冷静疏离完全不一样了，对她说话越来越亲密随意。

她说：想不是用来说的。

林远舟便没再回，乔荞想了想，敲过去一句：刚才在哄小农睡觉，没来得及想你。

那边过了会儿才来消息，却是回复她上一句：我明白，想是用来做的。

乔荞正琢磨着这话的意思，那人的信息再度发过来：昨晚梦到你了，穿得很性感。

乔荞一脸窘态，这人真是越来越不正经了！

乔荞脸上一阵发烫，觉得不能再聊下去了，深夜话题完全不适合此刻的他们。

她咳了一声：我要睡了。

林远舟大概也在忙，所以没阻止她，只说：等忙完了，我们一起去旅行？上次的蜜月不算，重新补给你。

乔荞很怕这话会是空头支票，但心里还是不可抑制地欢喜，回复他一个“好”字。

乔荞躺在床上翻着聊天记录，心里有种满满的温暖，不管最后能不能去成蜜月旅行，她都非常希望林远舟早点来接自己。

乔荞将脸埋进枕头里，在床上躺了会儿又掏出手机给他发消息：其实，我也有梦到你。

之后不管他回复什么，怎样追问，她都闷头睡觉。

不就是调戏人，谁还不会？

之后两天，林远舟也会继续给她发消息，有时大概太想她，会直接打电话过来。虽然说的都是无营养的对话，但听着彼此的声音心里很踏实。

乔荞猜想，林远舟是怕她担心，所以在用这样的方式向她报平安。

“秦亮女朋友终于答应了他的求婚。”林远舟告诉她，“那小子竟然一大早就开始给所有人派喜糖，婚礼明明安排在春节后。”

乔荞之前听他提过秦亮和女朋友的事，想象了一番那个场景，虽然喜感，但是也替秦亮开心：“他女朋友为什么忽然答应？”

林远舟似乎是认真思考过了：“大概是被他感动了，毕竟一年三百六十五天能求婚三百六十次的人不太多。”

乔荞：“……”

他们家林队为什么越来越毒舌了？

吐槽归吐槽，但林远舟显然很爱他的队员，又淡定说道：“看他追得那么辛苦，结婚给他封个大红包吧。”

乔荞被他逗笑了。

林远舟偶尔的刑警队日常让乔荞觉得他的生活其实也不是那么苦闷，这至少让她度假的时候少了一些揪心。

但案子进展如何，乔荞依然不清楚。

自从和康桥断了联系，影视方那边不知道怎么安排的，乔荞倒是看得很开，哪怕版权费很吸引人，她也是抱着随缘的态度。她有时候甚至会想，会不会是康桥从中做了手脚，沈思域才看上她的漫画？但想到沈思域目中无人的态度，又觉得这种可能性很小。

果然过了没几天，周小娅就给她来了电话，告诉她沈思域那边有新的编剧接手了，剧本也要重新打磨。

看来林远舟他们已经掌握了康桥的犯罪证据……

“所以康桥真的是变态杀人狂啊？”周小娅不知听了些什么小道消息，绘声绘色地说，“大家都说他是因为平时创作压力太大了，所以用这种方式解压。”

乔荞听得起了一身鸡皮疙瘩，果然变态的世界不是常人所能理解的，又回想沈思域对康桥的态度，可能康桥压力确实大，但用这种方式解压本就有违人道。

“我不清楚，林远舟什么都没告诉我。”

“唉，我还想从你这儿打探点消息呢。”

“干吗想知道，不害怕吗？”周小娅的胆子和乔荞差不多，乔荞就不想知道太多细节，她只想知道案子什么时候结束。

“是害怕啊。”周小娅说，“但也算认识的人，所以有点好奇。你说我们光是这样一个熟人犯了事儿都要唏嘘半天，你老公总接触这些事，心理可真强大。”

乔荞心想，不只每天接触这些事，他还目睹过自己的母亲去世……

“也幸好林队眼睛毒发现了，要不然还不知道康桥会对你做什么。”

乔荞应了一声，心思却已经跑远了，周小娅觉察到她走神，毫不留情地揭穿：“想你老公了吧？圈子里都在传康桥的事，想来人已经被捕，那可能还有些后续的事处理。”

“很快就可以夫妻团聚啦！”周小娅这样说的时候，乔荞心脏也跟着快速跳动了几下。

她和农子昂已经在山庄住了小半个月，虽然日子潇洒，但是说不想回去肯定是假的。

她想某人都快想疯了。

乔荞又和周小娅聊了会儿就将电话挂断了。林远舟今天一整天还没联系过她，她迟疑几秒，还是给他发了条消息：我们是不是快见面了？

乔荞本以为会收到他同样的欣喜和期待，然而这条消息从中午到晚上睡觉前都没收到回复。

林远舟这些日子表现良好，所以这突兀的“失联”让她心情异常忐忑。

但只是半天不联系，这样的情况以前一直有，乔荞强迫自己不要乱想，也许明天早上一睁眼，他就神奇地出现在自己面前呢？

然而奇迹并没有出现，第二天林远舟依然没来，依然杳无音讯。

乔荞渐渐被不安的情绪笼罩，她陪农子昂写作业时频频走神，小家伙问她数学题，她好几次都无法集中精神。

她想让农子昂给张姐打电话，但又怕是自己小题大做。

毕竟案子收尾，应该也很忙吧？

但乔荞终归还是会忍不住猜测，她甚至还偷偷观察桂姨的反应，见桂姨也一切如常，乔荞又觉得自己真是想太多了。

直到林远舟“失联”的第三天，总算有人来接她和农子昂，来人却是叶寻之。

叶寻之走进山庄，一身笔挺的西服外搭呢子大衣，向来意气风发的人却略显疲惫，看到坐在廊下的她和小学生露出一个短暂又生硬的笑：“走吧，带你去见远舟。”

# 第十四章

# 独一无二的主角

他的职业注定了乔荞嫁给他就要提心吊胆。

乔荞回想当初想要嫁给林远舟的理由，当然还是因为心动——他让她觉得踏实，安全感十足。

可如今想来，这本身就是互相矛盾的两个命题。

出了山庄以后，叶寻之就极少说话，脸色一直非常不好，乔荞见他如此就什么都不敢问。

他那句话带来的讯息已经足够，内心深处有个隐约的猜想让乔荞连触碰都不敢，生怕一直以来的担忧变成现实。

只有农子昂很兴奋，问叶寻之道："我妈妈是不是可以休息几天了？"

叶寻之点点头。小家伙激动地直拍手："我作业已经写完啦，妈妈终于可以带我去游乐园了！"

简单而普通的小幸福，乔荞很羡慕。

林远舟也说过等一切结束，带她去补度蜜月……

乔荞闭上眼，心脏开始抽搐地疼，他一定是伤得很重了，不然不会失约的。

叶寻之将农子昂送回家，随后才去了医院，这一路乔荞的脑子都是蒙的。

她觉得自己想了很多，从两人相识到现在，相亲时他略显笨拙的样子，被拒绝时他略微惊愕的样子，以及后来结婚了，他含笑注视她的样子……

可仔细想，乔荞又发现大脑其实一片空白，似乎连思考的能力都丧失了。

进了住院部，大厅来来去去很多人，大家都行色匆匆、神情淡漠。乔荞一直盯着电梯不断变换的红色数字，直到身体被撞了下，回头发现有护士打算推着一个刚做完手术的病人进电梯。

其实已经处理完了，除了身上缠着厚实的纱布和病人略显苍白的脸色，也没什么吓人的。但乔荞看着看着，忽然就崩溃了。

忍了一路的情绪像是在这一刻找到了宣泄点，她的眼泪无法自抑地往下流。

她哭泣时没发出什么声音，可哪怕如此，周围的人还是吓了一跳，尤其是叶寻之。

他见不得女人哭，也不懂要怎样哄，只能手足无措地说："这是怎么了？"乔荞一路都挺淡定，怎么到这儿忽然忍不了了？

乔荞泪眼模糊地看着他，声音哽咽："他当时是不是也这样？"

是不是流了很多血，是不是很痛，是不是要做很久的手术……她抗拒去想他受伤的模样，可眼下却有了真实例子，她仿佛亲眼看到林远舟倒在血泊里。

那是她爱的人啊，光是想想就受不了。

叶寻之大概没想到她已经脑补了一出警匪大战片，轻轻咳了一声："那个，远舟其实只是腿受伤了。"

乔荞："……"

那你为什么一路上绷着脸，表情严肃不说话！

叶寻之见她噙着泪瞪着自己，仿佛无声控诉一般，觉得自己有点无辜："我就是连着加班太久，累得不想说话。加上那小子受伤，队里的活儿全扔给了我。"

他也很烦好吧？本来说好案子结束后和田树去老家处理一些事情，这下好了，全泡汤了。

有了叶寻之这番话，乔荞心里总算放心不少，但还是心急如焚想见林远舟。

到了楼上，果然得知林远舟已经转到了单人病房，叶寻之说林家的人刚走，看来是刻意给她安排了独处的时间。

乔荞过去时看到秦亮守在门口，他像是出来抽烟的，见到她连忙把烟给灭了。

“嫂子。”秦亮的声音低哑，看她时难受又内疚，“你打我一顿消消气吧！”

原来在抓捕康桥的时候，对方拒捕，他反侦查能力不错，林远舟他们追捕时颇费了些工夫。

在围捕时，秦亮终究是年轻资历浅，被对方钻了空子，将打斗时掉落的枪抢走，他本以为自己必死无疑，却不想林远舟替他挨了这一枪。

乔荞想着当时的场景，心怦怦直跳，哪里有时间和秦亮多说，只想快点去看林远舟。腿伤也可大可小，不知道严重不严重，会不会有后遗症。

病房里很安静，加湿器的雾气让一切变得柔软了些，就连躺在病床上的人的五官都好似比往日多了几分脆弱感。他听见动静，立刻抬眼看过来，与她四目相对，嘴角微微一翘，还朝她伸出手：“过来。”

乔荞看不到他的伤势，但能看到他毫无血色的脸和嘴唇，心里一阵酸苦。

明明走的时候还那么显摆呢，这怎么……

乔荞的眼泪又开始掉，她从小泪腺就不发达，不想让别人心烦，所以连哭这种欲望都极少有，但今天完全不一样。

这辈子流的最多的眼泪恐怕就是今天了。

林远舟也是第一次见她哭，嘴角的笑意慢慢消失了，习惯性想起身，结果牵动了伤口，脸色大变。

“你别乱动。”乔荞急忙跑过去，一把握住他的手。干燥的掌心有点凉，没有往日熟悉的温暖，她只好小心翼翼地给他焐热。

林远舟另一手固执地给她擦眼泪，却发现擦不完似的，平日里好看的那双眼总是含着一层水光。

可怜极了。

他严肃道：“再哭我就亲你。”

乔荞：“……”

下一秒，换林远舟愣住，容易害羞又矜持的姑娘这次却主动倾身碰了碰他的唇，虽然只是笨拙地轻轻贴合摩擦，却是带着只有他能感觉到的情愫。

“骗子。”乔荞说，“说要哄我，又让我哭。”

“是我不好。”林远舟只能这样讲。当时情况紧急，他替秦亮挡那一下心里是有分寸的。可要是换了秦亮那傻小子没准儿就直接死了。

小伙子年后还要结婚呢。

乔荞当然也知道他怎么想，这个男人天生带着一股使命感，像是要保护一切。

遇到危险，他第一念头恐怕只想保护别人，他什么时候也能学会爱自己一点呢?

是因为小时候得到的爱太少了，不知道怎样珍惜自己吗?

她心情复杂，又只觉得心疼，不安地看他被子下的腿："很严重吗?"

"不严重，小伤。"林远舟依然是那副云淡风轻的口吻，"休息一段时间就好了。"

这话怎么听都耳熟，乔荞想起那时在窈山，就是因为他手受伤他们才开始有了交集。那时候他也是这样回答她的。

当时今日，一切微妙地重合了。或许一切都是冥冥中注定的。

乔荞叹了口气："想喝水吗?"

"不想。"林远舟只看着她，像是要把这段时间缺失的都看回来似的。

乔荞还是有点气："现在才通知我，如果伤很严重，我就……"

就赶不上见他最后一面了！

他却只轻轻一笑，并不争辩。如果再重新选择一次，他也还会这么干。

他的乔荞胆小，看恐怖片都会被吓到，他不想让她留下一丁点和他有关的不好的记忆。他指了指自己的唇："刚才亲得不标准，要不要换个姿势重新亲一下。"

乔荞："……"

林远舟受伤的消息很快传开了，陆续来了许多人看他。先是林家人和刑警队最亲近的那批朋友。

林家人里，老爷子最初是被瞒着的，本以为他知晓后会非常生气，没承想他却最淡定，只反复问医生："这个不会影响他以后的生育问题吧?他们还没孩子呢。"

乔荞和林远舟："……"

医生嘴角疯狂抽搐，还是很有涵养地说："肯定不会，受伤的地方离那个功能部位还很远。"

"这万一呢。"老爷子像是只关心这件事，"你看那么多神经牵连，很复杂。

等他精神好点还是做个检查吧。”

林逸笙在边上唯恐天下不乱，附和道：“没错，这种事故很可能带来创伤后遗症，心理问题最容易影响这个功能，检查下是对的。”

乔荞闻言也下意识看了眼，林远舟注意到她的眼神，脸色一黑：“你听他胡说八道，我好得很！”

老爷子的表情却异常凝重，立刻就要拿出手机安排：“我联系下邓主任。”

要不是身体还没好，力气不够，林远舟真想把这群人轰出去。

偏偏秦亮也来凑热闹，探望林远舟时口口声声道：“呜呜，林队你要是有个三长两短我就不活了。你和嫂子结婚没多久，连孩子还没有呢。”

林远舟觉得这群人没一个是真心来探病的，一个个都是来添堵的。

他指了指秦亮：“赶紧的，该干吗干吗去。”

也不知是不是他受伤减少了威慑力，这群平素十分怕他的小子一个个像是要反了天。

秦亮把带来的保健品一样样放在床尾的桌子上：“哎呀，队里的事叶处盯着呢，再说还有田树。他们两口子培养感情，我去了会被叶处穿小鞋的。”

林远舟：“……”

“林队，我妈说这个补血的。”秦亮笑眯眯地解释着保健品的功能，“还有这个，壮阳的。”

秦亮说着最后三个字时用手虚虚地挡住了嘴巴，还晓得避开一脸尴尬的乔荞：“男人吃了都说好，虽然咱只是伤了腿，但是要躺那么久，多吃点，养精蓄锐。”

最后四个字真的让林远舟青筋直跳，好好的词到了他嘴里怎么就变味儿了。

“等你康复了，肯定一点不影响功能。”秦亮不怕死地又加了句，呵呵直笑。

他功能好得很，影响个屁啊！

林远舟看向一直在旁边淡定地削苹果的乔荞，觉得这住院的日子真是没法过了！

乔荞眼见着他们家林队被气得不轻，她觉得自己不该再坐视不理，毕竟放任的结果很可能最后倒霉的还是她。

于是等秦亮走了，她安抚地拍拍林远舟：“你别多想，他们只是单纯为你好而已。”

林远舟看着她：“你不会也和他们是一样的想法吧？”

问这话时，他目光真是寸寸冻结在她脸上，恨不能将她每一个细微的表情都放大好几倍来观察。乔荞知道他最介意这种事，她略显讨好地说：“我怎么可能和他们一样。”

林远舟仍是眯眼打量她。

乔荞本意是安抚他，毕竟这时候要是再为这种事上火动怒不利于伤口愈合。可这人却一改刚才的态度，拉着她的手软了腔调：“可那是受伤前的事，受伤以后我自己也不确定了。”

乔荞怀疑自己听错了，刚才不还一副恨不能当场证明给秦亮他们看的架势吗？

“你看，伤口在这里。”他握着她的小手，慢慢在自己长腿上比画，“其实离这里好像也不是特别远。”

哪里不远！明明非常远！

乔荞的脸慢慢红了，手被他攥着完全动不了。

“老婆。”他用低低沉沉的嗓音喊她，“不如你帮我检查下，嗯？”

乔荞：“我又不是医生。”

“要是真的有问题，医生检查了多尴尬。”他自有一番道理，表情也是严肃的，仿佛当真没有一点坏心思。

乔荞都要开始怀疑是自己将他想得太荒唐了，但她还是说：“我不会。”

他贴着她耳畔，诱哄似的：“我教你。”

于是床帘一拉，乔荞就被他拖上了床。

洛溪来探病的时候，就见乔荞红着脸跑去了卫生间，林远舟倒是一脸坦然地躺在那儿看书。

听着洗手间水流“哗哗”地响，洛溪有点疑惑：“她怎么了？”

但很快她就后悔这样问了，因为林远舟回答得非常认真坦白：“哦，刚帮我检查完身体。”

洛溪：“……”

即使知道这两人结了婚，发生什么都很正常，但这样被直白露骨地秀恩爱，洛溪还是第一次。所以她并没有很好地隐藏情绪，愣在那儿好一会儿。

洛溪将带来的花放进花瓶，调整了一下呼吸，又恢复了往日的笑容。她回身正视林远舟："我之前想和爷爷一起来，但最近和逸笙闹了点矛盾，只好单独来这儿一趟。"

林远舟的目光一直在书上，听了这话像是想起什么，抬头对她道："案子结束了，谢谢你帮忙。"

"我们之间不必这么生分。"

"你是关键证人，怎么也要道声谢。"

洛溪沉默了，无论怎样粉饰太平，她也听出了他刻意划清界限的打算，终于鼓起勇气道："对你来说，我只是个证人吗？"

当年他母亲去世，他虽然不哭不闹，可沉默的少年还是有一段仿若自闭的日子。那会儿她守着他，想尽办法逗他开心。

加上她是那案子的目击者，他们有着相同的恐惧和经历。

他被那段记忆困扰，总是噩梦连连，她也一样。

她一直以为自己对林远舟来说怎么也算是特别的。

这些年他身边也没别人，她还以为……可这一切似乎都只是她以为。

洛溪怔怔地看着林远舟的脸，当年沉默寡言的少年长大了，长大之后依然是不苟言笑的大哥哥。他明明没有改变啊，可为什么又觉得哪里变了。

她执拗地想要一个答案，林远舟却一刻犹疑都没有："对，是证人。"

他确实没怎么变，还是冷漠得可怕，一句话将她所有的念想都斩断了。

病房里陷入长久的静默，洛溪回头，发现乔荞不知何时已经从卫生间出来，想必也将这番话听了去。她忽然想，林远舟应该是想借机将话挑明，让乔荞安心。

原来他变的只有这一样——他的温暖都独属这一个人。

洛溪吸了口气，让自己不至于太失态，"我还以为至少也算朋友呢。"说完她耸耸肩，对林远舟道，"那你好好养伤，林队长。"

到底还是带了点孩子气，洛溪出门时渐渐红了眼眶，快步往电梯口走的时候，意外地撞见了近日和自己闹矛盾的林逸笙。

认定他不会理自己，洛溪失魂落魄地准备进电梯，可几秒后，身后有人跟了过来。她侧头瞧他，看着他的脸忽然觉得委屈："我现在不想和你吵架。"

"那就暂时和好。"林逸笙双手插兜跟在她后面，"省得以后翻旧账，说我胜之不武。"

洛溪停下脚步瞪着他。

林逸笙："干吗？"

"幼稚。"

林逸笙笑了，慢慢收敛表情："做梦做了这么久，忽然醒来难免会失落，但这只是梦。梦醒了，属于你的生活才能开始。"

洛溪仔细听着这番话，忽然觉得一直被自己看作小孩的人其实活得比自己还通透。

"这么直接，会不会……"

病房里，乔荞想起刚才林远舟拒绝洛溪的样子，还是惊讶于他的冷淡。但她回想一下，似乎他以前就是这样直接且疏离的个性。

"不这样说，她怎么开始自己的生活。"从前林远舟以为只要自己态度够明确，她总会想明白，毕竟他控制不了别人的想法。

可现在不一样了。他们之间有乔荞，还有……

"案子结束了，该走出来的人不止我一个，她也是。"林远舟说，"那么说或许会让她伤心，但她从此以后应该更能正视自己的内心。"

乔荞有点不懂他后面的话。林远舟也不解释了，只牵着她的手说："这是最好的结果。"

那之后，洛溪就没再来过，后来听林逸笙说，她回国外继续念书了。

许多人忽然出现，又慢慢离开，生活就是如此。辗转之后，还留在身边的才是最重要的那个人。

林远舟的腿伤开始好转，渐渐可以下床走动，但刚开始非常费劲。乔荞听林远舟和医生提起，这才知道他的腿还有旧疾。

"以前受过伤，没恢复好。"林远舟告诉她，"没事，小问题。"

他总是这样宽慰她，好像任何伤于他而言都不算什么。他这样的职业，没受过点伤几乎是不可能的，但他再强也是血肉之躯，又不是钢铁侠。

"还有哪里有伤？"

"没了。"林远舟被她逗笑，"非常健康，一点不影响生孩子。"

乔荞气闷，擂他胸口一拳。

玩闹归玩闹，乔荞看他没走几步，额角就已经有汗滑下来，心里还是一阵难受，搀住他陪他慢慢练习："林队这么厉害，我一点不担心。"

“不担心什么？”他又开始不正经，“生孩子？”

乔荞气结，也起了逗他的心思：“对，盼着你早点好，给你生猴子。”

虽然这样说着，但看着平日强大到无坚不摧的男人蹒跚走路的模样，乔荞还是心疼坏了。

所以，但凡能自己做的她都亲力亲为，每天陪他康复训练、帮他按摩，一点也不懈怠。

有时林远舟因为伤口疼睡不好，她就躺在他身边给他读故事听，林远舟的眉心就慢慢松开。

坚持了一段日子，林远舟终于可以正常走路，但只要稍稍有点强度的运动还是会牵扯到很多神经，开始剧痛。

“没关系，慢慢来。”乔荞鼓励他，“你已经很棒了。”

林远舟表面上没说什么，但乔荞看得出他很着急。

忽然让总是在一线拼搏的人在医院躺了大半个月，他就已经够糟心了，现在还连基本的正常运动都受阻。

他自尊心强大，肯定受不了。

“当时的旧伤伤到骨头就没养好，这次又伤到神经……”医生替他检查完以后神色微凛，略略沉默几秒，“我还是建议林队好好养伤不要着急，否则以后可能再也无法参加高强度运动。”

这话让乔荞完全怔住了，作为一名刑警，不能高强度运动意味着什么——意味着他可能要转做文职，意味着他这些年的热爱和坚持将全都化为泡影。

她甚至不敢看林远舟此刻的表情，如果说他的人生有什么是一直陪伴他，一直支撑他走下来的，那就是他的职业。

林远舟薄唇紧抿，神色间看不出任何异样，但垂放在膝盖上的手紧握成拳，手背都因为用力而泛白。

“不是绝对的，对吗？”他忽然对医生说。

医生说：“当然，任何事都不可能绝对。”

“那就行。”林远舟撑着椅背站起身，笑了笑，“多少人劝我别干这行，可谁也没成功，你也不行。”

快出院的时候，刑警队的领导也来了趟医院，当时乔荞去买吃的了，回来时只和对方打了个照面。

乔荞之前就和他见过一次，对方这次语气沉重地对她说：“知道林队归心似箭，但为了他好，还是先别回刑警队了。你劝劝他。”

乔荞站在病房门口好一阵，周围人来人往，一切都平静而安详。

可是病房里的男人背对着她看着窗外的天空。她知道，他的世界塌了。

“回来了？”乔荞刚进病房，林远舟就回过头来看她，目光清明冷静，丝毫没有颓然落魄之感。如果不是刚才在病房门口站了好一阵儿，她当真要被他骗了。

乔荞将买来的餐盒一一摆放在小桌上，然后才走到他跟前仔细看他。

林远舟笑道：“怎么了？”

“没事。”乔荞看了眼窗外，“最近阳光都很好。”

“嗯？”他在耐心地等她说下去。

“在山庄，你说以后要补度蜜月。”

他当然还记得，也清楚她此刻提起的用意，于是颔首问：“想好去哪儿了？”

“和你一起，哪里都好。”乔荞握住他的手，将他拉至桌边吃饭，“忽然多了许多时间，你不知道我有多开心。”

林远舟看着她明朗的笑容，笼罩在心口的乌云渐渐被拨开。她的笑温柔又亲切，像只柔软的手，轻易就能将他那些躁郁和不安抹平。

“当提前预支以后的假期好好陪我？”乔荞说，“你欠我好多约会。”

“好。”如果换作从前，让他休息简直是要了他的命，就连刚才被领导劝解的时候，他其实也是抗拒的。可这会儿看着她眉眼弯弯表示期待的样子，他忽然也觉得慢下来的生活没什么不好。

林远舟给乔荞夹了块排骨，心情渐渐平复下来，和她认真讨论起接下来的安排。

但春节马上要到了，加上他要养伤，所以不可能真的去补度蜜月。但乔荞看他心情明显好转，总算松了口气。

两人回家以后，林远舟告诉乔荞得回队里一趟，乔荞立刻全身都紧绷起来：“做什么？”

林远舟被她那副如临大敌的样子取悦了，捏捏她的鼻子：“工作上的事还需要交接。”

而且，康桥被捕后他就进了医院，案子后续问题以及当年的隐情并不清楚，这么多年的心结，他还是想去看一看。

乔荞听他这样说才稍稍放下心来：“早去早回。”

林远舟穿了大衣正打算出门，听到这话步子微微一收，回身一看，温暖的客厅里光线充足，乔荞正趴在地毯上看漫画，穿着草莓图案的袜子，一双小脚调皮地晃来晃去，右手则搭在十块钱肉乎乎的肚子上。

十块钱明显很舒服，眯着眼在打盹儿。

那画面无端让他心里生出一股奇妙的感受，这个小公寓不再是从前出门连头都不想回的“家”了。

队员们见到林远舟回来俱是一愣，随后全都放下手边的工作拥了上来。一瞬间，林远舟就被团团围住，阵阵关切声将他淹没了。

“林队你回来了！”

“伤口好了吗？”

“我们都快想死你了。”

全是出生入死的伙伴，林远舟看着大家熟悉的面容，恍惚又真切，平日里冷冽的五官渐渐多了几分柔情，却还是绷着脸道：“想我？想我骂你们吗？”

他可没少凶这群小崽子，年轻队员多，就得鞭策着骂着赶着。

大伙儿哪里不知道这是他们林队铁面下的温柔，哄堂大笑。

张姐插话道：“这不是你不在，大伙儿都没干劲了嘛！”

“看来是我不够凶？”叶寻之喝着茶，懒散地靠在办公室门口望着这群人，抬了抬下巴，“得，接下来一周都加班。”

顿时收获一片哀鸣，林远舟眼底有了笑意：“都去忙吧，我找叶处谈点事。”

叶寻之早就知道他今天会回来，将人迎进办公室后，递了份文件给他：“康桥的口供。”

林远舟过了几秒才打开，简简单单的文字将那段往事撕裂在他面前。

林远舟的母亲叶云杉是位香水设计师，才华美貌兼具，吸引了众多成功男士的追求，但她偏偏对林康耀青睐有加。她从小在优越的家境下长大，对物质没有过高追求，反而更欣赏男人的魄力和野心。

这或许也为两人的悲剧埋下了导火索——婚前如何甜蜜，婚后就倍感寂寥。

林康耀正处在事业打拼期，过了热恋和新婚的劲头，就开始顾不上叶云杉了。

叶云杉当时正怀孕，孕期本就情绪不稳定，渐渐开始疑神疑鬼，生下林远舟之后，对于老公的冷落和敷衍就更加敏感。

她开始追问林康耀是不是有了外遇，是不是嫌弃产子后的自己不再貌美，无法吸引他。

林康耀起初还耐心哄着陪着，后来事业压力也大，渐渐少了耐心。

两人的感情彻底进入冰封期。

林远舟就在这样的家庭环境里长大了，当时他们住在林康耀新开发的一个别墅区，人少安静，离市区也很远。

林远舟没有玩伴，也没有可以说话的人，叶云杉并不理他，从他记事开始就如此。

幸好家里还有桂姨，让林远舟的童年不至于全是冷冰冰的。

案发那天其实一切如常，只是听桂姨说附近来了剧组在拍戏，林远舟对此不感兴趣，待在自己安静的房间里。

可这样的安静也很短暂，洛溪忽然来家里找他，她是林康耀朋友的孩子，自从在一次派对上和他说过几句话就常常莫名地跑来找他。

林远舟有点烦，偏偏洛溪还缠着他要玩游戏。

“玩捉迷藏吧，你藏，我去找你。”

这话当然只是哄她的，林远舟说完就继续待在自己房间里，没有去找她的打算。

也不知过了有多久，忽然听到一阵细微的尖叫，若不是宅子太安静，其实根本听不到。

像是洛溪的声音。

声音来自二楼。

叶云杉独居在二楼，她当时的抑郁症已经很严重了，如果不是特别的事，桂姨和林远舟极少会去二楼打扰她。

所以林远舟想，大概是洛溪惹了叶云杉不高兴。

可等他找上楼，看到的却是叶云杉浑身是血地倒在地板上的场面……

白色窗纱在风中飞舞，猎猎的风声灌进他的耳朵里，那画面伴随着巨大的风声，猝不及防地印在了年幼的他的脑子里。

自此林远舟便噩梦缠身，再也没有好过。

洛溪当时藏在衣柜里，起先她已经睡着了，是听到动静才惊醒的。年幼的她目睹了凶杀案，也被吓得不轻，幸好她机警没发出声音，等凶手从窗户逃走才跑出来。

康桥当年准备充分，没留下任何指纹和脚印，而洛溪那时年纪太小，加上当时的刑侦手段不如现如今发达，案子一度毫无进展。

没想到，康桥多年后会再犯案。

林远舟看着他交代的作案动机，果然是随机的，没有缘由，只是因为创作没有灵感，只是因为压力大——

人性原来可以这样可怕，只是为了创作出能拿奖的剧本就这样放任自己的心魔。

没有道德准则的约束，这个世界可以到处都是恶魔。

乔荞正在为晚餐做什么而发愁的时候，意外接到了林远舟的电话，他约她在外面用餐。

乔荞愣了下："约会吗？"

"对，约会。"林远舟刚从刑警队出来，他的伤没完全好不能开车，于是慢慢地走到路边准备去打车，"回家接你？"

乔荞自从听见"约会"二字心情就异常愉悦，听了这话连忙说："不要，我们餐厅见。"

林远舟停下步子，意外地挑起眉。

"有惊喜才叫约会，我要好好打扮下。"

不知为什么，林远舟的内心忽然也多了几分异样的情愫，像被她感染到，还莫名有些紧张。

他垂眸一笑："好，那我们餐厅见。"

林远舟将地点发送至她微信上，然后自己去了约定好的地点，因为离得近所以他提前到达。

林远舟就坐在位子上看窗外的风景，他这样安静地欣赏路人的时候很少，此刻心情也是从未有过的平和。就在看完康桥的口供后，他忽然开始反思，人生除了理想之外，其实还有很多东西也很重要。

亲情、家庭、伴侣。

拥有的时候就该倾尽所能地珍惜。

虽然他很期待重返刑警队，但这或许是老天弥补给他和乔荞的一段因缘际会，他不想做第二个林康耀。

也不希望他们的感情有任何遗憾和瑕疵。

明明广场上许多人，但林远舟就是一眼看见了她。

乔荞今天特意穿了条羊毛长裙，外套是干净的浅白薄款羽绒服，小小的下巴埋在围巾里。可惜今天风实在大，将她的头发吹得胡乱飞扬。

她一路小心压着头发，站在窗外时，认真地整理了一下。

这家餐厅的落地玻璃很有心机，从外面并不能看到里面的情况，显示的是镜面。所以乔荞对着镜子整理仪容的时候，林远舟就撑着下巴含笑望着她。

她还傻傻地嘟了嘟腮，脸颊变得红润后才满意地离开。

林远舟忽然后悔刚才看得太专注，应该拿手机拍下做屏保才是。

一定非常可爱。

乔荞进来之后很快找到他的位置，她在他对面坐下，微微地点点头："林先生？下午好。"

这是有典故的，两人第一次相亲时，见面落座后她就是这样问他的，那会儿她可比现在严肃多了，表情郑重得像是在应付 HR（人力资源管理人员）。

林远舟当时也异常郑重地回了句"乔小姐，下午好"。

短短几个月，谁能想到当时看不上的人，如今会是自己这样爱的人呢？

乔荞等着林远舟配合自己演一下，林远舟却说："林太太，今天很美。"

乔荞嫌弃地撇撇嘴，但眼里还是漾起几分笑意，可等她目光移向落地窗就再也笑不出来了。

所以刚才她的窘态全被他看了去？

那她今天悉心打扮半天到底图什么啊……

结果对面的人还在笑，乔荞气急，抓起沙发里的抱枕砸过去。林远舟稳稳地接住，俯身将沙发垫放回去，然后顺势在她唇上偷吻了下。

餐厅里音乐悠扬，大家各自闲聊，并没有人注意到他们。

乔荞瞪着眼，不可思议地看林远舟。

只听他说："老婆太美，忍不住想亲一下。"

"……"

春节前两天，乔荞意外地接到了沈思域的电话，他正式提出想邀请乔荞亲自做这个漫画的编剧。

乔荞受宠若惊，沈思域要求那么高的人……

"你是原作者，对剧情更熟悉，没人比你更合适了。"沈思域依然是那副冷淡的样子，但难得和她解释这么多。

乔荞其实有些心动，毕竟这个漫画于她而言意义不一般。

但林远舟现在腿伤正在康复期，如果她离开，不是又扔下他一个人?

而且，他们好不容易多了这些时间相处。

沈思域察觉到她的迟疑，虽然很不解，但是也非常体谅："你考虑下，年后我们才开工，期待你的加入。"

这事儿被林远舟知道后百分百支持她："很好的机会，为什么要犹豫?"

乔荞："……"

见她神色迟疑，他瞬间了然："因为我?我记得不久前有人跟我说过，她想做我的铠甲而不是软肋。"

乔荞认真地看着林远舟，他的大手覆在她的头顶，轻轻晃了晃她的小脑袋："我也只想做你的勇气。我们乔荞可是要成为很厉害的人，不该随意为谁放弃这么好的机会。"

可你不是随意的谁啊……乔荞想这样告诉他，却又觉得说多了会让他有负担。

"而且我很快也要去警校执教了。"他忽然又说。

乔荞还是第一次听他说这件事，有点惊讶："警校，什么时候?"

"开学吧。"

"那你……"乔荞想问他，那以后不回刑警队了吗?那才是他最喜欢的地方啊。

林远舟读懂她欲言又止背后的话语："在警校可以一边工作一边养伤，等完全康复再回去。”这不仅是对自己负责，也是对共同工作的所有人负责，至少不会因为旧伤拖累别人。

那些在警校宣誓过的话，在烈日下流过的汗，他每一幕都记得。

如何能放弃?

“所以你也去为自己的理想努力吧。”林远舟亲了亲她的额头。

虽然知道他做出这样的决定是为自己好，可看他丝毫没有犹豫，甚至没一点点不舍，乔荞还是有些失落。

这根木头又开始气人了！

这一年的春节尤其热闹，往年只有乔荞和乔妈，今年却多了林远舟、田海明和田树，忽然多了很多家人。

林康耀也打过电话给乔荞，难得一副示软的语气，希望她能说服林远舟一块儿过年。

大概是这次林远舟受伤让他感触颇深，更加珍惜和儿子相处的每分每秒。可惜林远舟不想去，他只和乔荞说：“大过年的，不想和他吵架。”

虽然这样讲，但是林远舟还是买了盆兰花让林逸笙带回去，那是他一大早就去早市挑的。

林逸笙也给乔荞发了拜年短信，乔荞邀请他大年初二一起吃饭，他却只是神秘一笑：“你和我哥吃吧，我有个地方要去。”

“过年还能去哪儿？”乔荞好奇地问林远舟。

林远舟正在贴窗花，闻言，嘴角露出点笑：“你知道逸笙为什么会学心理学吗？”

乔荞摇摇头，林远舟推了推她的脑袋瓜：“最近怎么变笨了。他身边有谁需要看心理医生？”

乔荞本来正为他前一句话生气，忽然又被后一句话吸引了注意力，脑海里灵光一闪，瞬间瞪大了眼：“你说他喜欢——”

她猛然想起当初林远舟误会自己喜欢林逸笙时提醒过她，林逸笙有个暗恋的人。

“那他为什么还让洛溪出国念书？”从前不知道还好，现在知道了就觉得林逸笙有点可怜，在洛溪身边这么多年，却跟个局外人似的。

而且他心上人喜欢的还是自己的哥哥……

林远舟觉得自己老婆最近真的有点迟钝，难道是应了那句老话，恋爱里的人智商会有所下降?

还能是为什么，当然是和他支持她去做编剧一个道理啊。

这个小傻瓜。

窗花贴好了，林远舟搂着老婆回客厅，田海明他们正在包饺子，电视里已经开始播“一年又一年”。

窗外开始洋洋洒洒地飘起雪花，几人围坐在一起包饺子，欢声笑语不断。

乔荞看着身边的男人，默默地想，今年一定是很好很好的一年。

一转眼春节就过完了，快乐的日子总是短暂的，乔荞不得不出发去B市和剧组成员会合。沈思域要求很高，除了前期大家一起研读原著之外，她要住在组里直到剧本完工。

这也预示着她有很长一段时间是见不到林远舟了。

反观这个男人真的很没心没肺，帮她办行李托运，帮着办登机牌，忙前忙后，恨不能她赶紧走似的。

忙完也没句贴心话，只帮她理了理头发：“进去吧。”

乔荞：“……”

林远舟见她不动，低头在她的唇上亲了亲，黑眸异常明亮地盯着她：“舍不得我？”

乔荞才不会承认自己舍不得这根木头，气得脸红：“我疯了吗？”

林远舟觉得自己老婆越来越像只小奶猫，时不时露出爪子挠人的模样还有点可爱。

他点点头道：“我也觉得不会舍不得，又不是分开多久。”

乔荞震惊地看着面前的男人，这才结婚多久啊，他这是开始腻了吗？乔荞越想越气，伸手给他胸口一拳，没什么力道，但也怒气十足：“再见！”

乔荞气呼呼地走出很远，再回头看，林远舟居然还没走，依然站在原地笑看着她。

乔荞眼眶有点红，见他笑得格外灿烂又闷头大步离开了。

谁还离不开谁了！

剧组的生活很乏味且非常忙，乔荞又是第一次写剧本，要学的东西非常多。有时候忙起来就很少和林远舟联络，他倒是很准时，每天至少一通电话，还有几条微信。

表现还算合格。

但想想他当初在机场那副样子，乔荞偶尔还是会气到磨牙。

漫画改编的消息早就在网上传得沸沸扬扬，沈思域这样的大导演看中的 IP 热度怎么会低。各大营销号早就发布了各种真真假假的爆料，各家流量小生也都盯着，私下找沈思域接触的不在少数。

等电影发布会当天，关注的媒体人和投资商络绎不绝，各路媒体记者将现场堵得水泄不通。

乔荞是第一次面对这么多人，虽然也被校长安排在学校发过言，但是和这场面截然不同。

这个发布会还有网络现场直播。

作为原作者，她也被安排了发言环节，主持人早就和她对过台本，问题其实很简单，都是关于创作的初衷的。

但乔荞想到要面对这么多人，甚至会被全国观众看到，她就开始打怵。

这么多年结巴和舌头打战的毛病本来就没好，这下好像更严重了。

她站在后台紧握着手机，没忍住给林远舟打了个电话过去。结果那边一直没人接，也不知道是不是出去运动了。

马上就要上台，乔荞深呼吸几次，沈思域难得安慰她说："没关系，把他们想象成土豆好了。"

乔荞："为什么是土豆？"

沈思域沉默了一下："因为我比较爱吃土豆。"

乔荞被导演冷幽默了一把，倒是少了几分紧张感。

乔荞和剧组主创一起上台，台下响起一阵阵激烈的"咔嚓"声。她握着话筒，尽量让自己呼吸平稳，气息均匀，试着想着台下站的是一群土豆……结果她发现除了搞笑没别的效果。

乔荞准备收回目光时，在第一排坐着的人当中依稀看到了熟悉的人。

再仔细辨认，可不就是林远舟！

她呼吸一顿，穿过刺眼的闪光灯和他对望着。他冲她笑了笑，做了加油的手势。

主持人现场掌控能力很好，连沈思域这么冷漠的人都能调动起来，等轮到乔荞的时候，主持人笑着问了她几个问题。

那一刻，乔荞耳边只剩下现场的阵阵回音，多年的交流障碍让她习惯了回避一切人多的场合。现在她望着乌泱泱的记者，又面对着齐刷刷递过来的无数支话筒，她的喉咙瞬间干涩发紧。

小时候那些取笑的、看热闹的、嫌弃的种种目光出现在脑海中，却又恍恍惚惚与人群中的他重合。

他安静地看着她，眼神是从未有过的坚定。是鼓励、是勇气，也是信心。

乔荞深深地吸了口气，注视着林远舟，缓慢地说："很荣幸我的漫画能被改编，尤其是遇到沈导带领的这么优秀的团队。这对我们网络漫画行业是一个不小的鼓励和承认……"

从未有过的顺畅，语速平缓而流利，声音也控制得恰到好处。

她站在那儿，穿着黑色小礼服，目光澄澈自信，仪态优美。

灯光簇拥着她，像是环抱着一位女主角。

林远舟目光温柔地注视着乔荞，对，她是今天的女主角，他眼里独一无二的主角。

这个世界上有各种各样的人，他们被定义为不完美，被定义为不健康，可他们就像不同颜色的花朵，或许不是人人都能欣赏的美。可正是因为有了他们，世界才变得更加多彩。

他们为这个世界赋予了微小又巨大的能量。

（正文完）

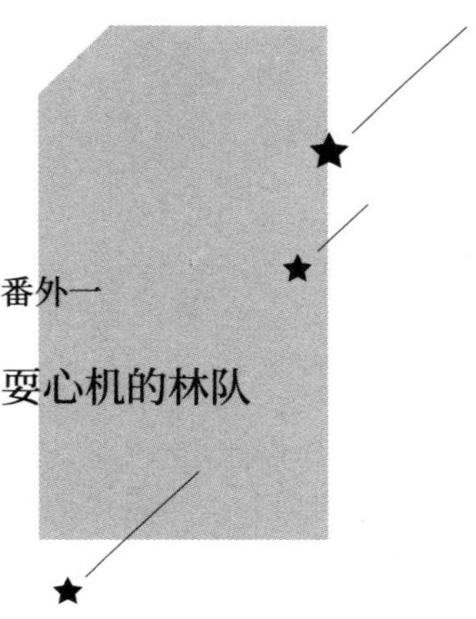

番外一

# 耍心机的林队

剧本定稿那天，乔荞只觉得整个人终于解放了，连着熬了一个月，她都快不认识汉字了。晚上，她躺在酒店大床上却怎么也睡不着，有一种完成一个重大挑战后的兴奋感。

她爬起来想给林远舟发消息，手指触到微信界面又停住。

不行，想好了明天回家给他一个惊喜的，要忍住！

上次他突然出现在发布会现场就让她欣喜半天，想不到她家林队偶尔也有浪漫的时候。她当然不能输给他！

说起那次发布会，第一排是特意留给各投资商的位置，所以他会出现在那里，乔荞真的很惊讶。

后来听他说起，原来林康耀有投资这部电影。

乔荞知道林康耀的生意做得很大，涉猎各个领域。

林逸笙接手后还成立了影视公司，没想到第一个投资的项目就和自己有关。有种被人特意关照的感觉。

"逸笙去了国外还没回来，我只好勉为其难来一趟。"林远舟说得很不情愿似的，可眼底闪烁的光还是透露了他那点心思。平时从不插手家里生意的人，来这儿一趟还不是为了支持她。

乔荞抱着他，仰起头一直笑："原来是'金主爸爸'，那要小心伺候了。"

当时两人正站在会所外长长的台阶上，他又比她高出许多，黑色大衣更显得他挺拔英气。

他双手插在大衣口袋里，低头蹭蹭她的鼻子，声音已经哑了下去："想怎么伺候？"

"都听你的。"

林远舟见她脸上一闪而过的狡黠，觉得自家老婆越长越能耐了，如今还敢主动招惹他。

于是那一晚，他当然没有让自己老婆失望。

乔荞如今想起来还觉得脸红心跳，也不知道明天这人看见她后是什么表情？

乔荞一整晚辗转反侧没有睡好，早晨才有点睡意，也不知睡了有多久，她迷迷糊糊中却听见门铃响。忽然被吵醒，乔荞心情自然不太好，打开门时表情还有点不悦。

门外站着的却是昨夜一直思念的人。

她头发乱蓬蓬的，或许还有点黑眼圈，此刻绝对算不得好看。他却是一如既往地帅气清俊，俯身看着她笑："我来接你。"

乔荞的心脏狠狠地跳了跳。他又问："惊喜吗？"

是很惊喜，可这惊喜明明应该她给他才对。

居然又被这人抢先一步！

警校还没开学，林远舟的时间自然很充裕。他大概是从没这样清闲过，所以闲下来的时候，除了做复健，其实大多时候都是想她的。

林远舟没告诉乔荞，她不在的日子，他的生活究竟有多乏味。

同事们都忙得不可开交，他也没有其他朋友，居然闲到找田海明下棋钓鱼。可惜偶尔还要被师父和岳母喂狗粮，画面太美简直不忍再回忆。

但不管怎样，他都一直没将自己的思念告诉乔荞，不希望她因此分心。他渴望她成为更优秀的人，重拾自信，将童年那些不开心的往事全都扔掉。

所以昨晚沈思域告诉他剧本定稿了，他就立刻坐了今天的早班机飞过来。

连日压抑的想念终于不用再克制忍耐。他迫切地想见她，已经不能再继续等下去。

林远舟低头亲了亲她，她乖顺地仰着脸，可他渐渐地觉得怀里的人过于安静，低头一看，她的呼吸浅浅，竟然睡着了。

林远舟看得无奈又想笑，这事儿说出去还不得笑掉人大牙。

但也知道她是真的累，神经连日紧绷，大概这会儿她的精神才渐渐得以松懈下来。

林远舟把人轻轻放在被褥间，给她拉好被子，和她躺在一起补觉。

鼻端都是她的气息，这些日子空空的胸口仿佛才被渐渐填满了。林远舟也不知道自己有一天会这样喜欢且依赖一个人，只要她在身边待着，就仿佛拥有了全世界。

既然林远舟来了 B 市，乔荞也就不急着回去了，睡醒后两人一起出去玩了一趟。

B 市的景点非常多，她之前忙于工作也都没去过，和他一起倒是去哪儿都觉得特别有意思。

林远舟似乎也觉得不错，提议道："之前说要补度蜜月，不如就在这儿吧，咱们多玩几天。"

"好啊。"乔荞也欣然同意。

晚上回去时，在酒店门口遇到了剧组的工作人员，是一直负责和她接触的沈思域的助理。对方似乎等了她很久，见她回来立刻笑着迎上来："还以为你走了，赶不上了。"

"有事吗？"乔荞第一直觉就是公事。

那人不好意思地笑了笑："没事，之前一直都是忙工作，等你走了，觉得应该送你份礼物才对。这段时间辛苦了。"

他拿出来一个长方盒子，乔荞一看是很出名的那个牌子的钢笔，不好意思收："这个太贵重了。"

"没关系，我一直都很喜欢你的漫画。"他有些腼腆，一笑就露出颊边的酒窝，"这次和你对接工作的机会也是好不容易向沈导争取来的。"

乔荞："……"

对方鼓足勇气道："那个……我能不能跟你合一张影？"

乔荞当然不会拒绝，这时候对方在自己眼里就是一个欣赏自己漫画的读者而已。

只是在对方找手机的时候，林远舟忽然说："乔荞，你过来。"

乔荞狐疑地走过去，结果见林远舟脸色奇差，眉心微微拧着。

她急忙问："腿伤又犯了？"

"嗯。"他说，"可能今天走太多路了。"

乔荞一时懊恼，觉得自己不该忽略这么重要的事，万一又严重了可怎么办？她急忙扶住他准备带他回房休息。

"那他怎么办？"林远舟好像还很关心这位热情的小助理。

乔荞看向站在几步之外的人，有些抱歉："实在对不起，如果可以，明天再合照好吗？"

助理非常理解地点点头："当然，你们先休息。"

回了房间，乔荞给林远舟弄了热毛巾敷腿。林远舟忽然说："我们明天回去吧。"

"啊？"乔荞有点蒙，"不是说要多玩几天？"

"腿不舒服。"林远舟又皱起眉头。

乔荞心疼坏了，也自责得不行："早知道今天就哪儿也不去了，疼得很厉害吗？"

"嗯。"

"那怎么办？我们去医院检查一下吧。"

"不用。"她起身的动作被他拦住，他拉住她的手就将人拖进怀里，"你亲亲我就不疼了。"

乔荞瞪着他。

林远舟表情严肃，一时无从分辨真假，他指了指自己的脸颊："真的。"

"你是不是因为吃醋在跟我玩心眼？"她怀疑自己老公不太可能干得出拿腿伤装可怜博取关注这么幼稚的事，但眼下的气氛也实在太微妙了。

"怎么会？"林远舟捏住她的下巴，不等她主动，细细密密地吻起她来，"我是警察，怎么可能干这种事。"

乔荞：“……”

可晚上看他在床上折腾的劲儿，哪里还像是腿不舒服的样子！

第二天，乔荞果然被他哄着回青州，和助理合照的事也没了下文。

在机场候机厅，乔荞不好意思地给对方发微信道歉。林远舟在边上听着，面色微沉：“剧本都写完了，以后应该没什么交集了，微信干吗还留着？”

乔荞：“……”

林远舟将她的脸转过来对着自己：“当初删我微信的时候可是利落得很。”

乔荞眨了眨眼睛，指了指不远处一个肉乎乎穿着汉服的小女孩：“好可爱，快看。”

林远舟对她这种心虚转移话题的伎俩很不屑，胳膊搭在她身后的椅背上，目光灼灼地盯着她：“所以为什么删我的微信，却不删别人的？”

这人难得如此执拗，乔荞怀疑他对当初相亲被自己拒绝一事其实一直耿耿于怀。

“当然是因为你和他们不一样。”

林远舟不太明白。

乔荞低头看着手里的杂志，努力遮掩那点不自在：“因为你算前男友，别人又不是。”虽然一直没确定关系，但他们那个乌龙初吻……他应该算是前男友吧，至少也是和别人不一样的。

林远舟显然不太喜欢前男友这个称呼，但听到自己和别人不一样，终于满意了。他摸摸乔荞的耳朵：“刚才你说的那个小女孩很可爱。”

乔荞不明所以。

林远舟：“不如我们自己生一个？”

乔荞：“……”

“择日不如撞日，今晚回去就开始努力。”

乔荞怀疑自己又被套路了。

回去没几天，林远舟就要到警校入职了。乔荞所任职的小学也马上开学，所以两人都有各自的事忙。

不过林远舟不管怎样忙都还是会抽空接她上下班。

有一次林远舟去局里参加会议后，穿着制服出现在学校门口，立刻吸引了几个单身女老师的赞叹："你们家林队穿制服真的太帅了吧！"

乔荞觉得姑娘们真是太单纯，轻易就被他这身衣服骗了，他其实非常不老实！

乔荞一路走过去，发现路上还有几个初中生模样的小女孩也在偷看林远舟。上车以后，乔荞仔细观察林远舟，发现自己老公穿了制服以后的确是很招年轻女孩喜欢。

她沉默了一下，说："你教的班上有女生吗？"

"有啊。"

乔荞不说话了。

"对了。"林远舟从后座摸索着，拿过来一盒东西递给乔荞。乔荞低头一看，是盒马卡龙。

他解释说："班上女生给我的，我不吃这些东西。"

乔荞拿了一块咬了口，太甜，甜得她觉得都有点酸了。

"没想到我们林队还挺受欢迎。"才上班没两天呢，都有人送上马卡龙了！

林远舟不置可否，乔荞气闷地把盒子盖住放回后座。以前一个洛溪就够她气的，现在他还要和一群小女孩朝夕相处。

见她一直不说话，林远舟眼底带笑，等红灯时才侧身看着她："吃醋了？"

乔荞没理他，谁知这人凑过来在她的脸上亲了下，低声说："我告诉她们我结婚了，老婆孩子都有了。"

乔荞被他气笑了："有老婆就算了，孩子在哪儿？为人师表还骗人。"

"嗯。"林远舟点头表示同意，"所以我觉得，为了对得起'为人师表'四个字，我得努力点。"

乔荞不解地望着他，他微微笑道："努力把孩子补上，老婆要好好配合我。"

乔荞忽然就觉得这盒马卡龙出现得也过于巧合了。

乔荞深深觉得，幸好她家林队当了警察，否则这人坏起来，真没别人什么事儿了。

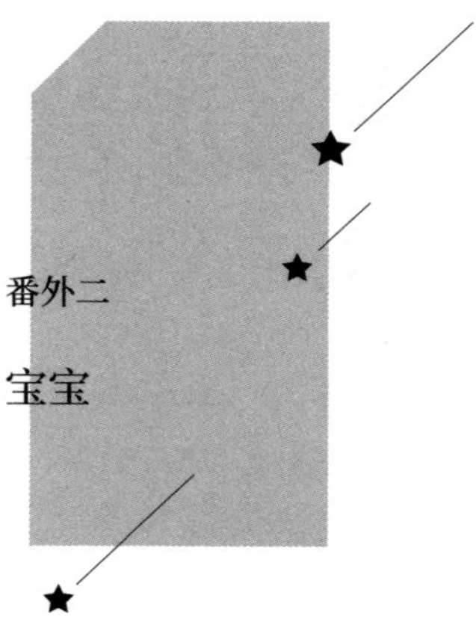

# 番外二

# 宝宝

家里多了个小东西，十块钱表示不开心。

那个小东西很软、很小，走路笨得要死，但总是跟在自己的后面，像个小尾巴。

她是主人的女儿，名叫幼幼。

她出生在春天，樱花开得最好的时节。

带她回家的那天，十块钱是第一次看主人笑得那么开心。不，也不是第一次，其实从乔荞来了以后，他的笑容就慢慢变多了。但抱着幼幼时的神情却和以往任何时候都不一样。

他喜欢她，欣喜她的到来。因为这小东西，主人的人生又迈入了另一个圆满的阶段。

这时候他们已经搬进了大房子，两层的复式小洋楼，阳光充沛，地方宽敞明亮，非常适合孩子成长。

但小东西也实在太吵了，总是半夜哭闹个不停，十块钱常常被她闹醒，趴在窝里懒洋洋地眯着眼。

婴儿房方向响起一阵脚步声，轻轻柔柔的，十块钱伸了个懒腰慢慢地跟了过去。果然看到乔荞正抱着孩子温柔地哄，她生完宝宝后稍微丰腴了些，整个人更添了几分女人味。

小东西肉乎乎的小手搭在她的胳膊上，吧唧着嘴，终于又沉沉睡了过去。

乔荞将她放回小床上，却没立刻离开，掌心一下下轻拍着小家伙的肚腩。

十块钱走过去趴在她的脚边，乔荞也将掌心的温度分了一些给它，揉了揉它的脖颈。但她的注意力很快又重回了小东西身上。

所以，十块钱才觉得这小家伙真不可爱。

也许是乔荞离开的时间有点久，林远舟也走了过来。他穿着灰色睡衣，头发稍稍长长了点，低头轻搂住她："你去休息，我来吧。"

"没事，已经睡了。我吵醒你了？"

"你不在，我睡不着。"

十块钱已经习惯主人这副样子了，太丢人了，哪里还有半点当初铁骨铮铮的男儿气概?

两人又陪着幼幼待了会儿，见她不会再惊醒，这才相携离开。十块钱跟在他们身后，毫不意外地再次被卧室门板阻隔住。

以前主人的卧室可是从不上锁的。

十块钱觉得主人的变化实在是太多了！

十块钱还记得自己从被林远舟捡回来开始，这个家就只有他们俩。

林远舟是个沉默的人，他不爱看电视也不爱听音乐，所以家里大多时候都是安静的。

他会陪它玩游戏，但极少会主动和它聊天，他非常喜欢自己，十块钱很清楚这一点。

因为他看书时会搂着它，噩梦惊醒后也会将脸贴在它软软的皮毛之上，会给它买各种有趣的玩具。十块钱一直以为这种一人一狗相依为命的日子会持续下去。

直到有一天，它从林远舟口中听到了一个陌生的名字。

"我今天去相亲了，她叫乔荞。"林远舟素来表情极少的五官难得带了几分困惑，"世界上怎么会有那么胆小的人？和人说句话都不敢直视对方的眼睛，能一个字表达意思就绝对不用两个字。"

十块钱心想，可能对方只是不想和你多聊而已。

林远舟沉默了一下，又说："我决定和她相处看看，看看这样的人是怎么长到这么大的。"

十块钱很无语，如果它能翻白眼，一定表演给主人看。

他得多无聊才会干这种事，平时不是很忙吗?

想来一定是那姑娘长得漂亮，他见色起意罢了，为自己的那点小心思找借口！

之后，十块钱就会见他时不时拿着手机鼓捣，每次眉心都拧得很紧，本来就不是个爱聊天的人，想和人家姑娘有点进展恐怕比登天还难。

十块钱觉得主人实在太笨了，现在不少姑娘都特别喜欢宠物，放着它这么可爱的工具狗不用，和人姑娘硬聊?能聊出花来就奇怪了。

倒是隔了没几天，十块钱居然听他说两人有了进展。

那天林远舟从外面回来，带回个礼物盒，把东西放在茶几上之后就坐在沙发里愣了会儿神，目光转到它身上，才说："我今天不小心亲了她一下，她的嘴巴怎么会那么软?"

十块钱面无表情地瞪着主人，他知道自己在说什么吗?

"我牵过她的手，也很软。"他抱着十块钱的脑袋一通揉，眼底有他自己都没察觉到的浅浅笑意，"你说她到底是什么做的，怎么和我这么不一样。"

十块钱仿佛嗅到了恋爱的酸臭味，主人是不是喜欢上人家了?

可惜很快，它这个笨拙的主人就被人甩了。

林远舟那天看起来除了意外和不解之外，依稀还是有点小郁闷的吧?毕竟他一直是抱着想和那个姑娘长期交往下去的心态。

十块钱只能趴在他的脚边给他一些安慰。

林远舟感受到它的心意，搂着它的脖子说："可能没缘分。也好，反正我也不想结婚，这样挺好。"

可是说着不想结婚的人没多久就被打脸了。

他带回一个漂亮姑娘，从此这个家里多了一个新主人。十块钱听过她的名字，就叫乔荞。

从此主人的卧室就总会上锁，里面传来奇奇怪怪的声音，十分神秘。

它再也没机会和主人一起睡了。起初十块钱也不喜欢乔荞，但乔荞很温柔很有耐心，陪它的时候渐渐比主人还要多。

它就变心了。

喜欢乔荞的比重比主人还多那么一些吧。

主人这样打脸的事自从结婚以后就特别多。比如幼幼……林远舟以前可是亲口对它说过的，他不想要孩子。

这件事，十块钱怀疑连乔荞都不知道。

那是婚前林远舟对它说的，那次他从外面回来，满身寒意，十块钱猜想他和谁吵架了，很大概率还是他那个气人的老爸。

林远舟当时冷静而严肃地表示，他不想结婚，也不想要孩子。

人和人之间的相处太复杂也太难了，林远舟说他学不会。

有了家庭却经营不好，会害了一个姑娘，再有了孩子，连孩子的童年也是不幸的。

他不想孩子和自己一样经历没有爱的童年。

可是瞧瞧，他当初立下的一个个誓言全都“啪啪”地变成了泡沫。

他对幼幼的喜爱简直都快超越对它了。十块钱觉得主人是个骗子，骗了它太久……

于是十块钱就很不喜欢那胖嘟嘟的小家伙，加上那小家伙自打会走路以后就真的很烦！喜欢追着它黏着它，好像它身上有什么东西吸引她一样。

可怕的小小人类……

十块钱寄希望于乔荞，希望乔荞能将那小东西拎走，毕竟乔荞那么紧张她。

可幼幼缠着自己，乔荞反而很放心，安心地在开放式厨房做饭，对十块钱微笑道：“十块钱好好照顾妹妹哦。”

十块钱才不想要这么烦人的臭妹妹！

十块钱溜达去阳台晒太阳，幼幼跌跌撞撞地跟过来，软得跟棉花似的身体依偎着它，和它一起趴在地毯上晒太阳。

原来臭妹妹还是个学人精。

十块钱眯着眼不理她，那小东西可真得寸进尺，竟然将脑袋枕在它的肚子上，好像很舒服似的，还长长叹了口气。

十块钱决定大度地不和她一般见识。

幼幼还有个毛病，林远舟让她吃胡萝卜或者蔬菜时，她就会挑食，百般哭闹想让爸爸妈妈心软。

但这时候林远舟和乔荞相当默契，丝毫不被她这点小伎俩给蒙骗。

可等两人不注意，她就会从座椅上爬下来，捏着那块胡萝卜放进十块钱的碗里，奶声奶气道："四块钱，吃。"

听听，不仅妄图强迫它吃不想吃的东西，还把它的名字给改了！这能让人喜欢得起来吗?

但不管喜不喜欢，幼幼都非常沉迷跟着十块钱。

十块钱去院子里，小家伙也磨磨蹭蹭地跟过去；十块钱趴在门口看外面的风景，幼幼就乖乖地坐在它旁边，捧着小脑袋学它的样子。

墙角处传来窸窸窣窣的动静，十块钱一看，发现是邻居家的猫咪。

那只猫很喜欢没事就往这院子里跑，幼幼似乎对它很感兴趣，挪着小胖腿移过去，可惜人还没到跟前，就被猫咪露出锋利的牙齿"喵"的一声给吓退了。

幼幼毕竟还小，不懂这是猫咪看到陌生人靠近时的下意识反应，她也被吓坏了，瞪着湿漉漉的眼睛张望一会儿，忽然跑到十块钱跟前"哇"的一声就哭了，还伸着小胖手控诉一般地指着猫咪。

十块钱冷漠地看了她一会儿，看她那副样子渐渐有点不忍直视，实在太丑了……

它朝猫咪走过去，对着猫咪瞪眼，露出凶悍的模样，猫咪立刻灵巧地跃上墙头消失了。

幼幼开心地拍着小手，抱着十块钱一通亲，鼻涕口水蹭了它一脸。

十块钱很嫌弃，但觉得这样的滋味似乎还不赖。

这小家伙好像很需要它的保护。

十块钱和幼幼的关系渐渐好了起来，幼幼会把她最喜欢的玩具拿来和它一起玩儿，看动画片时嘿嘿傻笑，但时不时顺顺它的皮毛，好像在招呼它一起看。

还会给它看她那些幼稚的画册，虽然十块钱根本没兴趣。

当然，幼幼依然有讨厌的时候，比如会把自己粉粉嫩嫩的卡通发卡也分给它一个，固执地别在它的脑袋上……

十块钱侧头看看待在厨房里的那两人。

林远舟搂着乔荞在说悄悄话，时不时低笑几声，偶尔还会亲昵地蹭她的脸颊。

每当这种时候，十块钱觉得身边多个人也挺好的。
至少自己作为一只单身狗，不用再看那两人秀恩爱了。
虽然是个臭妹妹，但是似乎……有点可爱。

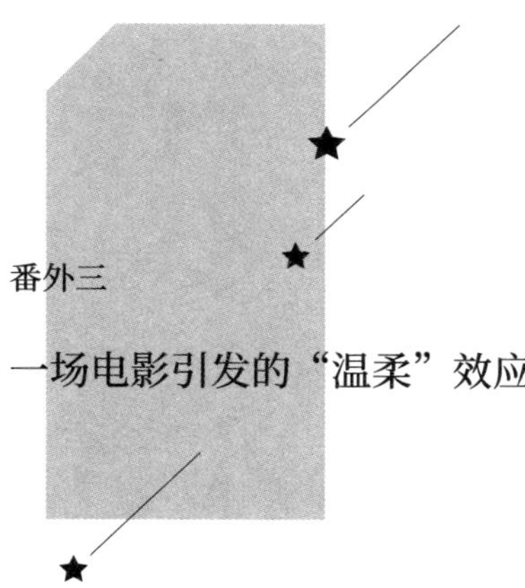

番外三

# 一场电影引发的“温柔”效应

林远舟重回刑警队的时候，恰逢乔荞的漫画改编的电影上映。

虽然最初剧本是朝着文艺片的方向打磨的，但是剧情还是十分忠于原著，影片播出之后，片中男女主角的感情戏便吸引了大批观众关注。

有人忍不住猜测，其中是否有作为作者兼编剧的乔荞自身的经历在里面？

午餐时，林远舟就听到队里几个女同事聚在一起分析。

“肯定和林队有关系。听说嫂子和他结婚以前都没谈过恋爱，感情经验肯定来自林队呀！”

“怎么可能？”有人出言反驳，“林队像是那么浪漫的人吗？男主可是为女主种了一片向日葵！”

“没错，林队恐怕都没送过嫂子一支花吧……”

秦亮刚买完饭从她们身边经过，立刻严词纠正：“胡说！我们林队送过嫂子一后备厢的玫瑰花呢！”

虽然点子是队里大伙儿讨论后得出的结果，但好歹也是送过的啊！

护短结束，秦亮愤愤不平地回到餐桌前，对着林远舟一脸欲言又止，终归是没敌过心底那点好奇：“老大，嫂子电影里的男主角到底有没有你的影子？”

林远舟非常淡然地回答："没有。"

"……"

见秦亮表情过于微妙，林远舟挑眉："怎么？"

"你不会真的除了那次就再没送过花给嫂子吧？"虽然是疑问句，可秦亮脑海中依稀有了答案。他忽然觉得这才是符合他们林队人设的举动！

果不其然，林远舟几乎没任何犹疑地说："她不喜欢这些东西。"

气氛一时太过沉寂，林远舟也沉默了一下道："你现在似乎是用同情的眼神在看我？"

"我其实想对嫂子表示同情。"秦亮说，"女人有时候说的不喜欢要反过来听。"

"……"

秦亮有点无奈："不是，你看完她的漫画之后就没得出点什么结论？"

"画风很治愈，我老婆很厉害。"林远舟丝毫不吝啬对老婆的吹捧，如实做出评价。

秦亮呵呵一笑："难道您不觉得她画的男主角可能是她心中的理想型吗？"

林远舟的表情终于扭曲了下。

"像她们这样搞创作的一般会在主角的刻画上加一些自己喜欢的特质。"秦亮说完，再看着林远舟忍不住摇了摇头，"你和她笔下的男主角真的没一点相似之处，你不担心吗？不过也不奇怪，毕竟嫂子第一次和你相亲时就拒绝你了。"

言下之意，他怎么看都不是乔荞心目中的理想型。

林远舟并没将这件事放在心上，毕竟理想型什么的都太过虚幻。

他无比确定乔荞对他的感情。

晚上林远舟回了家，看着乔荞专心陪女儿玩的背影，他忽然就生出一股莫名的求知欲来。

林远舟在她的身边迟疑片刻，还是没忍住问："你当初拒绝我的原因是什么？"

乔荞被他没头没脑的一句话问得有点蒙，半晌才反应过来他是指相亲时的事，支吾地说："好端端的，干吗问这个？"

“是因为职业，还是其他？”林远舟始终都默认是自己太忙了才导致她对自己失望，毕竟她也是那样讲的。

依着乔荞温顺的个性，肯定也说不出太伤人心的话来。

见他眼神坚定，像是真的很介意，乔荞摸了摸鼻子：“你真的想知道？”

林远舟点头。

乔荞将幼幼放下，小家伙立刻手脚并用地朝十块钱爬过去。她则在林远舟身边坐下：“还记得当时我们一共吃了几次饭吗？”

林远舟是记忆方面的专家，当然记得很清楚：“四次。”

“那么都是在哪里吃的？”

“前三次是在——”林远舟忽然停住。

乔荞笑着将他的话说完：“前三次都是在同一家餐厅。”

林远舟第一次觉得尴尬。

他全都记得，当时之所以选同家餐厅是因为他没任何约会的经验，碰巧选的那家餐厅乔荞第一次去时似乎就很喜欢。

他记得她当时夸赞那家的菜不错。

“其实我只是礼貌性地感叹一下而已。”乔荞老实说。

林远舟：“……”

“还有看电影也是，你说接个电话，”乔荞叹了口气，“然后就消失了，接连消失一周。”

那次他临时接到紧急任务，走得匆忙，甚至忘记向她交代一声。不深究的时候不觉得，如今想起，真是每一幕都觉得糟糕至极。

这样的男人，她不拒绝才奇怪吧。

见他眉心微皱，乔荞安慰他：“不过了解你以后这些都不重要了，你不需要放在心上。”

“为什么相亲的时候很介意，在一起以后就不介意了？”林远舟不是很理解，现在回想，他如今是比以前进步了一些，但似乎也极少在这些细节上下功夫。

大抵平日里他还是会继续粗枝大叶让她受委屈。

乔荞笑了笑：“你这样很好，维持原样就行。”

话虽如此，可林远舟很快就发现乔荞的“言行不一”。

在某次回家时，他偶然听到了周小娅和乔荞的对话。

“男主人设真的太完美了！老实说，你当初一直画不出感情线，后来还是从林队身上找到的灵感，但他和林队真的一点也不像啊。”

乔荞后来说了什么，林远舟没听太清，因为这话已经让他愣神许久。

所以，这个人物真的是因为他得来的灵感，与他完全不像的原因……大概是按照他的反面来刻画的?

这事让林远舟略微有些郁闷，这个认知比知道自己不是老婆理想型还别扭！

自打有了幼幼，乔荞的生活变得更加忙碌，自然没立刻发现自家老公的小别扭。

等她意识到哪里不对时，这男人已经像是变了个人似的！

起初是忽然有大捧的花送到她办公室里，她翻开卡片，乍一见到林远舟的署名时有些意外，可心底还是难免生出几分欢喜之意。

没有哪个女人不喜欢惊喜。

尤其是来自平日里完全不懂浪漫的直男老公，这份惊喜带来的功效更是双倍。

下班时，林远舟来接乔荞时就见自家老婆抱着花，笑容格外明媚。果然如秦亮所说，女人的话有时候还真是要反过来听才行。

“怎么忽然送我花？”上车以后，乔荞的笑意仍旧未收敛。

林远舟说：“寻常的日子也可以给老婆送花。”

乔荞狐疑地看看他，最后抿唇一笑: 行吧，谁说钢铁直男不能偶尔开个窍呢。紧接着又听他说：“幼幼被妈接走了，我们今天去约会。”

乔荞真是被今天的林远舟给惊到了，但他偶尔也会一时兴起带她去吃饭看电影，所以乔荞并没深想。哪怕当天他特意带她去了一家又贵又远的餐厅。

接下来的日子，乔荞每天都有花收，花店雷打不动地按时往她的办公室送花，品种各不相同。

她还会收到各种最新款的首饰和包包。

岂止乔荞，连来家里催稿的周小娅都吓到了：“你们家林队发生什么大事了？”

乔荞也追问林远舟。

那男人却神色如常：“只是想多给老婆一些惊喜。”

乔荞想说这不是惊喜，更像是惊吓。她伸手摸了摸林远舟的额头：“你是不是受什么刺激了？”

“对你好一点不好吗？”林远舟的黑眸深深地凝视着她。

乔荞：“也不是不好，只是……”

“那就行了。”林远舟亲了她一口，“以前我不够细心体贴，现在想做一些改变。”

乔荞：“……”

林远舟似乎沉迷于他所谓的“改变”无法自拔，每天都有不同的新花样。他是真的费尽心思在琢磨这些。

渐渐地，身边的人对他的看法居然都变了。

周小娅说：“林队这样很好啊，这不就是你漫画里的主角，完美、浪漫、体贴……以前也不是不好，但总归还是太耿直了一点。”

就连办公室的同事们都对林远舟赞许有加，说他最近变得更加“好好先生”。

由于身边人的评价，林远舟似乎根本没有停下来的打算。

周五学校有活动，结束时林远舟要来接乔荞，其实这之前他刚忙完一个案子，满脸疲倦。若是从前，他大概会直言不讳地对她说有点累。

回去时，车里格外安静，林远舟因为身体倦怠本就不想说话，过了半晌才察觉身畔的人也安静得过分。

林远舟侧头看副驾的人，见乔荞一直凝神敛目，像是在思考很重要的事情。

快到转向自家方向的路口时，乔荞忽然说：“林队，我想报案。我老公不见了，需要警官帮我把他找回来。”

林远舟皱眉瞧着她，完全没理解眼下是什么状况。

但乔荞的表情并不像是开玩笑。

他将车停靠在路边。

静默一阵之后，乔荞转头看着他，再度开了口：“眼前的你人人都觉得很完美，但不是我认识的林远舟。”

“这不是你的理想型吗？”他有些困惑地问。

乔荞愣了下，半晌，失笑道：“是所有人的理想型。”

林远舟眉头皱得更深。

“我的理想型从来都只有一个人。”乔荞握住他的手，露出一颗俏皮的小虎牙，“他在别人眼里完美与否我不知道，但在我心里他足够好，好到我都舍不得让更多人看到。”

林远舟看着她澄澈的眼，心底微微震动：“你不是说电影的男主角是从我这儿得到的灵感？”

“因为我从没有过心动的感觉。”乔荞哭笑不得，认真说给他听，“直到遇见你。”

直到遇见你，那颗沉寂许久的心才开始为一个人疯狂跳动。

然后开始抱着热爱这个世界的念头创作让所有人相信的爱情。

而我的爱情，从来都只属于一个你。

生活总算归于平静，林远舟专注于工作。

周小娅再度来家里，看看空了的花瓶直皱眉头：“哇，果然林队也不能免俗，只有三分钟热度……”

乔荞却只是笑而不语。

刑警队这边，秦亮也忍不住吐槽他们老大：“您做事也太有始无终了。”

林远舟低头看了会儿手边的资料，再看他时眼神极淡：“我看你最近很闲，正好，有趟差你跑一趟。”

秦亮：“……”

别人怎样想有什么关系？

因为总有一个人会让你更喜欢这个不够优秀的自己。

番外四

# 林队家的糟心事

这天下午放学，乔荞回到办公室拿出被调静音放置在抽屉里的手机，她看到屏幕时被吓了一大跳。居然有十通未接来电，都来自林远舟。

这种情况以前从未有过，她惊诧之余连忙回拨过去。

幸好林远舟的声音听起来很正常，只是多了几分凝重，叮嘱她下班立刻回去。

乔荞到家之后甚至来不及追问发生了什么，人就被林远舟神秘兮兮地拖进了卧室里。

平日里镇定自持的男人现在的表情别提多郑重了，他严肃地告诉她："家里发生了一件大事。"

能被林远舟称为"大事"的事儿绝对小不了，乔荞不自觉心脏都提了起来："什么？"

林远舟像是要给她一点时间做心理准备似的，过了三秒才开口："幼幼好像有喜欢的人了。"

"……"

"我在门口捡到这个。"林远舟将手里的一页纸展开，很短的两行字，配着各种粉红色心形的图案。他依然紧绷着神经道："这怎么看都是一封情书，而且是幼幼写给别人的！"

乔荞沉默地接过那张纸。

内容的确看起来很暧昧，字不多，言语间都像是写给某个男生表达喜爱之情，但并没有署名，而且——

乔荞看了眼某位先生："你冷静一点。"

"我怎么冷静？"林远舟看她一眼，"据我所知，幼幼他们班上的男生全都很……"他控制了下用词，"总之，没有合适的人选值得她写这样一封信。"

"也许不是他们班男生。"

"他们学校也不可以。"林远舟严厉道，"现在的小男生一点都不成熟。"

对于眼前这位如临大敌的老父亲，乔荞不得不提醒他一个事实："幼幼也不成熟，她才小学一年级，你想太多了。"

在乔荞看来，这其中肯定有什么误会。这个年纪的小孩懂什么？

然而林远舟丝毫没觉得自己小题大做，身为"女儿奴"，他只觉得自家女儿就要被人拐跑了！

"正因为她才一年级，这事儿才更该重视。"

乔荞叹了口气："等她回来，我和她谈一谈。"

"这样会激起她的逆反心理。"

看他似乎不赞成，乔荞温和道："那你觉得呢？"

"我们先试探下情况再说。"林队拍板决定。

于是女儿放学归来，洗完手在陪十块钱玩的时候，林远舟便假装十分随意地问："幼幼最近有没有关系特别好的朋友？"

乔荞觉得她家林队一遇到女儿的事就把什么盘问技巧都丢到了十万八千里外。

幸好幼幼小朋友眼下的智商也只有一年级水平，没什么心眼儿地回道："有啊。"

"谁，和爸爸分享下？"

"十块钱啊。"

"……"

乔荞差点笑出声。

等林远舟冲乔荞使眼色，她才慢慢踱步过去：“幼幼今天在学校有什么开心的事吗？”

“有！”幼幼立刻双眼发光地说，“今天老师表扬我了哟，因为我回答问题超大声！”

乔荞点点头：“老师还有没有夸别人？”

“也有，不过我不记得了。”

“那有没有特别调皮捣蛋的？”

幼幼皱了皱眉头，仰着小脑袋想了半天：“我们班的男生都很皮，老师上课的时候蹲在墙角拿尺子切橡皮。”

幼幼一脸嫌弃：“真的很不尊重老师。”

“那你们班有没有不皮的男生？”

幼幼摇头：“没有。”

虽然没得出确切答案，但是至少可以肯定这封“情书”并不是写给班上任何一个男同学的。乔荞松了口气，孰料女儿很快说：“男生还是要有才华才可以。”

她皱眉停顿了下，像是意识到不该说太多，嘟了嘟嘴巴：“我们班的男生真的很差劲啊。”

乔荞忽然觉得，莫非真是自己把事情想得太简单了？

第二天晚上，乔荞替女儿整理书包时发现她的书包里又出现了一封重写的“情书”。大概因为之前那封丢失了，于是这次用非常精致的，平日里最宝贝的一个盒子装了起来！

重视程度可见一斑。

林远舟也看到了，震惊得简直不能用语言形容：“我们是不是该和她好好谈一谈？”

乔荞也觉得该和孩子沟通下，她还是深信这中间有什么误会，但的确该聆听下孩子内心真正的想法。

第二天一早，乔荞就趁女儿吃早餐时非常和蔼地问她：“宝贝，你最近是不是……有很喜欢的人呀？”

幼幼举着剩了一半的面包，不可思议地看着她。

“妈妈不小心看到你书包里的盒子了，对不起。不过，你是打算送给谁吗？”

“对。”幼幼非常镇静地说，“我之前就写了一封信给他，可惜弄丢了。”

林远舟喝咖啡的动作停在那里，望着女儿的眼神忧伤至极。他似乎已经看到女儿抛弃自己远去的背影了。

“要迟到了，等我回来再跟你们介绍他是谁。”幼幼拍了拍小手，又皱眉看看对面的林远舟，“爸爸，咖啡洒出来了。”

林远舟：“……”

老父亲内心煎熬地度过了一天，临近女儿放学时更是提早赶了回来。乔荞被他这副样子逗得直笑：“你会不会太夸张了？”

她忽然又想起一桩往事：“还记得当初你怎么安慰农子昂的吗？”

林远舟摇了摇头：“那不一样。”

没过一会儿，幼幼就被乔妈接回来了。

小家伙一进门就将书包扔在沙发上，在书包里翻找了半天，最后才将那盒糖果和信拿出来。

乔荞和林远舟正襟危坐地盯着女儿看。乔妈倒了杯水也坐在餐桌边慢慢地喝。

幼幼拿着那张信纸嗓音洪亮地说道：“我要向你们隆重介绍我非常喜欢的人，他的名字叫作——马良。”

林远舟沉默了一下，转头问乔荞：“这名字为什么这么耳熟？”

乔荞也瞪着眼，不太确定道：“好像是……”

“他有一支非常厉害的画笔，可以画出任何想画的东西。我非常想和他交朋友，那样我就可以画出所有的卷子和作业，再也不用写啦！”

幼幼小朋友还在继续介绍着她非常“喜欢的人”。

乔荞偷偷瞧了眼身边已经成功黑了脸的老父亲，默默为某位小朋友捏了把汗。

要知道素来冷静理智的林队还是头一次这么糟心，头一次这么……丢人呢。

你不是我的理想型

但我的爱情只有你

疯子三三